Tala Yuna

DU MÊME AUTEUR :

*BLEU CALYPSO*, SLATKINE & CIE 2019, POCKET 2020
*ROUGE TANGO*, SLATKINE & CIE 2020
*VERT SAMBA*, SLATKINE & CIE 2021


WWW.SLATKINEETCOMPAGNIE.COM
ISBN 978-2-88944-212-6

Charles Aubert

# Tala Yuna

Slatkine & Cie

à Marie-Pierre, ma femme louve
à Anton et Koba,
et au reste de la meute

*La vie, ce n'est pas attendre que les orages passent,*
*c'est apprendre à danser sous la pluie.*

Attribué à Sénèque

# Échelle de Beaufort

| Degré Beaufort | Terme descriptif | Vitesse moyenne (nœuds) | Vitesse moyenne (km/h) | Observations en mer | Observations sur terre |
|---|---|---|---|---|---|
| 0 | Calme | < 1 | < 1 | La mer est comme un miroir. | On ne sent pas de vent; la fumée s'élève verticalement. |
| 1 | Très légère brise | de 1 à 3 | de 1 à 5 | Quelques rides en écaille de poisson, mais sans aucune écume. | On sent très peu le vent; sa direction est révélée par la fumée qu'il entraîne, mais non par les girouettes. |
| 2 | Légère brise | de 4 à 6 | de 6 à 11 | Vaguelettes courtes aux crêtes d'apparence vitreuse, ne déferlent pas. | Le vent est perçu au visage; les feuilles frémissent, les girouettes tournent. |
| 3 | Petite brise | de 7 à 10 | de 12 à 19 | Très petite vagues (environ 60 cm de haut); les crêtes commencent à déferler, les moutons apparaissent. | Les drapeaux légers se déploient; les feuilles et les rameaux sont sans cesse agités. |
| 4 | Jolie brise | de 11 à 16 | de 20 à 28 | Petites vagues s'allongeant, moutons nombreux. | Le vent soulève la poussière, les feuilles et les morceaux de papier, il agite les petites branches; les cheveux sont dérangées, les vêtements claquent. |
| 5 | Bonne brise | de 17 à 21 | de 29 à 38 | Vagues modérées (2 m de haut), nettement allongées; beaucoup de moutons; embruns. | Les yeux sont gênés par les matières dans l'air; les arbustes en feuilles commencent à se balancer; des vaguelettes de forment sur les plans d'eau. |
| 6 | Vent frais | de 22 à 27 | de 39 à 49 | Des lames se forment, les crêtes d'écume blanche s'étendent; d'avantage d'embruns. | Les manches sont gonflées par les côtes, l'utilisation des parapluies devient difficile; les grandes branches sont agitées; les fils des lignes électriques font entendre un sifflement. |
| 7 | Grand frais | de 28 à 33 | de 50 à 61 | La mer grossit en lames déferlantes: l'écume commence à être soufflée en traînées dans le lit du vent. | La marche contre le vent devient pénible; les arbres sont agités en entier. |
| 8 | Coup de vent | de 34 à 40 | de 62 à 74 | Les lames atteignent une hauteur de l'ordre de 5 m; tourbillons d'écume à la crête des lames, trainées d'écume. | La marche contre le vent est très difficile; le vent casse des rameaux. |
| 9 | Fort coup de vent | de 41 à 47 | de 75 à 88 | Grosses lames déferlant en rouleaux, tourbillons d'embruns arrachés aux lames, nettes traînées d'écume; visibilité réduite par les embruns. | Les enfants sont renversés; le vent arrache les tuyaux de cheminées et endommage les toitures. |
| 10 | Tempête | de 48 à 55 | de 89 à 102 | Très grosses lames déferlantes (9 m de haut); écume en larges bancs formant des traînées blanches; visibilité réduite par les embruns. | (Rarement observé à terre). Les adultes sont renversés; les arbres sont déracinés, les habitations subissent d'importants dommages. |
| 11 | Violente tempête | de 56 à 63 | de 103 à 117 | Lames déferlantes d'une hauteur exceptionnelle; mer couverte d'écume blanche; visibilité réduite. | (Très rarement observé à terre). Ravages étendus. |
| 12 | Ouragan | 64 et plus | 118 et plus | Lames déferlantes énormes (les creux atteignent 14 m), mer entièrement blanche; visibilité très réduite. | (En principe, degré non utilisé). Ravages désastreux: violence et destruction. |

# PROLOGUE

J'ignorais depuis quand j'étais sur cette île. Je n'étais même pas certain de savoir comment tout avait commencé. J'étais sale, hirsute. Je devais ressembler à un animal sauvage. Je ne parlais pas. Je ne pensais à rien. Ou uniquement à des choses très simples, chercher de l'eau, trouver à manger, se protéger du froid. Un matin, il s'était mis à neiger et le monde entier était devenu vide et blanc, comme figé sous une cloche de verre.

Au fond de moi, je ressentais le même blanc, le même vide, avec le souvenir hésitant d'une lumière ancienne. Peut-être descendait-elle du plafond du lodge et des trous que la tempête avait faits en emportant des morceaux de toiture. Ou bien, était-ce simplement ces milliers de reflets qui dansaient à la surface de la mer.

Sur la plage, il m'arrivait de chercher encore la trace de cette lumière perdue, parmi les algues, les coquillages et les bois flottés. Mais je ne trouvais jamais rien. Je remontais alors par le sentier taillé dans la falaise. Je marchais dans la neige. J'allais d'un côté puis de l'autre. Je tournais en rond autour du lodge. Je m'enfonçais dans le blanc jusqu'à m'y perdre. Un jour, je suis tombé sur des empreintes de cerf. Je les ai suivies et tout m'est revenu en mémoire.

C'était sur le continent, il n'y a pas si longtemps. Il n'y avait pas de neige, il n'y avait pas de brouillard. L'air était immobile, la mer comme un miroir...

# PROLOGUE

# 0 Beaufort

*La mer est comme un miroir, lisse et sans vagues.*

# CHAPITRE 1

*La mer était comme un miroir, lisse et sans vagues.* Je l'apercevais entre les grands conifères bleus, une vaste étendue déserte que la lune éclairait d'une lumière de platine. J'ai remonté le col de ma veste. Je roulais depuis des heures et je n'avais croisé personne. À la radio, ils annonçaient l'arrivée d'une dépression. La première tempête automnale de la saison. J'aimais bien cette station. Il n'y avait pas de coupure pour les actualités, pas de point sur le trafic, pas de bla-bla interminable, seulement la météo et des chansons, des cumulonimbus et du rock'n'roll.

Je suis arrivé en haut d'une côte et ce n'est qu'en basculant de l'autre côté que j'ai aperçu les premières maisons en contrebas. Il faisait nuit, mais les particules de verre recyclé qu'ils mélangeaient à l'asphalte de la route scintillaient sous la lune comme une constellation d'étoiles. Il me plaisait de penser qu'elles m'indiquaient un chemin au milieu des ténèbres.

On aurait dit une ville fantôme. Les volets des maisons étaient clos, les murs et les bardeaux couverts de lichen. J'ai traversé un carrefour au moment où le feu passait à l'orange. Je me suis laissé glisser tout droit en direction du port. L'hôtel était au bout de la route, au bout du quai, au bout du continent.

Une bâtisse grise agenouillée devant l'océan.

Je me suis garé sur un parking presque désert, sous l'éclairage de l'unique lampadaire qui fonctionnait encore. Dans le rétroviseur, je devinais la puissance de l'océan qui encerclait avec ses bras immenses la digue derrière moi. L'eau en s'infiltrant sous les rochers faisait un bruit de succion et la brise était chargée d'une odeur de pourriture marine. Je n'ai pas traîné. J'ai pris mon bagage dans le coffre et je me suis dirigé vers le porche d'entrée.

De l'autre côté de la porte, le silence. Le silence et un bar plongé dans une semi-pénombre. L'air était différent de celui de dehors. Plus lourd, plus épais. Je sentais la pression qui s'exerçait sur mes tympans. J'ai mis plusieurs secondes à m'habituer. Il y avait un zinc qui renvoyait des reflets de lumière bleutée, un plancher en bois usé et une odeur de café mêlée à celle de la laine mouillée. Deux clients étaient accoudés au comptoir. À leurs chemises à carreaux, leurs casquettes maculées de taches, la couleur de leurs avant-bras brûlés par le soleil, j'ai pensé à des pêcheurs ou à des bûcherons. Ils se sont retournés sans lâcher le verre qu'ils tenaient à la main. Il y avait dans leurs regards des choses qui semblaient s'affronter. De la curiosité, une certaine froideur. Je n'étais pas sûr d'aimer le mélange que ça faisait.

— Bonsoir, ai-je lancé.

Ils ne m'ont pas répondu ou alors si bas que je n'ai rien entendu. Je me suis avancé jusqu'au comptoir qui prolongeait le zinc. Une sonnette en cuivre était posée dessus. J'ai attendu un instant puis comme personne ne venait, je me suis décidé à manifester ma présence. La sonnette n'a pas tinté. Je l'ai soulevée, il n'y avait pas de marteau. Les deux hommes se sont mis à rire. Pour me donner une contenance, je me suis mis à détailler la décoration. Un énorme poisson naturalisé était accroché sur le mur en face de moi. Je ne savais pas de quelle espèce il pouvait s'agir. Peut-être un saumon de mer ou quelque chose dans ce goût-là. Je n'étais pas vraiment un spécialiste. Je m'attardais sur la couleur de sa robe que je trouvais bien terne. J'étais prêt à parier qu'il était bien plus beau quand il nageait dans les eaux froides de l'océan. J'étais en train d'observer ses yeux de verre quand l'hôtelier est sorti de ce qui devait être une cuisine. Un type rougeaud avec des petits yeux noirs qui paraissaient aussi morts que ceux du poisson sur le mur. Il s'essuyait les mains avec un torchon à carreaux. J'ai tenté un sourire.

— J'ai réservé une chambre au nom de Jonas Duval.

Il continuait de s'essuyer les mains comme s'il n'avait pas entendu mais lentement, il se rapprochait du registre qui était ouvert sur le comptoir.

— Normalement les chambres doivent être prises avant dix-huit heures.

— Je sais, mais je me suis perdu. Mon GPS est tombé en rade et sur les derniers kilomètres, il n'y avait plus beaucoup de panneaux.

— Ça, c'est pas mon problème.

Je ne m'attendais pas à une réponse aussi abrupte. J'ai jeté un coup d'œil vers les deux types au bar. Ils se marraient toujours en multipliant les regards furtifs.

— Écoutez. J'arrive peut-être un peu tard, je vous l'accorde et je m'en excuse, mais je suis là à présent. Je suis là et je suis mort de fatigue.

Il m'a examiné en prenant son temps. Ses yeux ressemblaient à des mûres, ses sourcils à des buissons de ronces.

— Il y a un règlement, monsieur. Les chambres doivent être prises avant dix-huit heures.

C'était une chambre que j'avais réservée via une centrale sur le Net. Bien sûr, je l'avais déjà payée. Je voyais le moment arriver où j'allais devoir dormir dans ma voiture. Dehors, la température ne devait pas dépasser les cinq degrés et on était loin d'avoir atteint les heures les plus froides de la nuit.

— Je ne peux pas croire qu'on ne va pas trouver une solution. On est entre gens civilisés. Quelques minutes de retard, qu'est-ce que ça change dans le fond ?

Il a refermé le registre d'un geste sec et a récupéré le torchon. Il s'est mis de nouveau à s'essuyer les mains quand une voix profonde s'est élevée derrière moi.

— Robert, nom d'un chien, tu ne vas quand même pas laisser ce monsieur crever de froid dehors.

Je me suis retourné. Il y avait une table dans un coin sombre de la pièce et derrière elle, la silhouette d'un homme que je n'avais pas remarqué quand j'étais entré. J'ai secoué la tête et souri dans sa direction. L'hôtelier a fait une grimace et tendu le bras vers le tableau derrière lui. Il a décroché une pomme de touline au bout de laquelle pendait une clé dorée.

— Chambre onze, premier étage. Le petit déjeuner est servi entre sept et neuf heures. Pas avant, pas après.

J'ai dit merci. J'ai empoché la clé, pris mon bagage et fait quelques pas en direction de l'homme assis dans l'ombre.

— Merci. Sans vous, je crois que j'aurais pu y passer la nuit.

Il s'est avancé dans la lumière. Il était difficile de lui donner un âge. La peau de son visage semblait tannée et tendue comme celle d'un tambour. Il avait des cheveux raides et blonds qui descendaient jusqu'aux épaules. Ses pommettes étaient hautes et saillantes, ses yeux d'un bleu presque transparent tombaient légèrement. Ils me faisaient penser à ceux d'un chien d'attelage. Un husky de Sibérie. Il a tendu sa main vers moi. Je l'ai serrée. Elle était froide et calleuse.

— Samuel Svendsen. Ici, tout le monde m'appelle Sam.

Il avait à peine fini de se présenter qu'il poussait une chaise du pied.

— Asseyez-vous donc cinq minutes. (Il a fait un geste en direction de l'hôtelier.) Robert, apporte-nous deux whiskys.

Il s'est tourné vers moi.

— Excusez-moi, mais ça vous va, un whisky?

Je ne sais pas pourquoi je me suis assis. Il se dégageait de cet homme une force tranquille contre laquelle on ne pouvait pas lutter. C'était peut-être sa voix grave ou sa figure de Viking. Il a secoué ses cheveux avant de se reculer sur sa chaise et se fondre de nouveau dans l'obscurité.

— Alors vous venez de chez les fous, Jonas?

— Qu'est-ce que vous voulez dire? ai-je demandé.

Il s'est éclairci la gorge.

— Je veux parler de la ville.

— Oh, effectivement. C'est de là que j'arrive et je suis bien content de me retrouver ici. Au calme.

Ces deux derniers mots m'avaient échappé. J'ai compris en entendant l'hôtelier se gausser dans mon dos qu'ils devaient sonner faux ou trop juste. Le résultat est souvent le même.

— Chris, Ben, vous avez entendu ? Paraît que c'est calme par ici ! a dit l'hôtelier.

Les deux bûcherons, pêcheurs ou Dieu seul sait quoi se sont mis à rire. Sam a fait un mouvement du bras dans leur direction.

— Ne vous inquiétez pas, c'est une bande d'imbéciles. Alors dites-moi, qu'est-ce que vous venez chercher chez nous, à part une douce quiétude ?

J'ai hésité à répondre. Je trouvais que l'atmosphère était étrange. Je ne comprenais pas le sens de ces questions. Surtout, j'avais envie de prendre possession de ma chambre, me faire couler un bain brûlant, puis m'allonger sur le lit, fermer les yeux, dormir enfin. Sam s'est avancé à la lisière de la lumière. Elle lui dessinait à présent des ombres plus dures sur le visage. Il a continué :

— Vous devez me trouver indiscret. Mais vous savez, à cette saison, on ne voit plus grand monde par ici. Alors quand on a des visiteurs, on ne sait plus trop comment se tenir. N'hésitez pas à m'envoyer balader, si je vous agace.

Il a ri lui aussi. J'avais prévu de commencer mes recherches le lendemain matin. Après tout, c'était peut-être l'occasion de prendre un peu d'avance.

— Il n'y a rien de secret. Je viens ici pour retrouver mon père.

— Votre père ?

Il a marqué un temps d'arrêt.

— Et il s'appelle comment votre père ?

— Haug. Thomas Haug.

Il y a eu un long moment de silence. On entendait seulement le bruit des verres que les deux types faisaient glisser sur le zinc, le plancher qui craquait sous le poids de leurs corps.

— Et il habite par ici ?

— Oui dans la région. Mais je ne sais pas où exactement.

Sam s'est redressé. Il a poussé sa voix.

— Tu connais quelqu'un qui s'appelle Thomas Haug, Robert ? Moi, je ne vois pas.

L’hôtelier apportait les deux verres de whisky.

— Cherche pas, ce doit être un de ces mecs pleins aux as qui ont une maison de vacances sur la corniche.

Sam m’a regardé, j’ai agité les mains.

— Non, je ne crois pas que ce soit son style. Je suppose qu’il habite sur une île. Mais je ne sais pas laquelle.

— Une île ? Vous êtes au courant qu’il n’y a que ça dans la région ? a dit Sam.

Je savais bien que la baie était parsemée d’un chaos d’îles, c’était même une des caractéristiques du site. Des îles par centaines, des îlots, des roches affleurantes, des bancs de sable qui ne se découvraient qu’à marée basse, des labyrinthes de chenaux, des goulets étroits, des passes imprécises, un archipel coincé entre terre et mer. Dans les guides touristiques, on avait même donné un surnom à cette contrée perdue : « la région des mille et une îles ».

— Il n’y a plus que les richards qui habitent sur ces îles, a confirmé l’hôtelier.

— Je ne pense pas que ce soit le cas de mon père. Je ne l’ai pas connu, mais d’après ce que je sais de lui, c’est plus le genre Robinson Crusoé que Gatsby le Magnifique.

Sam a sifflé.

— Plus Robinson que Gatsby. Bravo, j’aime bien l’image ! Mais vous dites que vous ne l’avez pas connu. Ne serait-ce pas plutôt lui qui ne vous a pas reconnu ? Vous ne portez pas le même nom, si je ne m’abuse.

J’ai esquissé un sourire. Je me suis fait la tête de celui qui était à l’aise avec son histoire, à l’aise avec les autres, à l’aise avec la vie.

— Je suppose que ça revient au même, non ? Je n’ai qu’une vieille photo. Je ne suis même pas sûr d’arriver à le reconnaître.

— La quête du père, a dit Sam, un grand classique. Je me demande bien ce que vous cherchez. Des problèmes, très certainement.

J’ai attrapé le verre de whisky et je me suis mis à jouer avec.

— Non, mais j’imagine que je suis arrivé à un moment de ma vie où c’est devenu important pour moi de croiser son regard au moins une fois.

C'était une drôle de conversation. Les mots sonnaient d'une façon bizarre. J'essayais de comprendre comment on en était arrivés là quand j'ai entendu derrière moi un grincement de métal. Un des types au comptoir avait fait pivoter son tabouret. Je me suis souvenu que l'hôtelier les avait appelés par leurs prénoms : Chris et Ben.

— C'est marrant, a dit l'un, mais à vous entendre parler de Robinson Crusoé, ça me fait penser à quelqu'un. Il y a un gars qui ressemble à un naufragé. On le voit traîner de temps en temps dans les ports des environs.

L'autre a froncé les sourcils avant de réagir à son tour.

— Ouais, tu veux parler de cette espèce de vagabond bâti comme un ours qui ne parle jamais à personne. Il y en a qui l'appellent le « sauvage ».

Dès qu'il a dit les mots « ours » et « sauvage », j'ai su que je touchais au but. Ce ne pouvait être que lui. Ça correspondait exactement à l'image que je m'étais faite de lui. Ma mère m'avait dressé son portrait. Ce n'était pas les mêmes mots. Elle parlait plus volontiers d'un rustre, égoïste et taciturne. Pour moi, ça voulait dire à peu près la même chose.

— Et vous savez sur quelle île, il habite ce bonhomme ? ai-je demandé.

Les lèvres des deux types se sont tordues dans une moue des plus explicites. Celui qui venait de parler a précisé :

— Comment vous voulez qu'on le sache ? Il y a autant d'îles dans cette baie que d'étoiles dans le ciel.

Ils se sont mis à rire et à se pousser des coudes. J'ai compris qu'ils ne m'en diraient pas plus. Mais j'étais content, c'était un bon début, je venais à peine d'arriver dans la région et je levais déjà une piste.

— Vous ne buvez pas ? a demandé Sam.

J'ai trempé mes lèvres. Je n'avais jamais aimé les alcools forts, mais j'ai fait un mouvement de tête pour lui signifier que j'appréciais. J'ai ajouté un mot sur le caractère subtilement tourbé du breuvage. J'en ai bu une seconde gorgée. Une nouvelle fois, j'ignorais la raison pour laquelle je faisais ce genre de chose. C'était depuis toujours. Aussi loin que je me rappelle.

Le sentiment qu'il fallait que je me fonde dans le désir des autres et que je masque qui j'étais vraiment. Élisabeth, ma femme, m'avait quitté en partie à cause de ça. Je me souviens qu'elle avait dit un jour que je n'existais pas réellement. Et même pas dans tes romans, avait-elle ajouté en enfonçant ses grands yeux froids au fond des miens.

— Vous faites quoi dans la vie ?

La voix de Sam m'a ramené à la réalité.

— J'écris des livres.

— Vous êtes un écrivain ?

J'ai fait oui avec la tête.

— Ça alors, c'est incroyable. J'adore les écrivains. Abbey, Bass, Harrison, McGuane...

— Je vous arrête tout de suite. Je ne donne pas dans le *nature writing*. J'écris des biographies de personnalités célèbres. Des figures historiques, des hommes politiques, des acteurs, des sportifs, des poètes parfois. Vous allez être déçu, mais il y a très peu d'odes aux grands espaces dans mes bouquins.

— Quoi ? écrire sur de malheureuses destinées humaines alors qu'on a la nature à portée de main. Il faut être à moitié dingue.

Il a ri une fois de plus, s'est penché dans la lumière.

— Jonas rassurez-moi, je ne suis pas en train de parler avec un type à moitié dingue ?

J'ai ri avec lui. Je n'existais pas vraiment. C'est ce que répétait Élisabeth en bouclant sa valise. J'ai essayé de passer à autre chose.

— Vous ne connaîtriez pas quelqu'un qui aurait un bateau et qui pourrait me guider dans cette baie ?

Sam a fait claquer son verre vide sur la table.

— Jonas, vous, on peut dire que vous êtes béni des dieux. Savez-vous que vous avez devant vous le propriétaire du plus beau ketch de la baie. Quarante-deux pieds de la proue à la poupe. Je peux vous faire un forfait à la journée. Je m'occupe de tout, la navigation, le ravitaillement et vous, vous n'aurez qu'à grimper sur le mât avec une paire de jumelles, fouiller l'horizon et parfaire votre bronzage.

Je ne savais pas quoi penser. On aurait dit que tout était écrit d'avance, que tout s'enchaînait trop bien. Trop vite. D'une façon presque irréelle. Des coïncidences ? Plutôt un destin. On était des marionnettes et quelqu'un ou quelque chose de plus grand se jouait de nous. On n'avait pas le choix de nos actes. On nous avait mis les uns en face des autres et les évènements étaient arrivés parce qu'ils devaient arriver. Comme dans une tragédie grecque ou une pièce de Shakespeare.

# CHAPITRE 2

Le lendemain, je me suis réveillé à sept heures pile. Je ne voulais pas louper l'heure du petit déjeuner, j'avais compris que c'était une maison où on était à cheval sur les horaires. Ça avait été une nuit calme. La chambre était vieillotte mais confortable. J'avais surtout apprécié le silence. J'ai pris une douche rapide et je suis descendu dans la salle à manger. Il n'y avait personne. La veille, en voyant le nombre de voitures garées sur le parking, je m'étais bien douté qu'il n'y aurait pas foule, mais j'espérais quand même croiser quelques nouvelles têtes. L'hôtelier est arrivé en traînant les pieds.

— Café ou thé ? Sucré ou salé ?

Je lui ai répondu en commençant par le saluer. Il a marmonné un truc inaudible entre ses dents.

— Un café double et des œufs au bacon, si vous avez.

Un maigre sourire s'est dessiné sur son visage rubicond. J'ai eu l'impression qu'il me savait gré de ne pas en avoir rajouté plus que nécessaire dans la petite leçon de savoir-vivre que je n'avais pas résisté à lui donner.

La salle était contiguë au bar. Une vague décoration marine, un filet sur un mur, des boules de chalut rouges et bleues, des maquettes de navires, des photos de tempêtes. Quand il est revenu avec le café et les œufs au bacon, je lui ai montré une des photos au mur : des vagues qui se fracassaient contre un phare en pleine mer.

— Il y a souvent des tempêtes par ici?

— On rentre dans la saison. La première est annoncée pour la fin de semaine.

Il s'appuyait sur le dossier de la chaise qui me faisait face. Il m'a semblé qu'une sorte de tension venait de se relâcher dans la ligne de ses épaules. Il a poursuivi:

— On peut en avoir jusqu'à une bonne dizaine par hiver, et puis il y a des années où il n'y a rien. La météo, c'est n'importe quoi de nos jours. Depuis qu'ils ont tout déglingué avec leur gaz à effet de serre, on ne peut plus se fier à rien.

Je commençais à m'inquiéter pour la sortie en mer que j'avais prévue avec Sam. On avait décidé de naviguer trois jours autour des îles.

— Vous pensez que ça craint pour notre balade?

— Non, vous n'avez rien à redouter. Sam est le meilleur skipper de la région. Il connaît les courants de la baie comme personne. Et il a forcément prévu que vous soyez de retour avant le grain. Il est moins barré qu'il y paraît.

J'ai percé joyeusement le jaune de mes œufs avec la pointe de mon couteau. C'était des mots que j'étais content d'entendre.

— Moins barré, ai-je répété en souriant.

J'étais content aussi de voir mon hôtelier se dérider. Il a fait courir sa main sur ses joues.

— Nous autres, c'est pareil. On est tous un peu bruts de décoffrage, mais c'est le pays qui veut ça. La vie ici n'est pas facile. Le vent, la pluie, la neige. Ce sont des choses qui épaississent la couenne et nous font nous refermer comme des huîtres. Mais au fond, on n'est pas des mauvais bougres.

Il s'est balancé sur ses jambes comme s'il remettait en route une vieille machine un peu grippée puis il a lâché le dossier de la chaise.

— Si vous revoulez du café, n'hésitez pas. J'en ai fait une pleine cafetière.

Les œufs au bacon étaient parfaits. Le café était un vrai café. Mon hôtelier se révélait être plus civilisé que je ne le pensais. Je me réjouissais même de la qualité de la lumière. En fait, ça faisait longtemps que je ne m'étais pas senti aussi bien. J'avais cette sensation d'avancer sur le bon chemin, de prendre enfin les commandes de mon existence, peut-être même de commencer à envisager une possible renaissance.

Après le petit déjeuner, je suis remonté me laver les dents. J'ai pris ma veste et je suis sorti. Sam m'avait donné rendez-vous en fin de matinée. J'avais du temps devant moi.

La ville ne ressemblait pas à celle que j'avais entraperçue la veille en arrivant. On ne pouvait pas parler d'animation. Le mot aurait été exagéré, mais il y avait de la vie. Des commerces étaient ouverts. Ils s'alignaient des deux côtés de la rue : une boulangerie, une épicerie, une poissonnerie, une pharmacie. Une coopérative maritime occupait un immeuble entier de deux étages, posé au milieu du port, à l'écart des autres bâtiments. Il y avait des gens aussi. Je me suis fait la réflexion que c'était essentiellement des personnes d'un certain âge. Les jeunes devaient être partis, en quête d'un avenir, vers les grandes métropoles du Sud.

Dans le port, il y avait des bateaux de pêche et des voiliers. Sur le quai, un chantier naval d'où s'échappaient des bruits métalliques et des odeurs de créosote et d'essence. J'aimais bien cette ambiance. Il y avait quelque chose de vrai, quelque chose de vivant, une simplicité qu'on ne trouvait plus dans les villes depuis longtemps.

J'ai marché jusqu'au bout de la digue et je me suis arrêté devant une balise verte. L'océan était toujours aussi plat que la veille. Les premières îles se dévoilaient dès la sortie du port. Certaines n'étaient que des rochers couronnés de deux ou trois épicéas. D'autres étaient recouvertes d'épaisses forêts qui paraissaient impénétrables. Au large, l'horizon, quand on l'apercevait entre deux reliefs, évoquait un chapelet dont on aurait coupé le cordon et dispersé les grains. J'ai pensé à mon père. Je me suis demandé comment j'allais faire pour le retrouver au milieu de tout ça. Je me suis surtout demandé si cela avait encore du sens. J'ai scruté le ciel. Aucune trace de la tempête à venir. Il n'y avait que du bleu. Du bleu pâle et une touche de rose qui se baladait par-ci par-là, comme une réminiscence ou un rêve qu'on poursuit mais qu'on ne rattrape pas.

Je n'ai pas eu de mal à trouver le bateau de Sam. Il m'avait donné des explications très précises: «Le ponton devant la capitainerie. Le voilier blanc tout au bout sur la droite.» Je me souvenais qu'il avait parlé d'un ketch. Je ne connaissais pas la différence avec les autres modèles de voiliers. Mais j'ai été surpris par la beauté de l'engin. C'était un deux-mâts avec un pont en teck. Sa coque avait un galbe parfait. On aurait pu penser au travail d'un sculpteur. Devant le bateau, il y avait un tas de cartons et un grand type en train de les examiner. Ce n'était pas Sam.

— Excusez-moi, je cherche monsieur Svendsen.

Le gaillard s'est retourné, un corps de lutteur avec une toute petite tête ronde posée dessus. On aurait dit qu'une partie de lui avait oublié de grandir.

— Pardon?

— Samuel Svendsen. Je crois qu'il est le propriétaire de ce bateau.

J'ai désigné le ketch.

— C'est mon frère. Vous êtes le gars de la ville?

— Oui, Jonas Duval.

Je lui ai serré la main. Il avait les oreilles décollées et des lèvres trop grosses. Il partageait peu de traits communs avec Sam. À part peut-être les yeux. Le même bleu très clair, la même forme légèrement tombante. Il a fait claquer sa langue contre son palais.

— Moi, c'est Ringo.

— Ravi de vous connaître, Ringo.

— Je range les provisions. Sam ne va pas tarder, il est parti acheter des élingues et des ridoirs.

Je ne savais pas ce qu'étaient des élingues et des ridoirs, mais je n'ai rien dit. Je sentais que si je lui avais posé la question, je lui aurais fait de la peine.

— Pardon, je vais transporter les cartons.

— Vous voulez un coup de main?

— Non, Sam n'aimerait pas. Il dit toujours que les deux seules choses que doivent faire les clients sur un bateau, c'est prendre le soleil et servir de lest.

— OK, mais moi, j'ai envie de vous aider.

J'ai attrapé un carton et j'ai sauté sur le pont. Je n'avais pas prévu le roulis. J'ai perdu aussitôt l'équilibre et je me suis affalé sur une banquette. Le carton m'a échappé des mains. Il a rebondi sur l'espèce de balcon en inox qui fermait l'angle arrière du bateau et est tombé à l'eau. Ringo m'a aidé à me relever. Il était catastrophé. Une de ses paupières n'arrêtait pas de tressauter sous le coup de l'émotion.

— Pardon monsieur, pardon. Vous ne vous êtes pas fait mal au moins?

Je l'ai rassuré en me frottant un coude.

— Non ça va. C'est ma faute. Je suis désolé pour le carton. Je ne sais pas ce qu'il y avait dedans. Mais je vous rembourserai.

Je me suis penché par-dessus bord. L'eau était limpide. Ce n'était pas comme ça dans tous les ports. Le carton était posé sur le fond, trois bons mètres plus bas, au milieu des algues et des galets gris-bleu.

— Oh, ce n'est pas grave. C'était des boîtes de conserve. Des haricots verts. Ça aurait pu être pire. Vous auriez pu couler le carton de gâteaux au chocolat. Mais ne vous inquiétez pas. Je le récupérerai tout à l'heure.

Il me plaisait ce Ringo. Il y avait un je-ne-sais-quoi en lui qui me touchait. Une candeur, une innocence que je cherchais en vain chez les autres depuis des années. Ou pour être plus précis, que j'avais arrêté de chercher chez les autres depuis des années.

Il m'a proposé de m'asseoir sur la banquette pendant qu'il transporterait les cartons. Après la cascade que je venais de me payer, j'ai préféré me rendre à ses arguments. Il me disait que je serai bien installé et qu'il fallait que je le laisse faire, il avait l'habitude, il n'en aurait pas pour longtemps. De toute façon, je ne savais pas où les choses se rangeaient.

— Pardon, mais sur un bateau, tout doit être parfaitement organisé. C'est ce que dit Sam tout le temps.

J'en ai profité pour tendre mon visage dans les rayons de soleil. C'était agréable de sentir la chaleur. Elle était douce. On voyait bien qu'on allait vers la fin de l'été indien.

Ringo avait rangé toutes les provisions en moins de temps qu'il n'en faut pour le dire. Il était affairé à je ne sais quelle tâche à l'avant du bateau. Je me suis levé et je l'ai rejoint en faisant attention de ne pas tomber.

— Qu'est-ce que vous faites ? ai-je demandé, la main agrippée à un câble qui descendait du mât.

— Hier, on a changé le davier. Je vérifiais les fixations. Mais pardon, vous devriez rester assis. Si Sam vous découvre ici, il ne va pas être content. C'est lui en principe qui fait visiter le bateau aux clients.

— OK, ne vous inquiétez pas. Je retourne m'installer à l'arrière.

Ringo s'est relevé. Il avait un air contrarié. Il a hésité.

— Pardon, mais ce que vous appelez l'arrière, c'est le cockpit.

J'ai haussé les épaules et je lui ai fait une grimace.

— Je suis désolé, mais je ne connais pas le vocabulaire nautique.

J'ai fait une nouvelle grimace plus accentuée encore. Il a froncé ses sourcils puis son visage s'est relâché. Un sourire transformait toute l'architecture de son curieux visage, ses yeux se plissaient jusqu'à disparaître alors que ses lèvres, dans un mouvement inverse, paraissaient s'ouvrir comme les pétales d'une fleur exotique. Il y avait chez lui quelque chose d'un clown. Pas un clown blanc, pas un auguste. Plutôt un contre-pitre, celui qui a le cœur bon et les intentions pures.

— C'est pas bien grave. Les clients, ils ne connaissent jamais rien. Il y en a qui font semblant. Mais Sam le dit toujours, la plupart d'entre eux ne pourraient même pas faire la différence entre leur main droite et leur main gauche.

Pendant qu'il parlait, son sourire s'était refermé et un voile léger avait glissé sur son front. C'était un type facile à décrypter, ses émotions affleuraient à la surface comme un récif signalé par une balise colorée.

— Mais je veux bien apprendre, ai-je dit.

Son sourire a fleuri à nouveau. Encore plus grand, toujours plus beau.

— Ça, c'est une chouette idée. Vous allez voir, les noms sont formidables. Vous allez vous régaler. De toute façon, Sam n'est pas là. On peut démarrer tout de suite.

Et il m'a nommé tous les objets, les uns après les autres. Le guindeau, les taquets, les chandeliers, les filières, les étais, les drisses, les winchs, les bômes, les haubans. On passait d'un bord à l'autre du voilier, de l'avant à l'arrière ou plutôt de la proue à la poupe. Il débordait d'enthousiasme. Il était infatigable. Bien sûr, je ne retenais pas tout. Il parlait vite et le vocabulaire était particulier. À la fois riche et poétique, complexe et déconcertant. Mais c'était un moment incroyable, d'une invraisemblable gaieté. Il accompagnait chacune de ses explications par de grands gestes. Quand il prononçait un mot qu'il jugeait particulièrement beau, il s'en délectait à l'avance. C'était flagrant, surtout quand il s'est mis à aborder le sujet des voiles. À chaque fois, il marquait un temps d'arrêt et agitait son index comme s'il allait déclamer des vers. Je voyais ses yeux qui se mettaient à pétiller, sa lèvre inférieure qui frémissait de plaisir. Grand-voile, trinquette, tourmentin, génois, safran, spinnaker. Pour finir, il s'est mis à rigoler quand il m'a montré une petite voile rangée dans une housse et ficelée comme une saucisse sur le mât arrière.

— Et ça, c'est l'artimon. Est-ce que vous savez le nom qu'on lui donnerait si on était sur un yawl et pas sur un ketch ?

J'ai fait non avec la tête. Il a explosé de rire.

— C'est beaucoup moins joli. Un tape-cul, qu'on l'appellerait.

Je me suis mis à rire avec lui. Ce n'était même pas drôle, mais son rire était communicatif. Il était comme une vague de houle qui se levait et vous emportait. J'avais envie de me laisser aller. Je sentais que ça vidait des choses à l'intérieur de ma poitrine. Ou plutôt, ça les écopait, comme aurait dit Ringo.

— Je vois que vous avez fait connaissance.

Je me suis retourné. Sam était sur le ponton. Je ne l'avais pas entendu arriver. Il était grand, lui aussi. Presque autant que Ringo. Il caressait la coque de son voilier du regard, les bras croisés sur le torse.

— C’est un ketch en acier construit en 1980, mais vous verrez, il ne fait pas son âge.

Je me suis mis à tousser pour me donner une contenance. Quand il avait dit que nous avions fait connaissance, j’avais cru qu’il me parlait de Ringo. Pas de son bateau.

# CHAPITRE 3

Sam m'a fait refaire le tour du propriétaire. Il m'a montré à peu près les mêmes choses que Ringo. Mais l'ambiance était différente. Il était plus technique, plus sérieux que son frère, moins lyrique. Il m'expliquait la fonction des objets. Les noms lui importaient peu. Seule leur utilité comptait. La revue a été rapide, efficace, puis il m'a invité à descendre dans la cabine.

À l'intérieur, il faisait presque chaud. Il y avait une cuisine sur la droite, une sorte de bureau à gauche et au fond, autour d'un pilier métallique peint en bleu, un coin salon avec deux banquettes recouvertes d'un tissu bariolé aux couleurs passées.

— Ça, c'est le carré. C'est là qu'on prendra nos repas si jamais on rencontre des conditions difficiles. Sinon, on mangera là-haut dans le cockpit. Ici, c'est un poêle à gasoil. Un Dickinson Marine. Pour l'allumer il faut ouvrir le robinet et jeter un coton imbibé d'alcool au fond de la cuve. On en aura besoin en début de nuit. Une paire d'heures, pas plus. La cabine chauffe vite et la météo est bonne pour les trois jours à venir. On sera de retour au port bien avant le coup de froid annoncé pour la fin de semaine.

On est passé à la cuisine et après à la table à cartes. Ce n'était pas compliqué. Il suffisait de faire un pas ou de basculer son corps d'une jambe sur l'autre. L'intérieur du bateau n'était pas très vaste. On était littéralement collés l'un contre l'autre.

— C'est plus spacieux que ce qu'on imagine de l'extérieur, vous ne trouvez pas? m'a-t-il demandé alors qu'il faisait jouer la porte d'un coffre.

— Oui, effectivement, c'en est même troublant, ai-je répondu en me frottant le menton et en souriant intérieurement.

Il m'a montré l'électronique. Des sondeurs, des GPS, un anémomètre, un compas électronique, le pilote automatique, le radar, la VHF, la station météo numérique. Quand il est arrivé aux éléments de sécurité, son ton s'est fait plus docte encore.

— Là, Jonas, il va falloir ouvrir les yeux, les deux et puis les oreilles aussi. On va parler d'équipements qui pourraient un jour vous sauver la vie.

Et il m'a détaillé le fonctionnement du téléphone satellite, de la balise de détresse. Il m'a indiqué où étaient rangés les gilets de sauvetage, m'a rappelé l'existence du radeau de survie qu'il m'avait montré quelques minutes auparavant, là-haut sur le pont. Quand il a eu fini, il est resté plusieurs secondes avec les mains sur les hanches, posant son regard sur toutes choses. Il me faisait penser à un seigneur, maître en son royaume.

— Bon, il ne me reste plus qu'à vous montrer vos appartements.

Derrière la salle de bains dont il m'avait déjà expliqué le fonctionnement dans les moindres détails, il y avait deux portes coulissantes. Sam a désigné celle qui donnait sur le bâbord du bateau.

— Ici, c'est la cabine de Ringo.

Je me suis figé au milieu du passage.

— Ah, parce qu'il va venir avec nous?

J'étais à la fois surpris et content. Il faut dire que je ne me sentais pas à l'aise quand j'étais seul avec Sam. Il avait une forme d'autorité qui m'inhibait. Ça me rassurait d'imaginer qu'on serait trois. Ça ouvrait des perspectives différentes. Mais Sam s'est mépris sur ma réaction. J'ai vu son visage virer au gris.

— Pourquoi, ça vous pose un problème!

— Non, pas du tout. Au contraire même.

Il m'a fixé comme s'il essayait de démêler le vrai du faux. J'étais gêné par son attitude. Je la trouvais inadéquate. Disproportionnée.

— Ringo vous a embêté tout à l'heure ?

J'ai fait un pas en arrière. Je me suis cogné contre une paroi.

— Grand Dieu, non. Il s'est montré adorable.

Il a hésité, a jeté un coup d'œil vers l'échelle qui montait vers le pont.

— C'est mon petit frère. Il y a quelque chose qui s'est arrêté de grandir en lui, il y a longtemps déjà. Parfois, il peut lui arriver de dérailler. Mais c'est un super bonhomme. Et sur un bateau, c'est un coéquipier de première. On marche ensemble tous les deux. De toute façon, vous n'avez pas le choix. C'est le bateau avec nous deux ou c'est rien du tout !

Je lui ai attrapé l'avant-bras.

— Sam, je vous le répète. Il n'y a aucun problème. Je suis très heureux qu'il fasse partie de l'équipage.

Il m'a dévisagé avec cette intensité qui semblait ne jamais devoir le quitter.

— Il ne fait pas partie de l'équipage. Il est l'équipage à lui tout seul.

Tout à coup, ses traits se sont relâchés. Il m'a regardé. Un fin sourire a fleuri sur ses lèvres.

— Mais il ne faut surtout pas le lui dire, il serait capable de me demander une augmentation.

Il m'a tapé sur l'épaule en riant. Je n'en revenais pas de la vitesse à laquelle il changeait d'attitude. Une image de la versatilité.

— Donc, ça, c'est sa cabine et la vôtre, c'est celle-ci.

Il a ouvert la porte qui donnait sur l'arrière. C'était une cabine double avec deux couchages séparés par un couloir de moins d'un mètre de large. Les matelas reposaient sur des structures en bois qui cachaient des rangements. Les cloisons étaient recouvertes de lambris vernissés. Il y avait aussi deux hublots de chaque côté et au plafond, un panneau de pont.

— Ça vous plaît ? m'a demandé Sam.

J'ai dit oui. Il y avait bien cette légère odeur de moisissure, mais j'imaginais que je finirais par m'habituer.

— Moi, j'occupe la cabine avant. La cabine du capitaine. Mais la vôtre est la plus grande. On sait recevoir chez les Svendsen.

Quand on est remonté sur le pont, Ringo avait disparu. Je me suis approché de la proue en longeant la coursive pour essayer de le trouver.

— Hé ho, monsieur Jonas.

J'ai levé la tête. Il était tout en haut du grand mât et secouait le bras.

Sam a porté sa main en visière au-dessus de ses yeux.

— Quand je vous disais que Ringo était un équipier comme il n'y en a pas deux. Chez les marins, on appelle ça un homme de première force.

Pendant qu'on se dirigeait vers le cockpit, il avait repris son énumération à la Prévert.

— On a aussi deux panneaux solaires, une éolienne, un dessalinisateur de trois cents litres, une annexe motorisée. Et j'allais oublier l'essentiel, un moteur Perkins de soixante-sept chevaux. Il n'est pas tout neuf, mais il sort de révision et il démarre au quart de tour.

Quoi qu'il arrive, Sam en revenait toujours à son ketch. J'imaginais que c'était le lot de tous les marins.

On a réglé les derniers détails. Il m'a fait signer des papiers. Je lui ai donné de l'argent liquide, ainsi qu'il me l'avait demandé la veille.

Ringo était descendu de son perchoir. Muni d'un cordage armé d'un grappin, il se préparait à récupérer le carton que j'avais fichu à l'eau. Sam a vu que je l'observais.

— Vous avez dû remarquer qu'il n'arrête pas de coller le mot « pardon » dans chacune de ses phrases.

— Oui, on a tous nos tics de langage.

— Lui, il demande pardon à chaque instant depuis qu'il sait parler. Je crois même que c'est le premier mot qu'il a dit, avant « maman » ou « papa ». Je suppose que c'est une manière de s'excuser d'exister. Vous savez, je l'ai toujours protégé. Notre père ne le supportait pas. Ça n'a pas été facile tous les jours.

Je ne comprenais pas pourquoi Sam me disait tout cela. Le fait d'être sur un bateau, la promiscuité, la présence de l'océan ?

Je me suis demandé ce que ça allait être une fois qu'on serait vraiment en mer. Il a balayé l'air de sa main comme s'il chassait une mouche ou de mauvais souvenirs.

— Bon, je vous ennuie. Il faut m'excuser. On n'a pas l'habitude de parler et quand la machine est lancée, elle est difficile à arrêter.

Il a sorti une carte marine de la poche intérieure de sa parka et l'a dépliée.

— Je vous présente notre terrain de jeux pour les jours à venir. Vous allez voir, on a de quoi faire.

La carte, avec le positionnement de toutes ses îles et ses rochers de toutes tailles et de toutes formes, ressemblait à une peinture pointilliste de Georges Seurat. Je me disais qu'en prenant du recul se découvrirait peut-être un paysage champêtre ou un nu délicatement alangui. Ou qui sait encore, il n'est pas interdit de rêver, le portrait de mon père.

— On va commencer par là.

Sam venait de me faire revenir à la réalité. Il avait appuyé son index en bas de la carte sur une des îles les plus grandes.

— L'île Verte. Hier soir, après votre départ, j'ai interrogé Chris et Ben. C'est sur cette île qu'ils ont vu à plusieurs reprises l'homme qui pourrait être votre père. Il y a un port. Plus petit qu'ici, mais il donne sur le large et est très fréquenté par les gens de la baie. Avec un peu de chance, on pourra peut-être obtenir quelques informations. En tout cas, ça vaut le coup d'essayer.

J'ai hoché la tête. Il a continué :

— Avec Ringo, on va faire les derniers préparatifs. On aura terminé ce soir. On pourrait partir tôt demain matin, comme ça, on arriverait aux alentours de midi. Qu'est-ce que vous en pensez ?

— J'en pense qu'on pourrait se tutoyer.

Une ride est venue barrer son front.

— Excusez-moi Jonas, mais je préfère le vouvoiement. Ce n'est pas contre vous. Mais ce sont mes habitudes. Les habitudes des gens de mer. Des superstitions imbéciles. Un capitaine de navire ne tutoie pas ses passagers.

— Ce n'est pas grave. Je disais ça comme ça. Le vouvoiement me va très bien aussi.

Je ne voulais pas le froisser. Il me faisait penser au personnage du capitaine Bligh dans *Les Révoltés du Bounty*. Au niveau du caractère, j'entends. J'espérais que notre voyage serait moins mouvementé et que les circonstances ne m'obligeraient pas à jouer les Fletcher Christian.

Il m'a proposé une bière. J'ai refusé. Je lui ai dit que je voulais repasser à l'hôtel, que j'avais besoin de me reposer un peu. On a sauté sur le ponton. Il m'a tendu la main.

— Donc, on se donne rendez-vous demain à cinq heures. Prenez votre bagage, une parka imperméable bien chaude, achetez-vous un tube de crème solaire et une paire de lunettes polarisantes.

Je venais de lui serrer la main. Il était déjà remonté à bord, quand ça m'a traversé l'esprit. Il avait été précis et complet au sujet de son voilier, mais il manquait un élément au tableau. Je l'ai appelé. J'ai désigné d'un geste l'arrière du bateau.

— Sam, au fait, je ne vois pas de nom sur votre voilier. Ne me dites pas que vous allez me faire naviguer sur un vaisseau fantôme ?

Il s'est appuyé sur la bôme d'artimon. J'ai eu l'impression que son visage s'était refermé.

— Non, non, la plaque n'arrêtait pas de faire du bruit dans le clapot. Du coup, je l'ai enlevée. Il y a des années de ça. Elle doit être au fond d'un coffre. Il faudrait que je pense à la refixer. Mais bon, il y a toujours quelque chose de plus urgent à faire. C'est ça la plaisance.

Il a souri. Un sourire qui m'a semblé forcé. J'allais partir, je me suis retourné.

— Et il s'appelle comment, alors, votre bateau ?

Il s'est raclé la gorge.

— *Tala Yuna*. Son nom est *Tala Yuna*.

# 1 Beaufort

*Il se forme des rides ressemblant à des*
*écailles de poisson.*
*Mais sans aucune écume.*

# CHAPITRE 4

J'ai demandé à Robert l'hôtelier si je pouvais laisser ma voiture sur son parking, il a accepté sans hésiter. Après des débuts difficiles, on avait trouvé nos marques tous les deux. Il venait au contact. Je voyais même qu'il prenait plaisir à me parler. Il m'avait raconté sa vie, je lui avais livré quelques bribes de la mienne.

C'est Robert qui m'a conseillé d'aller à la coopérative maritime pour acheter les fournitures qui me manquaient. J'ai pris une parka en Gore-Tex, plus à même de me protéger des intempéries que ma veste en cuir, une paire de lunettes polarisantes, un tube de crème solaire et je me suis offert un petit cadeau, un magnifique couteau pliant en acier inoxydable muni d'un démanilleur et d'un épissoir. Je ne savais pas si j'en aurais l'utilité. Je n'étais même pas certain d'avoir compris à quoi les deux ustensiles repliés contre le manche servaient réellement. Mais je trouvais que ça s'imposait. À défaut de faire de moi un véritable marin, ça me mettait déjà dans l'ambiance.

J'ai mis mon réveil à sonner à quatre heures. Quand je suis descendu au rez-de-chaussée, Robert était déjà prêt.

— Je vous ai préparé un café et des œufs au bacon. La mer, ça creuse. Vous ne pouvez pas embarquer le ventre vide.

Je n'en croyais pas mes yeux. L'avant-veille, il avait failli me laisser dormir dehors et aujourd'hui, il se comportait avec moi comme une mère poule avec son poussin préféré. Je me suis installé à la table qu'il avait dressée pour moi, curieusement ému. J'avais pris l'habitude de me laisser guider par ma première impression. Et Robert bousculait ma façon de voir les choses. Suffisait-il de gratter un peu la rouille pour retrouver chez les gens un éclat d'humanité ? Je me suis demandé s'il n'était pas grand temps de faire évoluer mon rapport aux autres. À défaut de leur faire entièrement confiance, j'essaierai dorénavant de leur laisser le bénéfice du doute.

Robert était revenu avec le plateau. Je le regardais disposer la panière, l'assiette de bacon. Il a versé le café dans le bol. Il m'apparaissait si extraordinaire, si déroutant dans sa complexité d'être humain que soudain j'ai eu l'idée d'en faire un personnage et de le glisser dans la bio que j'étais en train d'écrire. Un personnage secondaire haut en couleur. Je me débrouillerai bien pour lui trouver une place. D'ailleurs, où en étais-je de ce manuscrit ? De quoi ça parlait exactement ? De qui ? Je ne le savais même plus ou je le savais trop bien. Je n'avais écrit qu'une dizaine de pages. Sans plan, comme je le faisais d'ordinaire. Mais sans flamme non plus, sans envie.

Mon éditeur me courait après depuis des mois. Je sortais un livre chaque année depuis dix ans et figurais chaque fois dans la liste des meilleures ventes. C'était des biographies plus ou moins romancées. Au début, j'avais pris beaucoup de plaisir à décliner les névroses de mes sujets d'étude, partant à la recherche de leur vérité avant de finir par la réinventer à chaque nouvelle page. Depuis quelques années, je tournais en rond. Je me faisais l'effet d'être un gros chat assoupi près d'une cheminée. Je ne prenais pas de risque. Je ronronnais doucement. Avec le départ d'Élisabeth, le processus s'était accéléré encore. Le manuscrit, qui était en cours ou plutôt en rade, aurait dû être rendu depuis six mois. Six mois de retard. Autant dire la promesse de la perte, pour mon éditeur, d'une grosse partie de son chiffre d'affaires de l'année à venir. Il avait commencé par m'appeler tous les jours pour m'encourager, puis il avait fini par m'envoyer des lettres recommandées pour me rappeler les clauses de mes contrats d'édition. Les délais surtout, les risques qui pesaient sur le versement de mes prochains à-valoir. Quand j'avais pris ma voiture pour venir jusqu'ici, je n'avais pas laissé d'adresse où me joindre. Je n'avais prévenu personne. Avant de claquer la porte de mon appartement, j'avais confié mes plantes vertes à ma voisine et j'avais abandonné mon téléphone portable sur la console de l'entrée.

— Il n'est pas simple, Sam. Mais vous verrez, c'est quelqu'un de bien.

Robert était resté debout comme la veille pendant que j'avalais mes œufs au bacon.

— Son frère aussi est particulier. Mais je crois que j'ai un bon feeling avec la *Svendsen's family*.

Je lui ai adressé un sourire entre deux bouchées. Ça l'a encouragé à continuer.

— Ils n'ont pas eu une vie facile tous les deux.

— C'est ce que j'ai cru comprendre. Une enfance compliquée, c'est ça ?

— Il vous a raconté ? C'est incroyable. Ça veut dire qu'il a confiance en vous. C'est rare. D'habitude, Sam est plutôt un taiseux.

— Oui, ça m'a surpris moi aussi. Je pensais que les marins étaient moins loquaces.

— Ce doit être le fait que vous êtes un écrivain. Il a toujours un livre sur lui. Par ici, il y en a qui l'appellent en cachette « le rat de cale ». Parce que les rats, ça bouffe les bouquins !

Il a pouffé de rire. J'ai bu une gorgée de café.

— Mais un conseil : ne l'appelez jamais comme ça. Il déteste les surnoms. C'est à cause de Ringo. Il y a quelques années de ça, des types s'étaient mis à l'embêter. Pour rigoler, ils l'avaient affublé de surnoms à la con. On ne peut pas dire que ça se soit super bien terminé pour eux.

— Ils l'appelaient comment ?

— « Bercé près du mur » ou « bercé par la houle », ça dépendait des jours.

— Et qu'est-ce qu'il s'est passé pour ces types ?

Robert a attrapé le chiffon qui était sur son épaule et a essuyé le rebord de la chaise qui était devant lui.

— Oh ça, on ne sait pas trop. Disons que ça fait un sacré bout de temps qu'on ne les a pas vus traîner dans la région.

J'ai terminé mon café avec des interrogations dans la tête. Des alarmes qui frémissaient et que je sentais prêtes à sonner à tout moment. Mais je ne pouvais plus reculer. Ce que je ne parvenais pas à comprendre, c'était la raison pour laquelle Robert me racontait tout ça. J'avais aussi la certitude qu'il ne me disait pas tout.

J'ai enfilé ma parka et récupéré mon bagage. Robert est arrivé avec une vieille casquette dans la main.

— Vissez-vous ça sur le crâne si vous ne voulez pas attraper une insolation. En mer, le soleil ne fait pas de cadeau.

C'était une casquette rose à la couleur passée avec une visière élimée et le logo d'une marque de matériel de pêche. Un leurre rouge et blanc avec des hameçons menaçants comme des crocs de boucher.

— Faut faire attention à vous, il peut être très dangereux, a-t-il ajouté avec une voix qui tremblait un peu.

Je me suis demandé, en refermant la porte derrière moi, s'il parlait bien du soleil.

Dehors, le jour n'était pas encore levé. Mais on pouvait déjà voir les premières lueurs qui grandissaient derrière les collines. Je suis parti en direction du port. Il faisait frais et humide, mais l'air était agréable et empli de ces odeurs marines que j'aimais tellement. À la hauteur de la digue, j'ai rencontré quelques bancs épars de brume. Ils flottaient tels de petits fantômes au ras des pavés. Quand je les franchissais, j'accélérais le pas. J'espérais les voir s'enrouler sur eux-mêmes comme des vortex. Mais rien ne se produisait. Je passais au travers comme si nous évoluions dans des dimensions différentes.

Quand je suis arrivé, Sam et Ringo étaient déjà affairés sur le bateau. Ils ont levé la tête pour me saluer et m'inviter à grimper à bord.

— Allez poser votre sac dans votre cabine, m'a dit Sam en chuchotant. On essaye de ne pas faire trop de bruit, car il y a des plaisanciers qui dorment sur leurs bateaux.

Quand je suis passé devant Ringo, il m'a lancé un sourire.

— J'ai réussi à repêcher le carton de haricots en boîte.

J'ai dressé mes deux pouces vers le ciel.

— C'est cool.

Pendant que j'installais mes affaires dans les coffres de ma cabine, je réalisais que c'était quand même une situation étonnante. J'allais me retrouver pendant trois jours et deux nuits avec deux types que je connaissais à peine, reclus dans un espace restreint au milieu de l'océan. Moi, qui rechignais à aller vers les autres. Moi qu'il fallait traîner aux cocktails littéraires et aux salons du livre. Moi, qui avais choisi ce métier justement parce qu'il me permettait de donner une justification à mon besoin irrépressible de solitude. Je me suis assis sur une des couchettes. Si ça me pesait, je pourrais toujours me retrancher dans ma cabine en prétextant un mal de mer, me disais-je, histoire de me rassurer. Mais il fallait pour ça que je me débarrasse de cette odeur de moisissure qui me soulevait le cœur. J'ai ouvert les hublots et le panneau de pont et je suis remonté à l'air libre.

Vers la lumière cireuse du petit jour.

Vers le ciel aux reflets ivoirins.

Vers les autres.

— On va faire route au moteur, m'a dit Sam. C'est le calme blanc et ça va durer au moins jusqu'au milieu de la journée.

— Le calme blanc ?

— Oui, la pétole, l'absence de vent, la mer d'huile, si vous préférez. C'est du jargon de marin. Il va falloir vous habituer. Chateaubriand disait que c'était la langue telle que la parlent l'océan et le ciel, le calme et la tempête.

J'ai souri.

— Je ne savais pas que Chateaubriand écrivait du *nature writing*.

Sam s'est esclaffé.

— Qu'est-ce que vous croyez ? Je connais aussi mes classiques.

Ils ont fait les dernières vérifications, procédé à deux-trois réglages, puis Sam a lancé le moteur. Je l'ai entendu pétarader. Une odeur de gasoil s'est répandue autour de nous. Il l'a laissé tourner pendant plusieurs minutes au ralenti. Je percevais les vibrations sous mes pieds. J'imagine qu'il fallait faire chauffer l'animal. Ringo s'était positionné sur le quai, une main sur le cordage qui reliait le bateau à la terre ferme. Il attendait le signal de son frère. Je le sentais concentré comme s'il allait réaliser un salto arrière. Je me suis assis sur la banquette. Sam s'est installé à la barre. Il a fait un clin d'œil à Ringo.

— Matelot, vous pouvez larguer les amarres.

Et le matelot a tiré sur la corde avec de grands gestes qui trahissaient un enthousiasme et une excitation non feints. Ils m'ont rappelé ceux d'un enfant ouvrant ses cadeaux le matin de Noël.

On est sorti du port à petite vitesse. La surface de l'eau était d'un blanc grisâtre. Par endroits, une brume laiteuse. On aurait pu croire qu'elle était éclairée de l'intérieur comme un soleil d'hiver qu'on regarderait à travers du verre dépoli. Quand on a laissé derrière nous la balise verte et la balise rouge qui marquaient la sortie du port, Sam a accéléré le régime du moteur et l'étrave du voilier a pris sa place dans le courant.

Sam s'est retourné. Ses cheveux blonds volaient dans le vent.

— On est dans le chenal. Dès qu'on aura passé la bouée conique verte avec une bande rouge et le caillou en forme de tête de sorcière que vous voyez à tribord, on sera dans la baie à proprement parler.

— Et c'est à partir de là que notre aventure pourra commencer, a ajouté Ringo qui venait de m'apporter un café.

J'ai attrapé le mug fumant. Une aventure, pourquoi pas ! Après toutes ces années passées le cul vissé sur un fauteuil, ça me ferait certainement du bien. Et même si je ne retrouvais pas mon père, ça me dégourdirait au moins les jambes et m'aérerait l'esprit. Ce que je ne savais pas encore, c'est que cette aventure allait faire bien plus que ça. Elle allait changer à jamais le cours de ma vie.

# CHAPITRE 5

*La mer formait des rides qui ressemblaient à des petites écailles de poisson*, mais il n'y avait pas d'écume, à part celle, fine et presque transparente, que nous laissions dans notre sillage. Plus nous avancions, plus le tableau qui se dévoilait sous nos yeux devenait incroyable. Le soleil venait de faire son apparition, encore engourdi par le sommeil. Il enveloppait la mer d'une chaleur douce, alors que les îles sombres recouvertes d'arbres essayaient de résister à cette lumière jaune orangé qui se préparait à tout embraser.

Les guides touristiques ne mentaient pas. Quel que soit l'endroit où l'on portait son regard, il y avait des îles. Des centaines d'îles. Peut-être y en avait-il vraiment mille et une. Quand je pensais que nous rattrapions la ligne de côte du continent, j'interrogeais Sam du regard et il prononçait le nom d'une nouvelle île. Elles avaient des noms de couleurs. Des couleurs classiques pour les trois plus grandes. L'île Verte, l'île Bleue et l'île Rouge. Et pour les autres, on avait décliné la palette d'un peintre. C'est ainsi que nous avons longé ce jour-là des terres aux noms aussi extraordinaires que l'île Garance, l'île Carmin, l'île Sanguine et même l'îlot Zinzolin.

— C'est magnifique, n'est-ce pas ? m'a lancé Sam en contemplant le ciel infini derrière moi.

Ça faisait une heure que j'étais agrippé au bastingage à me remplir les yeux de la beauté stupéfiante des paysages.

— Oui, je ne m'attendais pas à ça.

— Il y a à peine une quinzaine d'îles habitées. La plupart sont vierges de toute occupation humaine, certaines n'ont même jamais été explorées. Si vous voulez mon avis, cette baie est un des derniers endroits au monde où on peut encore vivre. Ou tout au moins, imaginer vivre. Votre père ne doit pas être un idiot.

Il venait de coiffer ses cheveux d'une casquette North Sails.

— Et vous pensez qu'on va réussir à le retrouver? Ça me paraît si... si incroyablement vaste.

Il a relevé la visière de sa casquette pour se gratter le front.

— Ça, c'est une autre paire de manches. Pour vous dire la vérité, j'en doute. Mais bon, on va faire le maximum. Il faut espérer que le sauvage dont nous ont parlé Chris et Ben est bien votre pater. Si c'est lui et s'il habite dans le coin, il y a bien des gens qui doivent savoir où il a établi sa tanière. Finalement quand on y réfléchit, il suffit de trouver les bonnes personnes et de les faire parler.

Ce qu'il me disait a fait naître une question qui m'avait déjà effleuré à plusieurs reprises, mais que je ne lui avais pas encore posée.

— Au fait Sam, l'autre soir, quand Chris et Ben nous ont parlé de cet homme, vous avez eu l'air de ne pas savoir de qui ils parlaient. Je suis étonné que quelqu'un comme vous, qui fréquente depuis aussi longtemps ces îles, ne l'ait jamais rencontré. Vous devez connaître tout le monde dans les environs.

Il s'est tourné vers moi un sourire aux lèvres.

— Oh, il n'est pas impossible que j'aie déjà croisé sa route. Mais vous savez moi, je ne m'occupe pas des autres. Pour être totalement franc avec vous, je dois avouer que je les regarde à peine. Je m'arrête dans les ports, je fais le plein de carburant, je bois une bière ou deux et je repars aussi sec sur mon voilier. « Dans la vie, si tu ne veux pas avoir d'ennuis, tiens-toi loin de tes congénères. » L'homme qui m'a fait office de père avait l'habitude de prononcer cette phrase. Une des seules choses sensées qu'il ait jamais dites !

— Pourtant quand je suis rentré chez Robert, vous m'avez parlé. Vous m'avez même offert un verre. Je n'ai pas eu l'impression d'avoir affaire à un ermite ou à un misanthrope.

Il s'est mis à rire.

— Ah ça, je me pose moi aussi la question. Ce doit être la fameuse exception qui confirme la règle. Je vous ai vu arriver avec votre sac et je ne sais pas... Votre tête m'a plu tout de suite. Si ça se trouve, on s'est déjà rencontrés dans une autre vie ou on a quelque chose à accomplir ensemble dans celle-ci. Allez savoir ! Ce sont les dieux qui mènent la danse, sur la terre comme sur la mer.

Son rire est devenu plus fort. Sur la rive que nous longions, un cerf nous observait à moitié caché sous la frondaison des arbres. Il n'avait pas peur. Ses bois se confondaient avec les branches. On a doublé un cap et l'air est devenu plus marin, plus cristallin. J'ai songé de nouveau à ce que venait de dire Sam, à cette histoire de vie antérieure et de destin. Je n'avais pas osé lui dire que moi aussi, quand j'avais vu son visage pour la première fois, j'avais ressenti exactement la même chose.

On a croisé un bateau de pêche avec le pont arrière couvert de casiers jaunes. Il était pourchassé par une nuée de mouettes et de goélands. Les piaillements étaient assourdissants. Les oiseaux piquaient dans la traînée que formait l'hélice, en quête des poissons et crustacés rejetés à la mer. Ringo a levé la main pour saluer l'équipage en m'expliquant que c'était un langoustier. Le capitaine et les matelots lui ont rendu son salut.

— Ce sont des amis ?

— Non, jamais vus. Pardon, ils ne sont pas de chez nous. Les eaux sont riches dans la baie. Alors, ils viennent tous pêcher par ici. Depuis le sud, depuis le nord, ils pêchent la langouste, le homard, le crabe, le saumon, le flétan et la morue.

— C'est le lieu de réunion de la grande famille des gens de mer, si je comprends bien.

Ringo a approuvé en secouant son menton. Sam qui avait entendu notre conversation m'a interpellé.

— Vous savez, Jonas, le terme de famille peut sembler exagéré. Mais en fait, pas tant que ça. Il y a une solidarité entre nous. Quand la mer s'y met, elle ne pardonne rien. On se doit d'être là les uns pour les autres en cas de coup dur.

— Je vois ce que vous voulez dire. Dans tous les milieux hostiles, il y a les mêmes valeurs. Je sais qu'il existe une fraternité similaire chez les montagnards. J'imagine que c'est la même chose dans les régions polaires et les déserts.

— Oui, mais chez les marins, c'est encore plus fort parce que pour les terriens un marin ça ne compte pas.

Je regardais le langoustier disparaître derrière une île.

— Vous ne forcez pas un peu le trait, Sam ?

— Non. Ça a toujours été comme ça. Vous connaissez l'expression qu'on emploie quand un navire fait naufrage et disparaît au fond des eaux. On dit que c'est un navire « perdu corps et biens ». On retrouve cette phrase dans tous les procès-verbaux, constats, bulletins d'information et journaux qui relatent la vie de la mer. Et vous savez, Jonas, ce que ça signifie un navire perdu corps et biens ?

— Vous venez de le dire, ça signifie qu'il a disparu, emporté par les flots, avec tout son équipage.

— Voilà, vous faites, comme tout le monde, l'erreur classique. En réalité, le corps ne désigne pas l'équipage, mais le navire lui-même. Et les biens, c'est la cargaison. Il n'est même pas question des hommes. Ils sont quantité négligeable, du consommable. Ils n'ont pas plus de valeur que le gazole ou le café que Ringo vous a servi tout à l'heure. C'est ainsi depuis la nuit des temps.

En parlant, Sam barrait son ketch entre les récifs qui piquetaient la surface métallique de la mer. Je me disais qu'il était un bien drôle de zèbre. Peut-être qu'il faudrait que je lui trouve à lui aussi une place dans un de mes récits. Mais je ne savais pas quel rôle lui donner. Un personnage solitaire et désenchanté ou quelqu'un de plus sombre dont il faudrait se méfier. J'hésitais encore quand je l'ai interpellé à mon tour.

— Hé Sam, en tout cas pour moi, les gens de mer ne comptent pas pour rien.

Il s'est retourné en souriant.

— C'est normal. Vous portez le prénom d'un marin. Jonas, ce n'est pas ce prophète qui désobéit à Dieu et qui fuit je ne sais plus où en bateau ? Si je me souviens bien, au cours de sa traversée, il tombe à l'eau et se retrouve dans le ventre d'une baleine.

Je lui ai rendu son sourire en évitant de lui expliquer que dans l'histoire c'était justement les marins qui l'accompagnaient qui avaient causé sa perte. Ils l'avaient jeté par-dessus bord, un jour de tempête, pour apaiser la colère divine et parce qu'il fallait bien trouver un responsable au malheur des hommes.

La mer somnolait, douce et satinée. On a poursuivi notre navigation en silence, pour ne pas la réveiller. Au milieu de la matinée, Ringo nous a apporté une collation. Du café et des fruits. J'épluchais une pomme avec mon couteau de marin tout neuf, quand j'ai vu les traînées sombres briser la ligne claire des eaux. Je me suis levé et j'ai tendu le bras.

— Tu as vu, Ringo ? C'était quoi ? Des dauphins ?

Ses lèvres ont frémi.

— Non, des marsouins. Il y en a deux. Un couple.

Les deux cétacés ont crevé la surface pour respirer avant de plonger dans les eaux gris-vert. Je sentais une joie enfantine monter en moi. À chaque fois que je rencontrais un animal sauvage, j'avais le même frisson. C'était peut-être les seuls moments où j'étais vraiment présent à moi-même.

Je me suis penché un peu plus au-dessus du bastingage, guettant le retour des deux marsouins.

— N'allez pas vous foutre à l'eau, a crié Sam. Ils remontent pour respirer toutes les trente secondes environ et ils adorent suivre les bateaux. Allez à l'arrière, vous n'allez pas tarder à les voir rappliquer.

Ils nous ont accompagnés une bonne demi-heure, surfant dans l'écume mousseuse et ils ont disparu comme ils étaient arrivés. Comme si tout cela n'avait été qu'une parenthèse, un bonheur à peine effleuré.

À midi, au détour d'un nouveau cap, la vue s'est élargie et on a aperçu le rivage d'une île qui semblait différente de celles que nous avions croisées jusqu'alors. La forêt était moins dense. On devinait une route côtière, une ligne de poteaux téléphoniques et des maisons entre les arbres. C'était, pour la plupart, de vastes demeures en bois qui s'apparentaient à des chalets de vacances mais dans des versions beaucoup plus luxueuses. Des toits très pentus, des bardages en cèdre naturel, des façades découpées de larges baies vitrées et des pelouses bien tondues qui descendaient en pente douce vers la mer. Devant chacune d'elles, il y avait un ponton et parfois un yacht. Sam a donné un coup de menton en direction de la côte.

— L'île Verte. C'est ici qu'habitent quelques-uns des plus grands friqués du pays. Quand je dis qu'ils y habitent, c'est surtout des maisons qu'ils utilisent quinze jours par an pour se faire croire qu'ils sont encore en lien avec la nature.

Je connaissais le site de réputation. C'était devenu une sorte d'effet de mode chez les écrivains. Dans les salons du livre, je finissais toujours par croiser un habitué des meilleures ventes qui se plantait devant moi.

*Saint-Tropez et les Hamptons sont passés de mode. Et Capri, ça fait longtemps que c'est fini. Moi, j'ai acheté une maison sur l'île Verte. Avec le réchauffement climatique, il faut mettre le cap au nord. Si tu voyais cette nature ! Un mélange entre Aspen et le cap Cod. Tu devrais venir y passer quelques jours cet été, Jonas. C'est là-bas que je mets la dernière main à mes romans. Un endroit parfait pour écrire.*

Moi, j'examinais mes souliers en serrant les dents et en me demandant ce que je faisais là. En principe, je maudissais mon éditeur de m'avoir traîné dans de tels endroits. Je le cherchais parmi la foule pour qu'il vienne me tirer d'affaire. En désespoir de cause, j'essayais de m'en sortir tout seul en descendant le plus vite possible des coupes de champagne.

— Jonas, vous êtes avec nous ?

— Désolé. J'étais perdu dans mes pensées. Le port dont vous ont parlé Chris et Ben est sur cette île ?

— Oui, juste derrière cet amas de rochers. Je vous propose qu'on accoste. On va manger un morceau et après, on vous laisse mener votre enquête. Ringo et moi, on a deux ou trois détails à régler. Je trouve que le moteur n'a pas son rendement habituel. Ce ne doit pas être grand-chose. On vient de le faire réviser. Mais il ne faut rien laisser au hasard sur un bateau.

J'ai pris ma respiration. Je venais de prendre conscience que mon père était peut-être quelque part derrière ces rochers. Je n'avais sans doute jamais été aussi près de lui de toute ma vie. J'ai expiré lentement en essayant de ralentir les battements de mon cœur.

Quand mon père a disparu, je n'étais pas encore né. Il est parti un matin. Ma mère m'a expliqué plus tard qu'elle n'avait pas été surprise. Ce qui l'étonnait plutôt, c'est qu'il soit resté aussi longtemps. Je suis né deux jours après son départ. Pendant mon enfance, ce qui me faisait le plus mal quand je pensais à lui, ce n'était pas l'absence proprement dite. C'était ces deux jours. Il n'avait pas pu attendre quarante-huit heures de plus pour me connaître. Voir au moins une fois mon visage et le graver dans sa mémoire. Deux jours. C'est dire à quel point je n'avais aucune importance pour lui. À quel point, je n'existais pas à ses yeux. Je ne valais même pas deux jours dans la vie de l'homme qui m'avait fait venir au monde.

# CHAPITRE 6

Le port de l'île Verte ressemblait à celui que nous venions de quitter, mais en plus petit, en plus propre et en plus coloré. Sam a positionné le bateau au bout d'un quai.

— C'est une place visiteur. Pendant la saison, on n'aurait jamais pu trouver un anneau libre.

— Pour un des endroits les plus sauvages du monde, ça fait très jet-set, non? Autour de nous, il y avait des bateaux aux coques plus blanches les unes que les autres. Du teck, du cuivre poli, de l'acajou et de l'aluminium. Tout était neuf, éclatant, comme sorti du dernier salon nautique.

Sam a tendu son bras vers le large.

— Vous faites trois milles marins en direction du nord et vous tombez sur l'île Prasin. Une forêt touffue de conifères. Il y a cinq ans de ça, un gars du coin qui avait l'habitude de relier les îles à la nage a disparu. On a cru qu'il s'était noyé. On a retrouvé son corps l'année dernière. Il avait abordé sur l'île et s'était cassé la jambe. Il était dans une ravine, à dix mètres à peine du rivage. L'enquête a révélé qu'il avait mis plusieurs jours avant de mourir. Et là, on est encore dans la partie la plus civilisée. Plus on monte vers le nord et plus on pénètre la vie sauvage.

J'ai sauté à terre et je me suis massé les reins.

— J'ai compris. Une terre de contraste. Alors on déjeune où ? On se trouve un trois-étoiles ou on va déterrer des racines dans la forêt ?

Ringo m'a regardé, interloqué, puis il a éclaté de rire. Sam a soulevé sa casquette et replacé une mèche de cheveux blonds qui lui tombait sur les yeux.

— On va faire entre les deux. Il y a un resto sur le port qui sert une des meilleures soupes de palourdes de la région. J'y ai mangé une fois ou deux. Je passe à la capitainerie pour régler l'escale et on y va. C'est bon pour vous ?

On est parti tous les trois sur le ponton. Sam avait un air renfrogné. Je me demandais si c'était ma petite blague où le fait d'être à terre et de devoir fréquenter pour un temps d'autres humains. Ringo, lui, avait un sourire en acier trempé sculpté sur le visage. Je trouvais que ça lui allait drôlement bien.

Le resto s'appelait Le Pequod. Comme le baleinier du capitaine Achab dans *Moby Dick*. Un long couloir bordé de tables carrées. Des murs en bois grisé couverts de photos sépia, des portraits de commandants de navires à casquettes et galons, des belles alanguies sur des ponts de paquebots et des équipages de retour de campagne de pêche alignés comme des enfants sur une photo d'école.

La soupe de palourdes était parfaite. Pour la suite, Sam et Ringo avaient choisi des gros crabes rouges qu'on leur avait servis bouillis avec une salade et du citron et moi, j'avais pris des ormeaux en persillade. Pendant le repas, on n'avait presque pas parlé. De temps à autre, Ringo m'envoyait un sourire. Sam semblait absent, soucieux. J'ai mis ça sur le compte du moteur qu'il voulait régler.

Je suis allé demander l'addition au comptoir. Le Pequod était tenu par une femme entre deux âges. Blonde, énergique, très élégante avec un pantalon corsaire rouge et un foulard dans les cheveux.

— Ça vous a plu ?

— Plus que ça, c'était délicieux.

J'avais mon portefeuille entre les mains avec la photo de mon père qui dépassait, j'ai décidé de commencer mon enquête avec elle.

— Vous ne connaîtriez pas cet homme par hasard ? Il s'appelle Thomas Haug. C'est mon père et je suis à sa recherche. Je pense qu'il habite sur une île quelque part dans la baie.

Elle a pris la photo entre ses mains.

— Ouaw, ça m'a l'air de dater du temps où les serpents avaient des pattes. Vous n'avez rien de plus récent ?

J'ai secoué la tête.

— Non, c'est la seule photo de lui que possédait ma mère.

Je ne voyais que le dos du cliché, mais je le connaissais par cœur. Il aurait pu figurer sur les murs du Pequod. C'était une photo aux couleurs passées. Il devait avoir entre vingt et trente ans. On le devinait grand et fort. Une chemise à carreaux ouverte sur un tee-shirt blanc, un faux air de Marlon Brando. Une bouche d'enfant boudeur, des yeux clairs encaissés sous un front large et bombé comme un bouclier. Sur la photo, mon père était assis les bras déployés sur le dossier d'une banquette.

— C'est un bel homme, a dit la patronne qui inspectait la photo avec une grande attention. Vous lui ressemblez un peu. Surtout le regard.

— Il faut l'imaginer avec quarante ans de plus.

Elle a froncé ses sourcils.

— C'est bizarre. Sa tête me dit quelque chose. Mais vous savez, on voit passer tellement de monde par ici. En particulier pendant la saison d'été.

Elle m'a tendu la photo en même temps que le terminal de paiement.

Quand j'ai rejoint Sam et Ringo, j'ai eu l'impression qu'ils me faisaient la gueule. Même Ringo avait une ombre posée sur le front. On s'est séparés dans la rue devant le restaurant. Sam m'a dit qu'ils en avaient pour l'après-midi. De mon côté, je me doutais bien que ma recherche allait être compliquée. Je leur ai demandé de ne pas m'attendre pour dîner. Je voulais profiter au maximum de mon temps à terre, mettre toutes les chances de mon côté pour retrouver mon père.

J'ai montré ma photo à la moitié des habitants de l'île. J'allais de terrasse en terrasse, je rentrais chez les commerçants, j'arrêtais les gens dans la rue. Personne ne le connaissait. Chris et Ben avaient parlé d'un sauvage, d'un ours ? Dès que je croisais un grand type barbu à l'allure mal dégrossie, je le dévisageais à la recherche d'un point de concordance. Mais chaque fois, ça ne pouvait pas être lui. Un menton trop fuyant, un regard trop noir, un nez beaucoup trop long. J'ai fait le tour des pontons, la zone de carénage, les abords du chantier naval. J'ai interrogé le personnel de la capitainerie. Celui du yacht-club. À la fin, je me suis assis sur un muret, près d'un bassin de radoub. Je commençais à ne plus y croire. Mais y avais-je jamais cru ? Qu'est-ce que je venais foutre ici ? Pourquoi avais-je décidé un jour de partir à la recherche de celui qui ne voulait pas me connaître ? Quelque chose avait dû dérailler en moi. Ou s'était effondré, comme à ce jeu d'enfant où on empile les formes en bois les unes après les autres jusqu'à ce que l'une finisse par faire écrouler l'édifice tout entier.

Je suis resté un moment. Puis je suis revenu vers le port. Il y aurait plus de monde à qui montrer la photo, j'aurais plus de chance.

Je repassais devant le Pequod quand elle m'a interpellé.

— Vous l'avez retrouvé ?

Elle mettait le couvert pour le service du soir. Elle avait enlevé le foulard qui retenait ses cheveux. Ils cascadaient sur ses épaules. J'ai trouvé que ça lui allait bien.

— Non, personne ne le connaît. Je dois être sur une fausse piste.

— Et vous êtes certain qu'il habite bien dans la baie ?

— Ma mère m'a toujours dit que c'était son rêve, son projet. Vivre le plus loin possible de la civilisation.

— Si ça se trouve, il est au pôle Nord, en Afrique ou au milieu du Pacifique.

— Non, *a priori* cet endroit était devenu son obsession. Les derniers temps, il ne parlait plus que de cette baie et de ces mille et une îles. Mais, il a peut-être changé d'idée par la suite. Il n'est pas impossible non plus qu'il soit mort. Tellement d'années ont passé. En fait, je n'ai aucune certitude. Je me suis sûrement bercé d'illusions.

Elle a mis ses mains sur ses hanches avec un grand sourire compatissant. Après un silence, elle a dit :

— Au fait, je m'appelle Angela.

— Moi, c'est Jonas.

— Jonas, vous voulez bien me la ressortir votre photo ? J'y pense depuis tout à l'heure. Ce visage, je suis persuadée que je l'ai déjà vu quelque part. Vous m'avez dit qu'il s'appelait comment ?

J'ai sorti mon portefeuille. Jusque-là, je m'en étais remis au hasard. Il fallait contrebalancer. J'ai décidé que ce serait Angela qui incarnerait ma dernière chance. Ma quête n'avait aucun sens. Je m'en étais rendu compte en lui parlant. Les mots qui étaient sortis de ma bouche avaient agi sur moi comme un électrochoc, j'avais eu l'impression de les entendre pour la première fois. Je poursuivais un fantôme, un rêve. J'ai sorti la photo et je la lui ai donnée. J'ai répété le nom et le prénom de mon père. Elle allait me confirmer qu'elle ne le connaissait pas. Je rentrerais chez moi, je terminerais ce foutu bouquin et j'essayerais de reconquérir Élisabeth.

— Mikaël, tu peux venir ?

Elle a tendu la photo à un vieux type avec une veste de cuisine noire.

— Ça ne te dit rien ? Moi, je crois que je le connais, mais je bloque. Je ne parviens pas à le resituer. Il s'appellerait Thomas Haug.

Il a à peine jeté un coup d'œil. Il n'a pas eu besoin de plus.

— C'est Tom. En plus jeune. Pas de doute, c'est bien Tom !

Mon cœur s'est accéléré.

— Tom ?

Le cuisinier m'a détaillé du regard, avant de se tourner vers sa patronne.

— C'est le gars des coquillages.

Je n'ai réussi qu'à répéter après lui.

— Le gars des coquillages ?

Angela a précisé.

— Oui, les ormeaux que vous avez mangés à midi, c'est lui qui nous les a vendus.

Je suis rentré au voilier en tremblant d'excitation. Je marchais, mais j'avais du mal à retenir mon corps. Je le sentais qui s'emballait à l'intérieur. Il n'y avait qu'un frein à lever pour que mes muscles se libèrent et que je me mette à courir le long du quai comme un dératé. Angela avait confirmé le verdict du cuisinier. C'était lui. C'était Tom. C'était mon père. Et j'avais mangé les coquillages qu'il avait lui-même ramassés. Il m'avait nourri. Pour la première fois de ma vie. Ce devait être un heureux présage.

J'ai doublé la capitainerie. Le voilier était au bout du ponton. Le soleil disparaissait derrière les îles, le ciel se balafrait de longues zébrures de feu. Plus loin, à l'est, une ombre mauve s'étendait en éclaireuse de la nuit au-dessus des forêts et s'apprêtait à sauter à pieds joints sur la baie.

Quand je suis arrivé devant le bateau, j'ai ressenti aussitôt le changement d'ambiance. Il y avait quelque chose de détraqué. Comme si le monde était un jouet mécanique géant et qu'un ressort venait brusquement de casser. On pouvait percevoir les vibrations, l'oscillation des molécules dans l'air. Ringo était affairé à je ne sais quelle tâche, à genoux à l'avant du bateau. Je l'ai appelé et quand il s'est retourné, j'ai vu le bleu qui entourait son œil gauche.

— Bon sang, qu'est-ce qu'il t'est arrivé ?

Il a levé une main.

— C'est rien. Je me suis blessé en descendant du mât. Je suis allé huiler les roulements de l'anémomètre à coupelles et je me suis pris une poulie dans la gueule.

J'ai sauté sur le pont.

— Ringo, depuis quand les poulies se jettent à la figure des gens ?

— Pardon, mais mon pied a ripé sur la barre de flèche et j'ai tapé avec le front.

Il s'est efforcé de sourire. Moi, pas.

— Ou est Sam ?

Ses lèvres se sont étirées sur son minuscule visage. On aurait dit deux grosses limaces paresseuses. Un sourire encore, mais qui ne parvenait pas à masquer l'inquiétude qui venait de naître dans son regard.

— Il est parti acheter du matériel. Il ne va pas tarder. Pardon, il faut que j'aille préparer le repas.

Il est descendu dans la cabine. Quand il est passé devant moi, il a baissé la tête et j'ai vu ses joues s'empourprer légèrement.

J'ai dégringolé à mon tour les cinq marches de l'échelle. Il était en train d'ouvrir une boîte de haricots verts. Il a fait un mouvement du coude vers la boîte.

— Ils étaient dans le carton que tu as fait tomber au fond du port. Ils sont uniques au monde. Ce sont les premiers haricots pêchés à la ligne.

Je me suis approché de lui. Je ne savais pas par quel bout le prendre. Ça m'arrivait souvent avec les gens. Je crois que c'est un truc propre aux écrivains. On est des inadaptés sociaux. On comprend tellement rien aux rapports humains qu'on construit son propre univers en miniature. On dresse les décors, on crée les personnages, on lance des situations et on regarde comme ils se débrouillent. Après, on essaye d'en tirer quelques enseignements qu'on s'attache à mettre en application dans son quotidien. C'est à peu de chose près le même boulot que ces types qui observent toute la journée des cellules dans des microscopes.

Une tentative désespérée pour comprendre la vie.

— Je peux t'aider ?

— Pardon, mais il y a juste une boîte à ouvrir.

— C'est une grosse boîte.

Il a rigolé et j'ai ri avec lui. J'en ai profité.

— Qu'est-ce qui se passe avec Sam ?

Son regard a baissé d'intensité. Il a vidé les haricots dans une casserole.

— Parfois, il est triste. On ne sait jamais quand ça arrive. C'est pareil qu'une vague scélérate. Ça le submerge et ça l'emporte.

J'ai été surpris par la poésie des mots qu'il employait.

— Et dans ces moments-là, il te frappe ?

— Il ne me frappe pas. On se dispute. On se bagarre. Moi aussi, je mets des coups. On est des frères, tu comprends ? Pardon, t'as pas de frère, Jonas ?

— Non, mon père est parti avant que je naisse, il n'est resté avec ma mère que très peu de temps.

— Mais ta mère, elle n'a pas eu d'autres enfants après toi ? Avec d'autres hommes ?

— Non. Elle ne s'en est jamais remise. Elle n'a plus réussi à accorder sa confiance à quiconque.

Il a tourné sa petite tête vers moi.

— Pardon, mais elle est bien triste ton histoire. Moi, je n'aurais pas aimé grandir sans mon frère. Dis, tu pourrais me passer le sel et le poivre ?

On a continué à parler comme ça pendant un moment. Je m'étais peut-être excité pour rien. Ringo tenait beaucoup plus la route que ce que je pensais. Et je me mêlais de choses que je ne comprenais pas et qui surtout ne me concernaient pas.

Quand Sam est arrivé, on avait déjà lancé le barbecue. On l'avait fixé sur le balcon arrière, on faisait griller des ailes de poulet et des saucisses.

— Ouaw, ça sent bon ! a-t-il dit en déposant un grand sac en papier sur la banquette du cockpit.

Il a sorti du sac des bouteilles de Budweiser.

— Ça, c'est pour réhydrater l'équipage.

Puis il a brandi une bouteille de vin rouge.

— Et puis, j'ai trouvé ça aussi.

Il m'a fait un clin d'œil.

— Je ne sais pas ce que ça vaut, mais je me suis dit que vous aviez une tête à aimer le vin. Je me suis trompé ?

Je l'ai remercié et je me suis approché de lui. Soudain, mon cœur s'est emballé. Je le regardais. Il était évident que je n'aurais pas le courage de lui parler de l'œil au beurre noir de Ringo. Il a ouvert les bouteilles de bière. Il m'en a tendu une, puis il est allé porter la sienne à Ringo qui retournait les ailes de poulet.

— Tiens frérot.

On a trinqué. Après la première gorgée, Sam est reparti vers la banquette. Il a sorti du sac une casquette de capitaine. Blanche avec une visière noire, ornée de feuilles de laurier dorées. Sur le devant, il y avait une ancre. Dorée elle aussi. Sam s'est planté devant Ringo.

— Et ça, c'est pour toi. Tu veux bien être le capitaine honoraire de notre voilier ?

Ringo s'est mis à trembler de bonheur. Je regardais ses yeux et je voyais ceux d'un enfant. Il a serré Sam dans ses bras. Je sentais l'émotion entre les deux frères.

— Elle est magnifique. Pardon, mais c'est une vraie casquette de capitaine.

Il l'a mise sur sa tête. Bien sûr, elle était deux fois trop grande. Mais ça ne paraissait pas lui poser de problème.

— Merci Sam. Merci, merci !

On a trinqué une nouvelle fois. Sam s'est assis à côté de moi. Il a mis une main sur mon genou.

— Passons aux choses sérieuses. Dites-moi Jonas, comment ça s'est passé pour vous ? Je suis surpris de vous voir ici si tôt. Vous avez pu recueillir des informations ? Je vous trouve bien pâle. J'espère que vous n'avez pas rencontré de problème.

Je l'ai fixé. J'ai soufflé un bon coup pour évacuer toutes les émotions qui m'avaient assailli et je lui ai simplement demandé :

— Sam, connaissez-vous l'île Klein ?

# 2 Beaufort

*Les vaguelettes sont courtes.*
*Leurs crêtes ont une apparence vitreuse.*
*Mais elles ne déferlent pas.*

# CHAPITRE 7

*Les vaguelettes étaient courtes et sombres avec des crêtes à l'apparence vitreuse. Mais elles ne déferlaient pas.*

— Le vent s'est levé, non ? ai-je demandé à Sam.

Il a relevé la visière de sa casquette, a humé l'air.

— Oui, une très faible brise, mais une brise quand même. On peut se mettre à la voile. On ne va pas battre des records de vitesse, mais on peut essayer.

Il a appelé son frère et un incroyable ballet réglé au millimètre près s'est mis en place. Ringo a ouvert le sac de la grand-voile, attaché les drisses, puis il s'est posté au pied du grand mât. J'ai écouté les ordres que donnait Sam depuis le cockpit, les mots, les explications. J'avais l'impression d'assister à un spectacle auquel je ne comprenais pas grand-chose mais qui avait sur moi un effet hypnotique.

*Choque l'écoute – assure-toi que les bosses de ris soient libres de filer dans la bôme – je place le bateau face au vent – hisse la voile – attention les lattes coincent dans les lazy-jacks – étarque la drisse et verrouille-la – libère le winch – Ringo, libère le winch !*

La grand-voile a fini par prendre le vent et le voilier s'est arraché doucement à la mer. Comme l'avait prédit Sam, on ne filait pas à une allure folle. Mais il avait stoppé le moteur et on n'entendait plus que le claquement de la voile, le glissement de l'eau sur la coque. Je me suis avancé jusqu'à la proue.

On était au point du jour, juste avant l'aurore. Certains préféraient les couchers de soleil pour leur côté théâtral, les couleurs flamboyantes, presque agressives dans leur saturation fauve. Moi, j'avais toujours préféré le petit matin. Les lueurs de l'aube étaient pour moi les plus belles. J'aimais la délicatesse avec laquelle elles délayaient les oranges et les roses. J'aimais surtout cette sensation de douce chaleur et de plénitude qui me remplissait l'âme et le corps quand le premier rayon de soleil venait poser son doigt sur mon front.

La veille, il avait fallu que je raconte en détail à Sam et à Ringo comment j'avais retrouvé la trace de mon père.

— L'île Klein ? s'était exclamé Sam à l'issue de mon récit.

— C'est ce que m'a dit la patronne du Pequod. Mais elle n'a aucune certitude.

Il a fait craquer ses articulations.

— Vous savez que cette île fait partie du vaste archipel qui ferme la baie au nord. Peut-être en avez-vous déjà entendu parler. C'est l'archipel Bleu. Et ce réseau d'îles a deux particularités. Une amusante et l'autre qui l'est beaucoup moins. Chacune des îles qui le composent porte le nom d'une nuance de bleu. Il y a l'île principale qui s'appelle l'île Bleue bien entendu. Puis il y a les îles Saphir, Céleste, Cobalt, Outremer, Klein et plus d'une dizaine d'autres, comme autant de sommets d'une chaîne de montagnes engloutie. Ça, c'est pour le côté sympa. La seconde particularité va nous poser plus de problèmes. L'archipel Bleu est connu pour être l'endroit le plus sauvage de la région.

— Le plus sauvage ?

Une ride s'était creusée entre ses deux yeux.

— La plupart de ces îles sont inaccessibles. Elles sont bordées de hautes falaises qui plongent droit dans la mer. Quelques-unes ont des criques, mais elles sont entourées de récifs. Et ces récifs sont si nombreux qu'aucun GPS ni aucune carte ne les répertorie avec précision. À l'intérieur des terres, c'est pire encore. Des forêts inexplorées, obscures, rudes et hostiles. Je ne sais pas si votre père habite réellement là-bas. Mais si c'est le cas, soit il porte une haine terrible et définitive au genre humain, soit il a quelque chose de grave à se reprocher.

J'ai regardé Sam qui riait et je me suis dit qu'il ne croyait pas si bien dire. Je ne connaissais rien de mon géniteur, sauf ce que m'en avait dit ma mère. Deux ou trois anecdotes, des jugements issus de son ressentiment. Mais ça m'avait permis de dresser son portrait en creux. Un portrait sans concession qui me terrorisait quand j'étais enfant, mais qui m'attirait aussi. Je n'avais aucune certitude. Il était possible que ma mère exagère. Peut-être que la vérité était plus complexe ? Peut-être trouverais-je quelqu'un de différent ? Tout était flou. Mais la seule chose dont j'étais sûr au plus profond de moi, c'est qu'il était bien le genre d'homme avec qui il fallait s'attendre à tout.

Quand Ringo faisait une manœuvre, il détaillait tout, il m'expliquait le moindre geste. Bientôt, je me suis piqué au jeu et j'ai commencé, sous sa bienveillante tutelle, à gérer les écoutes et à régler les chariots. Il m'a montré comment on bordait et comment on choquait et surtout à quels moments il fallait le faire. Rapidement, je me suis surpris à prendre plaisir au réglage des voiles. À la sensation du vent salé sur mon visage. Ce que j'aimais le plus, c'était lire l'eau. Rechercher les risées. Une eau plus sombre ou plus claire, frisottante, plus brillante permettait de repérer la rafale qui ferait gonfler nos voiles. J'avais alors l'impression de faire corps avec la nature, d'être dans la simplicité du rapport aux éléments et de laisser renaître en moi une légèreté que je ne soupçonnais plus.

Plus tard, dans la matinée, on a croisé un ferry-boat. Pratiquement bord à bord. Il était blanc, massif, haut, long, interminable. Un bloc d'immeubles flottant. Des passagers depuis la passerelle agitaient leurs mains dans notre direction. Ringo, trente mètres plus bas, leur rendait leur salut. Quand on l'a dépassé, le sillage du navire a soulevé notre voilier qui s'est mis à gîter d'un bord à l'autre comme un bouchon de liège. Je me suis accroché à un hauban. J'ai regardé le ferry disparaître très vite en direction du sud. Il emportait avec lui les dernières traces de la civilisation, marquant le point de non-retour du voyage que nous avions entrepris vers le nord, vers l'archipel Bleu.

Vers la vie sauvage.

Sam avait dit qu'on arriverait en début d'après-midi. Les îles que nous doublions semblaient de plus en plus désertes. On ne voyait plus de maisons, plus de pontons, plus de bateaux, plus d'êtres humains. Il y avait seulement des arbres, de l'eau, et le ciel sans fin. Sur les rochers, des phoques paressaient au soleil. Quand on passait près d'eux, ils levaient la tête, à la fois curieux et nonchalants, nous observant filer sur l'eau pendant quelques secondes, avant de reprendre leur sieste là où ils l'avaient laissée. Je me suis approché de Ringo.

— C'est magnifique, non?

Il n'a pas répondu tout de suite. Il a réajusté sa casquette de capitaine qui avait tendance à tourner sur sa tête. Je devinais à travers ce court silence qu'il avait envie de parler.

— Là où je me sens le mieux, c'est quand je suis sur l'eau, a-t-il fini par déclamer.

J'avais l'impression de comprendre ce qu'il voulait dire.

— Je vois. On est pris d'un saisissement, comme si le temps ralentissait, s'arrêtait presque.

Il m'a jeté un regard bref.

— Surtout, on ne réfléchit pas pareil qu'à terre. On n'a pas les mêmes bruits dans les oreilles. Ici, il y a l'appel du vent et de la mer. Tu entends des trucs que les autres n'entendent jamais, des trucs qui viennent de loin. D'encore plus loin que tout ce qu'on peut voir et imaginer. Et puis aussi, il n'y a pas les gens. Le raffut qu'ils font, les mots inutiles qu'ils disent, leurs rires moqueurs. Tu sais, Jonas, on peut ressentir ça nulle part ailleurs.

Je l'ai observé. Il me faisait vraiment penser à un enfant.

— Tu as raison, Ringo. Quand on est en mer, on est seul avec soi-même.

— Pardon, Jonas. Pas seul. Il y a le vent et la mer. Tu n'écoutes pas ce que je dis. Il y a aussi les sternes et les cormorans, les marsouins et les poissons.

Je lui ai souri.

— Et les phoques endormis sur les rochers ?

Il m'a rendu mon sourire.

— Et les phoques endormis sur les rochers.

Ça a été un de ces instants qui peuvent paraître insignifiants, mais qui vibrent d'une façon différente, magique et dont on garde le souvenir longtemps. J'en ai eu l'intuition sur le moment même. Je n'ai jamais oublié cette curieuse émotion que j'avais éprouvée alors que Ringo réinstallait sa casquette sur sa tête. Comme si ces quelques secondes avaient pris plus d'intensité et d'importance que tout ce que j'avais vécu jusqu'ici.

Au détour d'un cap, le temps a changé. Il faisait soudain frais. La mer aussi était différente. Elle était devenue plus bleue. Devant nous, il y avait toujours des îles et plus loin vers le nord, fermant le paysage, des montagnes enneigées qui paraissaient flotter au-dessus de l'horizon.

— C'est là que nous allons ? ai-je demandé.

Sam était immobile, concentré sur les mouvements de son voilier.

— Ouais, au bout du monde.

Il a regardé vers l'ouest, une langue de ciel ocreux que fouettait la crinière blonde d'une pluie lointaine.

— Je vous préviens, on ne pourra pas rester longtemps. Il y a une bascule météo qui se prépare. Il faudrait qu'on soit de retour au port demain avant la nuit. Et je vous le dis une nouvelle fois, je ne peux pas vous assurer qu'on réussisse à accoster. Dites-vous que c'est juste un repérage, sinon vous allez être déçu. On reviendra, si vous voulez, une fois que la tempête sera passée.

C'était étrange de penser que j'allais m'approcher de l'homme qui était mon père sans pouvoir l'atteindre. J'avais la sensation d'être sur la piste d'un animal sauvage ou d'une créature mystérieuse sans savoir avec certitude qui était le chasseur et qui était le chassé.

Le *Tala Yuna* est arrivé aux abords de l'île Klein en début d'après-midi, exactement comme l'avait annoncé Sam. Devant nous, une muraille dressée vers le ciel. Un soubassement de rochers gris surmonté d'une paroi de granit et, au sommet, une forêt vert foncé que laissait deviner sa lisière. Les deux frères ont affalé les voiles. Pendant que Ringo les rangeait dans leurs sacs, Sam s'est réinstallé à la barre.

— On va continuer au moteur et à petite vitesse. Ce sera plus prudent. On va longer la côte à la recherche d'une crique ou d'une passe susceptible de nous permettre d'approcher du rivage. Ringo va s'installer sur le balcon avant pour surveiller les cailloux. On va bientôt entrer dans un véritable champ de mines.

La falaise semblait faire le tour de l'île. Elle était suffisamment haute et escarpée pour interdire tout accès. On apercevait entre deux trouées de rochers une végétation dense. Des épicéas, des bouleaux au tronc blanc et d'autres arbres inidentifiables dont les silhouettes se détachaient confusément dans l'ombre. Je considérais les mouettes qui tournaient au-dessus de nos têtes. Elles étaient hors contexte. Je me disais que des ptérodactyles auraient eu davantage leur place en ces lieux qui avaient l'air de ne pas avoir changé depuis des millions d'années.

De temps en temps, on entendait Ringo crier :

— Barre à droite, barre à gauche, en avant toute...

J'ai remonté le passavant pour le rejoindre. J'avais envie de le taquiner.

— Je croyais qu'on disait bâbord plutôt que gauche et tribord à la place de droite.

Il s'est retourné rapidement.

— Pardon, mais les ordres de barre ne connaissent ni bâbord ni tribord. C'est une exception à la règle.

— Parce qu'en plus, il y a des exceptions ! Je crois que je n'arriverai jamais à comprendre votre langage.

Il s'est retourné de nouveau, s'est attardé un peu plus.

— Tu y arriveras. Tu fais des efforts. Je vois bien que tu t'intéresses vraiment au vocabulaire de marine.

J'ai deviné qu'il était heureux. Ses yeux pétillaient. Puis subitement, ils ont déraillé et se sont fixés sur un point au-dessus de mon épaule.

— Regardez là, y a une fumée !

J'ai eu à peine le temps de réagir. Sam hurlait déjà depuis le cockpit.

— Nom d'un chien, Ringo, je t'ai demandé de surveiller les cailloux. Si on s'empale sur un rocher, tu vas voir ce que tu vas voir.

— Pardon, a-t-il dit, pardon.

J'hésitais à revenir vers Ringo pour poser ma main sur son épaule, l'assurer de mon soutien, mais il y avait cette fumée. Cette fumée blanche qui montait dans le ciel et qui m'obnubilait. Elle émanait d'une cheminée ou d'un feu de camp. Impossible de savoir. Mais ce qui était sûr, c'est qu'elle trahissait une présence humaine. Tout d'un coup, j'ai eu une certitude. Ce ne pouvait être que lui. J'ai adressé un geste vague de la main en direction de Ringo et je suis allé me poster aux côtés de Sam. Je sentais la nervosité me gagner. Lui aussi examinait la fumée.

— Il doit y avoir un bateau quelque part, un endroit pour débarquer. Il n'est pas arrivé ici à la nage.

Sam a semblé jauger la situation. Puis il m'a désigné la cabine du doigt.

— Jonas, il y a une paire de jumelles dans le coffre sous la table à cartes. C'est à vous de jouer maintenant.

Je suis parti les récupérer en courant, je me suis installé dans le cockpit et je me suis mis à balayer la côte. Quand j'ai repéré le bateau, je n'ai pas pu m'empêcher de pousser un cri. Il était à l'ancre au fond d'une espèce de baie. Sam a coupé le moteur. Ringo, depuis l'avant, s'était risqué à jeter un coup d'œil. Il a crié que c'était un Grand Banks.

— Une sacrée antiquité, a ajouté Sam qui venait de récupérer les jumelles.

J'observais le bras de mer qui séparait nos deux bateaux. La surface de l'eau était constellée de rochers.

— On peut peut-être accoster ? ai-je demandé. Il y est bien arrivé, lui.

— Non, trop dangereux. On n'a pas le même tirant d'eau tous les deux. À la limite, je peux essayer de m'approcher. Après, il faudra jeter l'ancre et rejoindre avec l'annexe la plage de galets, à droite de la baie. Mais bon, je vous rappelle qu'on doit repartir au maximum demain en fin de matinée. On n'aura certainement pas le temps de le retrouver. Cette île est la deuxième plus grande de l'archipel Bleu.

J'ai planté mon regard au fond du sien.

— On a vu la fumée. On sait quelle direction prendre. Je suis fermement décidé à jouer la partie.

— OK, mais vous ne pouvez pas la jouer seul. Vous pourriez vous retrouver rapidement en difficulté. Surtout que vous allez sans doute devoir rentrer à la nuit tombée, voire même bivouaquer. Je vais venir avec vous. Ringo restera sur le bateau.

J'ai compris immédiatement que je n'avais pas le choix. Sam était à bord le seul maître après Dieu. Il a approché le voilier en slalomant entre les rochers. Ringo remplissait son rôle à la perfection. Quand Sam a jugé qu'on était arrivé suffisamment près, il lui a ordonné de mouiller l'ancre.

Pendant les manœuvres, j'avais continué d'observer à la jumelle le bateau et la berge. Je n'avais repéré aucun signe de vie. Dans le ciel, la fumée n'était presque plus visible. Quelques volutes se mélangeaient mollement aux nuages.

Sam m'a tapé sur l'épaule.

— Préparez l'annexe. Je reviens tout de suite.

Il a enlevé sa casquette et a disparu à l'intérieur de la cabine.

L'annexe était un canot orange en plastique rotomoulé. Ringo est venu m'aider à le mettre à l'eau.

— J'aurais voulu venir avec vous, m'a-t-il dit alors que je libérais la dernière sangle qui retenait la frêle embarcation.

— Je sais. Je te raconterai. Et puis, je suis sûr qu'on va revenir. La prochaine fois, on demandera à Sam que tu nous accompagnes.

— Pardon, mais il ne voudra pas.

— Je lui parlerai et je le ferai changer d'avis.

Ringo a soufflé dans ses joues en faisant basculer l'annexe par-dessus le balcon arrière.

— Personne n'a jamais réussi à le faire changer d'avis, même pas...

Il s'est arrêté net au milieu de sa phrase. Il m'a semblé qu'il avait été à deux doigts de me dire quelque chose d'important, mais le moment s'était envolé. Sam venait de ressortir de la cabine. Il avait enfilé un pantalon de treillis, mis des chaussures de marche. Sur son épaule étaient accrochés un sac à dos et une carabine qui accaparait toute mon attention.

— C'est pour quoi faire? ai-je demandé en pointant l'arme du doigt.

— On ne sait pas sur quoi on peut tomber dans cette forêt. Je vous l'ai déjà dit, c'est une contrée vierge et sauvage. Je connais des plaisanciers qui disent avoir aperçu des ours en longeant ces côtes. Et si on croise du petit gibier, on améliorera l'ordinaire.

Je ne savais pas trop qu'en penser. Je n'avais pas imaginé me lancer dans une expédition ou un safari. Je voulais simplement retrouver mon père.

Sam m'a tapé sur l'épaule.

— Jonas, je vous conseille de mettre votre parka imperméable et de bonnes chaussures. La chemise et les Docksides, j'ai peur que ça ne le fasse pas dans une forêt aussi épaisse.

Je suis allé me changer. Sam n'avait pas tort. On allait crapahuter. Il fallait prévoir un minimum d'équipement. J'ai enfilé ma parka et une paire de baskets montantes. Je n'avais rien prévu d'autre. Au dernier moment, j'ai repensé à cette histoire d'ours et j'ai fourré mon couteau de marin dans ma poche.

# CHAPITRE 8

— Nom d'un chien, je ne sais pas par quel miracle il flotte, ce rafiot. Regardez le bordage. Le bois est vermoulu.

On a lentement fait le tour du Grand Banks. Il n'y avait personne. Le bateau avait à peu près les mêmes dimensions que le *Tala Yuna*, mais en plus râblé. Une timonerie avec une ligne de fenêtres occupait les deux tiers de sa longueur. Elle était surmontée d'un pont supérieur qui abritait un poste de pilotage auxiliaire. Son étrave était droite et élégante. Mais Sam avait raison, il était bien fatigué. La peinture qui avait dû être blanche était écaillée et cloquée. Par endroits, on voyait même la couleur grisée du bois.

— C'est un bateau de pêche?

Sam a secoué la tête. Il était visiblement agacé par mon ignorance.

— C'est un trawler. Pour faire de la plaisance. Mais celui-ci est bon pour la casse.

Il y avait une plaque de cuivre sur la poupe, recouverte d'une épaisse couche de crasse et de vase. Je l'ai essuyée avec le plat de la main. Cinq lettres sont apparues et se sont mises à briller dans le soleil: *Laïos*.

On a abordé sur la plage que Sam avait repérée. Elle était parsemée de gros galets ronds et de grumes enchevêtrées apportées par la mer. Les galets avaient la même couleur que le pelage des phoques que nous avions croisés tout à l'heure. Sam s'est dirigé vers la lisière de la forêt et l'a longée comme s'il voulait l'étudier. J'ai tiré l'annexe jusqu'au milieu de la grève et j'ai fait des signes de la main à Ringo resté à l'avant du *Tala Yuna*. Je n'ai pas entendu Sam revenir. Sa voix m'a fait sursauter.

— La fumée venait de l'est. Il y a un sentier qui part dans cette direction. On va y aller. Je passe devant.

Sam, comme je m'y attendais, avait une nouvelle fois pris l'initiative. Toujours cette force étrange qui laissait penser qu'il était partout chez lui. Je lui ai emboîté le pas. Derrière un tas d'algues et de bois flotté, on a tout de suite trouvé un vieux canoë.

— C'est ce qui doit lui servir d'annexe, a dit Sam. Ce truc a au moins cent ans. On dirait que c'est un conservateur, votre vieux !

— Ou alors, tout est là depuis des années, abandonné. Le bateau comme le canoë.

— Ils sont utilisés régulièrement. Sinon, les éléments auraient déjà tout réduit en petit bois. Non, vous pouvez me faire confiance. Au bout de ce chemin, il y a quelqu'un. Il n'y a plus qu'à espérer que ce soit bien votre pater.

La forêt était sombre et humide, composée d'épicéas, d'aulnes, de cèdres et d'érables. Dès qu'on est entré sous le couvert des arbres, la température a baissé de plusieurs degrés. J'ai regretté instantanément de n'avoir pas choisi une parka plus chaude. Ce n'était pas un véritable sentier. Plutôt une trace que quelqu'un aurait laissée derrière lui, à force d'y passer. Nous marchions sur un tapis d'épines et de lichen, nos chaussures s'enfonçaient jusqu'aux chevilles. Pour la première fois de ma vie, j'avançais dans les pas de mon père. J'avais la sensation d'accomplir une espèce de rite initiatique.

Bientôt, le sentier s'est mis à monter et à faire des lacets. Sam avançait d'un bon pas. Il était chargé comme une mule alors que je n'avais que mon poids à porter et un petit sac à dos qu'il m'avait confié. Malgré cela, j'ai compris rapidement que je n'allais pas tarder à avoir du mal à le suivre. On n'avait pas la même constitution physique tous les deux. Et ce n'était pas avec les journées que je passais derrière l'écran de mon ordinateur à me gorger de thé et de café que je pouvais espérer rivaliser avec sa vigueur et son endurance. J'avais les jambes lourdes et la sueur commençait à me couler dans le dos.

— Sam, on peut faire une pause ?

Il s'est retourné, étonné. Agacé.

— Nom d'un chien Jonas, on vient à peine de partir. Si on s'arrête toutes les cinq minutes, on ne sera jamais de retour avant la nuit.

— Je sais, mais je suis mort.

Il s'est adossé à un arbre.

— Cinq minutes. Pas une de plus.

Je me suis assis sur un tronc tombé en travers du chemin. Une lueur tamisée pénétrait avec difficulté les feuillages. Il y avait dans l'air une puissante odeur de résine, d'humus et le bourdonnement des insectes est devenu tout à coup assourdissant. J'essayais de reprendre mon souffle en me concentrant sur ma respiration. Sam s'est raclé la gorge.

— Si ça se confirme... si on tombe bien sur votre père... vous avez déjà une idée de ce que vous allez lui dire ?

Jusqu'alors, c'était une question que j'avais évité de me poser. Je me disais que je verrais bien une fois au pied du mur. J'agissais souvent de la sorte. Une propension à ne pas regarder la vérité en face, à me laisser porter par le courant, comme un bateau en papier ou une feuille morte.

— Je ne sais pas. J'imagine que je vais lui dire que je suis son fils, que je veux le connaître. Je lui dirai tout de suite, pour qu'il n'y ait pas de malentendu, que je n'attends rien de lui.

— Vous ne vous êtes jamais dit que s'il vous avait abandonné et s'il était venu vivre aussi loin, c'était justement parce qu'il n'avait pas envie de vous voir débarquer un beau matin.

Je ne savais pas où il voulait m'emmener. Il avait un sourire figé et il jouait avec une brindille. J'ai frotté mes mains sur mes cuisses.

— Je me dis qu'on n'a qu'une seule vie. Une absurde petite vie qui passe comme un rêve. Un peu moins de trente mille jours en moyenne. Je ne sais pas si vous vous rendez compte.

Vous et moi, on doit avoir à peu près le même âge. Il nous reste quoi ? Quinze mille jours à vivre ? Et ça, à supposer que tout se passe bien et qu'on a l'idée saugrenue de faire de vieux os. Si ça se trouve, on a devant nous beaucoup moins de temps. Tenez, on pourrait très bien se faire dévorer par une famille d'ours dans moins de dix minutes.

— Vous voulez en venir où avec vos quinze mille jours ? Je ne vois pas le rapport avec votre père.

— Je ne veux pas vivre le reste de ma vie avec la tête pleine de regrets et d'interrogations. Si je rencontre mon père, et même si ça se passe mal, j'aurai libéré de la place dans mon esprit et dans mon cœur. J'aurai fait un premier pas vers la paix de l'âme.

Ce que je n'ai pas dit à Sam, ce sont tous les efforts que j'ai dû faire pour prendre cette décision. Et en même temps, j'avais eu l'impression de ne pas avoir le choix. C'était comme si j'étais arrivé au bout d'un long couloir et qu'il n'y avait plus qu'une seule porte. Je ne lui ai pas dit que c'était presque devenu pour moi une question de vie ou de mort.

Sam a inspecté le bout de ses chaussures de marche pendant un long moment en silence, puis il a levé la tête, un curieux sourire sur les lèvres.

— Bon, si je comprends bien, il faut simplement qu'on évite de se faire bouffer par les ours avant que vous ayez obtenu les réponses à vos questions.

Je me suis levé en me disant que c'était vraiment un drôle de mec et que tous les deux on se ressemblait peut-être plus que ce que je pensais.

On a grimpé encore une bonne heure avant de déboucher sur une sorte de plateau. Le chemin serpentait à travers les arbres en longeant plus ou moins la falaise. De temps en temps, on apercevait le bleu de la mer au milieu des feuillages. C'était plus facile pour moi de suivre Sam. Par endroits, il devait ralentir le rythme afin de s'assurer que nous étions toujours sur la bonne piste. Ensuite, le chemin est devenu plus large. Il a attendu que j'arrive à sa hauteur. Il m'a regardé en plissant les yeux. Je sentais bien qu'il voulait me dire quelque chose.

— Un écrivain, alors !

Au début, je n'ai pas su quoi répondre. Je ne m'attendais pas du tout à ce qu'il m'entreprenne là-dessus. Alors j'ai souri bêtement. Il a poursuivi :

— Moi, ça m'aurait bien plu. Une existence d'écrivain, ouais, ça doit être génial quand même.

J'avais l'habitude. Les gens imaginaient toujours un tas de choses. Les voyages, les cocktails, les miches bien à l'abri des intempéries, les biftons qui tombaient du ciel comme par enchantement. Je pensais qu'il n'allait pas tarder à me demander des précisions sur le montant de mes à-valoir et le nombre de sollicitations féminines que je recevais quotidiennement. Mais à ma grande surprise, il est parti dans une tout autre direction.

— Fabriquer un livre, un truc qu'on a créé soi-même et qui continuera d'exister après sa mort. Moi, ça m'aurait bien botté.

J'ai hoché la tête sous ma casquette. Je voyais enfin où il voulait en venir.

— Il faut relativiser. Ce n'est que du papier et de l'encre. Et ce que j'écris n'a pas vocation à résister à l'épreuve du temps. Sam, dois-je vous rappeler que je ne suis ni Camus ni Hemingway ?

— Ne me dites pas que vous ne pensez pas à l'immortalité quand vous commencez un livre.

Je l'ai regardé longuement. Si on m'avait dit un jour que j'aurais ce genre de conversation avec un type comme lui. Qui plus est, cheminant en pleine nature sauvage à la recherche de mon père.

— Non, pas quand je raconte la vie d'un footballeur de vingt-cinq ans. Si vous voulez tout savoir, je pense au chèque que va m'envoyer mon éditeur. J'imagine que je brise un peu votre rêve, mais c'est la stricte vérité.

Il a ri, a secoué ses cheveux, s'est remis à marcher.

— Je n'y crois pas une seconde. Je suis persuadé que les écrivains sont conscients plus que quiconque de leur condition d'homme mortel. Et c'est une des raisons pour lesquelles ils écrivent. D'ailleurs, ce n'est pas vous qui m'avez parlé tout à l'heure des quinze mille jours qu'il vous reste à vivre ? Vous étudiez les autres, leurs vies et vous n'en comprenez pas le sens.

Vous les voyez s'accrocher à un boulot et à des rêves préfabriqués, recommencer chaque jour sans jamais rien accomplir et ça vous dépasse. Alors, Jonas, j'ai tort ou j'ai raison ?

J'ai accéléré le pas pour revenir à sa hauteur.

— Tort, sans aucun doute. Je ne me reconnais absolument pas dans le portrait que vous dressez de moi.

J'ai accéléré encore pour lui passer devant. En fait, il y avait une part de vrai dans ce qu'il disait, mais je ne voulais pas l'avouer. Ni à lui ni à moi-même. Ce n'était pas tant cette histoire de quête d'immortalité qui n'avait jamais représenté grand-chose pour moi que les propos qu'il avait tenus sur la vacuité et l'absurdité de la vie. J'ai enjambé le tronc d'un érable qu'une tempête avait dû coucher. Je l'ai entendu reprendre derrière moi :

— Moi, ce que je pense, c'est que dans cette saleté de monde seuls les écrivains sont réellement vivants.

Une nouvelle fois, je n'ai pas répondu sur-le-champ. J'ai pensé à Élisabeth. C'est marrant, elle me disait exactement l'inverse. Elle trouvait que j'étais déjà presque mort. Pour elle, je m'étais échappé du réel. Pour trouver le moyen d'exister, j'écrivais la vie rêvée des autres. Mais rien de cela n'était vrai. Rien n'avait de sens. Elle me répétait sans cesse qu'elle en avait marre. Ce qu'elle voulait, c'était aller vers la vie. La vraie. Et cette vie avait bientôt pris le visage des hommes qu'elle rencontrait quand elle ne rentrait pas le soir. Eux, étaient inscrits dans la réalité, me précisait-elle. Cette réalité qui, pour moi, n'avait aucune matérialité.

J'ai hésité pendant un moment, cultivant ces douloureuses réminiscences, puis j'ai interpellé Sam.

— Et si je vous dis que pour moi c'est des types comme vous qui mènent au plus près la vie qui devrait être celle d'un homme.

J'entendais derrière moi ses bottes se frayer un chemin à travers les bois morts et les fougères. J'ai senti qu'il attendait que je développe mon propos.

— Un bateau, la mer et le vent. Vous êtes plus libre que je ne le serai jamais avec mon ordinateur et mes feuilles de papier.

Son pas s'est fait plus lourd.

— Ce que vous ne savez pas, a dit Sam, c'est que cette liberté se paie souvent au prix fort. Et puis, la liberté, c'est un grand mot. On en fait des tonnes, mais qu'est-ce qu'on en sait vraiment ?

Je me suis arrêté. J'avais envie de croiser son regard, mais il est passé dans mon dos et a sauté par-dessus un buisson. On a marché encore une demi-heure, sans parler. Dans le ciel, tournoyaient des rapaces, des oiseaux de mer, et les bribes de notre conversation qui restaient en suspens au-dessus de nos têtes comme une cantate inachevée.

# CHAPITRE 9

Bientôt, nous sommes arrivés sur une ligne de crête et les trouées entre les arbres sont devenues plus fréquentes, plus grandes. Le ciel était gris pâle, et à l'ouest, une bande orangée avait fait son apparition, musardant au-dessus de la ligne de l'horizon. Sam avait repris une cadence de marche élevée et je rencontrais de nouveau des difficultés à le suivre. Je n'osais pas lui proposer une halte. La discussion que nous avions eue au sujet de l'écriture m'avait mis mal à l'aise. En fait, je n'appréciais pas qu'on m'interroge sur mon métier. J'aimais parler des livres, mais pas du fait de les écrire. Surtout, je respectais trop la littérature pour y associer ce que je faisais depuis des années. La réalité était des plus simples : je n'étais pas fier de ce que je produisais. C'était toujours les mêmes procédés. Des biographies romancées, vite écrites, vite lues, vite oubliées.

J'en étais là de mes ruminations quand soudain, en longeant un bosquet d'épicéas, je l'ai vu.

Au début, j'ai cru que c'était un masque que quelqu'un avait accroché sur le tronc d'un arbre.

Je ne m'attendais pas à ça.

Je me suis arrêté net au milieu du sentier et j'ai poussé un cri. Sam s'est retourné puis tout est allé très vite. Un pas en arrière, un simple pas, une pierre plus ronde que les autres et ma cheville a vrillé. La douleur m'a traversé le corps comme un arc électrique.

Un ultime soubresaut. Mes jambes qui se dérobent. Je suis tombé en arrière et j'ai dévalé la pente. C'était une espèce de pierrier qui descendait jusqu'au bord de la falaise. Un véritable tapis roulant. Pendant la glissade, j'ai essayé de me raccrocher à quelque chose, mais le sol était trop meuble et je n'ai trouvé aucune racine sur ma route. Je ne pouvais rien faire si ce n'est continuer de prendre de la vitesse. Quelques secondes après, je me suis senti propulsé à travers les airs. À travers le vide. Comme un champion de saut à ski en perdition.

La falaise devait mesurer dans les cent mètres de hauteur. Cent mètres de précipice se terminant par un chaos de rochers aussi aiguisés que des lames de rasoir. Mais heureusement, il y avait une minuscule corniche, une dizaine de mètres en contrebas, sur laquelle un arbuste avait eu la bonne idée de pousser. C'est là que j'ai atterri. J'avais le souffle coupé. J'ai agrippé le tronc de toutes mes forces et j'ai aussitôt plaqué mon corps contre la paroi.

— Nom d'un chien, Jonas, vous allez bien ?

J'ai levé les yeux vers le sommet. Le visage de Sam se découpait sur un fond de ciel bleu.

— Je crois, mais je ne sais pas si je vais tenir longtemps.

Les mottes de terre sous mes pieds se désagrégeaient et des morceaux de roche tombaient régulièrement dans le vide.

— Essayez de ne pas bouger. Je vous envoie une corde.

Je m'efforçais de ne pas regarder vers le bas. J'avais toujours eu le vertige. Je sentais que l'arbuste bougeait et que tout était sur le point de se détacher.

Quand j'ai vu la corde descendre, un poids s'est libéré dans ma poitrine. Je l'ai empoignée à pleine main. Mais en me redressant, je me suis aperçu que ma cheville était douloureuse.

— Sam, je ne vais pas pouvoir grimper tout seul. Je me suis bousillé une cheville.

— Pour commencer, passez la corde autour de votre taille et faites un nœud. Vous serez sécurisé. J'ai une autre corde. Je l'attache et je vous rejoins.

Sam est descendu en rappel. Arrivé à ma hauteur, il a pris appui sur la falaise en évitant de toucher la corniche qui me retenait.

— Bon, ça m'a l'air costaud. (Il a tourné la tête vers l'horizon qui prenait des teintes de plus en plus mauves.) Il y a une belle vue. Mais on ne va pas traîner pour autant. Je vais préparer un mouflage.

Il a dû percevoir ma peur, mes doutes car, en même temps qu'il pendulait pour se rapprocher de moi, il s'est lancé sans délai dans une explication.

— C'est un système qui va me permettre de vous remonter. Je vais commencer par vous attacher correctement à cette corde. Vous vous y êtes pris comme un manche. Avec le nœud de rosette que vous avez fait, vous ressemblez plus à un cadeau de Noël qu'à un alpiniste. J'allais dire qu'il ne manquait plus que le sapin, mais même pas, vous êtes accroché dessus comme une guirlande.

Il a fait glisser sa corde derrière un rocher qui faisait saillie au-dessus de la corniche, a passé ses jambes de chaque côté de moi, puis a entrepris de me harnacher dans les règles de l'art.

— Jonas, vous voyez ce nœud que je viens de faire ? C'est un nœud de Prusik. Là-haut, j'ai installé une démultiplication avec des mousquetons qui va me permettre de vous hisser. Vous pourrez m'aider en faisant coulisser ce nœud au fur et à mesure de votre remontée. En attendant, prenez appui avec votre pied valide dans cette boucle. Ne vous inquiétez pas. Tout est assuré. À partir de là, il ne peut plus rien vous arriver.

Il est reparti aussi sec. Moi, j'avais toujours une main sur la corde et l'autre cramponnée à l'arbuste. Je le voyais remonter vers le ciel et je me disais que ce type était un vrai pro. Il savait gérer une urgence, était à la fois technique et pédagogue. Il avait pris soin aussi de me rassurer et de me mettre en confiance. Quelque part, dans mon malheur, je mesurais la chance que j'avais d'être tombé sur un gars comme lui.

La remontée a été plus facile que prévu. Je me sentais aspiré vers le haut. Mon champ de vision s'était rétréci aux limites de la corde et je n'avais qu'à faire coulisser le nœud comme Sam me l'avait demandé. Quand je me suis retrouvé au sommet de la falaise, je me suis allongé sur le dos pour reprendre mon souffle.

— Merci Sam. Vraiment merci. Sans vous, je ne m'en serais jamais sorti, ai-je pu susurrer au bout de plusieurs longues secondes.

Il était en train de ranger sa corde et les mousquetons dans son sac à dos.

— Il va falloir examiner votre cheville. J'espère qu'elle n'est pas cassée.

Je me suis redressé et j'ai manipulé mon pied. C'était apparemment une simple entorse. J'ai détaché la corde et je l'ai passée à Sam qui s'est mis à l'enrouler. Il faisait ça avec des gestes secs. En même temps, il ne quittait pas ma cheville des yeux.

— On va faire un bandage serré pour bien la maintenir et éviter qu'elle ne gonfle trop. Mais on ne va pas pouvoir continuer. C'est certain. Je crois que vous pouvez dire adieu à votre père pour cette fois. Déjà, si on arrive à rentrer au bateau sans plus d'encombre, on pourra s'estimer heureux.

Je me rendais compte que je venais de tout faire foirer. À cause d'un caillou, d'un malheureux faux pas.

— Merde, Jonas, qu'est-ce qu'il vous a pris. Je vous ai vu tomber. Vous avez eu un mouvement de recul comme si vous aviez vu le diable en personne.

La voix de Sam m'a instantanément ramené à la réalité.

— J'ai été surpris quand j'ai vu son visage au milieu des feuilles.

— Son visage ?

— Ne me dites pas que vous ne l'avez pas vue !

Il s'est impatienté.

— Mais de qui parlez-vous ?

— La femme. Elle était cachée dans ce bosquet et elle nous observait. (J'ai tendu mon bras dans la direction d'un groupe d'épicéas.) Elle avait des cheveux longs, bleu-noir et le teint cuivré. Elle ressemblait à une Indienne.

Quand j'ai dit ces derniers mots, j'ai vu les traits de Sam se crisper. Il a pâli, ses pommettes sont devenues plus saillantes encore. Mais ça n'a pas duré. Quelques dixièmes de seconde plus tard, il avait déjà repris toute sa superbe.

— Il est tard. Avec votre patte folle, on ne pourra pas rentrer de nuit. Je vais faire un feu. On va devoir bivouaquer.

Il a sorti deux sacs de couchage et a entrepris de les dérouler. Pendant un long moment, il n'a plus parlé et moi non plus. On n'entendait plus que le bruissement léger des feuilles dans les arbres et, dans le lointain, le cri strident d'un aigle de mer qui montait dans les thermiques.

# 3 Beaufort

*Les crêtes commencent à déferler.*
*Parfois quelques moutons épars*
*apparaissent.*

# CHAPITRE 10

Après m'avoir bandé la cheville, Sam a ouvert une boîte de corned-beef. Il a dû me voir faire une mimique, car il a haussé les épaules comme s'il était désolé.

— C'est un peu sommaire, mais à la guerre comme à la guerre. Comment va votre cheville ?

Ça m'a étonné de l'entendre parler. Ça faisait un moment qu'il s'était réfugié dans un silence pesant que je n'avais pas osé interrompre. Je ne savais pas si c'était cette histoire d'Indienne que j'avais racontée ou s'il m'en voulait pour ma maladresse qui nous obligeait à passer la nuit à la belle étoile.

— Elle est gonflée et je ne peux toujours pas poser le pied par terre. J'espère que les ligaments ne sont pas arrachés.

Il a sorti une gamelle en fer-blanc de son sac. Il a ôté le couvercle qu'il a gardé pour lui et m'a tendu le récipient. Il a partagé le corned-beef en deux à l'aide d'un grand couteau de chasse à la lame crantée.

— S'il y a une rupture des ligaments, ça ne va pas s'arranger comme ça. Je ne suis pas sûr que vous pourrez rejoindre le bateau, même avec des béquilles de fortune. On fera un point demain matin. Mais si ça se confirme, j'irai chercher Ringo et on construira un brancard.

— Vous voulez dire que vous allez me laisser seul ici ?

— On risque de ne pas avoir le choix.

— Et vous n'avez pas un moyen de communiquer avec Ringo pour lui demander de nous rejoindre ?

— Jonas, le téléphone satellite était dans votre sac à dos.

Il y a eu un nouveau silence. Pendant ma chute, les bretelles du sac s'étaient arrachées et il était tombé en bas de la falaise en même temps que ma casquette et mes lunettes de soleil.

— Je suis vraiment désolé.

Il a toussoté, jeté une brindille dans le feu.

— Un téléphone tout neuf.

— Je vous le rembourserai.

Ses lèvres se sont tendues. Elles sont devenues très minces, presque invisibles. Il a plongé la tête dans son assiette improvisée. Il avait l'air contrarié. Je trouvais que c'était une réaction démesurée. Il ne fallait pas oublier que j'avais été à deux doigts de m'écraser sur les rochers. Une cheville en vrac et un téléphone perdu, on s'en sortait plutôt bien pour le coup. Je l'ai regardé une nouvelle fois. J'avais surtout le sentiment qu'il y avait quelque chose d'autre là-dessous.

Je n'avais pas faim. Pas plus que Sam visiblement. On a posé tous les deux notre gamelle par terre à côté de nous. J'ai contemplé la mer au-delà de la falaise. *Les crêtes commençaient à déferler et parfois quelques moutons épars apparaissaient.* Apparaissaient, avant de disparaître aussitôt, avalés par les flots sur lesquels ricochaient d'intenses reflets dorés. Soudain, il a détendu sa jambe et a envoyé valdinguer le couvercle de la gamelle.

— Vous avez dû avoir une hallucination.

Je me suis tourné vers lui. Le crépuscule marié aux flammes colorait son visage d'ombres bleues mâtinées de rose.

— De quoi vous parlez ?

— Cette Indienne que vous avez soi-disant vue.

Je me suis redressé. J'ai enroulé mes bras autour de mes genoux.

— Non, je suis sûr de moi. J'ai eu le temps de la voir avec précision. Elle était à moins de vingt mètres de nous.

— Une Indienne ! Mais il n'y a pas d'Indiens par ici. Vous vous croyez où ! En Arizona ?

Une nouvelle fois, sa réponse m'a paru exagérée, son comportement, toujours aussi déconcertant. J'ai quand même répondu. Je voulais savoir ce qu'il avait dans la tête.

— En tout cas, c'était une femme qui avait les traits d'une Indienne. Et je ne vois pas pourquoi ça semble vous contrarier. Elle aurait tout aussi bien pu être tonkinoise, wolof ou inuit, le résultat aurait été le même. J'ai été tellement surpris de la voir que j'ai failli tomber de la falaise.

Il m'a observé pendant un temps qui m'a paru interminable.

— On va dormir. On va avoir une longue journée demain.

Il a remis une bûche dans le feu, avant de s'enfermer dans son sac de couchage. Je suis resté un moment encore à admirer le ciel. Il était si clair, si pur ce soir-là. Il y avait tellement d'étoiles que j'avais l'impression qu'il suffisait de tendre le bras pour les décrocher une à une.

Le lendemain, Sam n'a pas eu besoin de me réveiller. Entre le froid et la douleur, je n'avais pratiquement pas fermé l'œil de la nuit. Il a rangé son sac de couchage, réalimenté le feu dont il ne restait que des braises, puis s'est planté devant moi avec un air grave.

— Je vais y aller. On va essayer de plier cette histoire avant midi.

— Vous ne voulez pas qu'on examine ma cheville ?

— Pas la peine, je vous ai entendu gémir toute la nuit. Je me doute du résultat. Je vous laisse le fusil. Vous savez vous en servir ?

Il m'a tendu l'arme.

— Sam, je crains qu'il ne faille m'expliquer deux-trois trucs.

Il a repris le fusil en main.

— Vous avez juste à enlever la sûreté, puis vous tirez le levier d'armement vers l'arrière jusqu'à la butée. Vous relâcher d'un coup. Et il n'y a plus qu'à viser et à presser la détente.

— Et je dois viser quoi, au fait ?

Il a souri.

— On ne sait jamais. Si un ours traîne dans les parages. Ça pourrait vous éviter de terminer en sashimi.

Il m'a rendu l'arme que j'ai posée à côté de mon sac de couchage.

— Et si c'est vous qui rencontrez un ours?

Il a sorti son couteau de chasse et a inspecté la lame. Son œil frisait.

— Dans ce cas, ce sera du sashimi d'ours.

Quand il est parti, je suis resté assis à moitié pelotonné dans mon sac. Adossé à un arbre, fusil sur les genoux, j'écoutais les bruits de la forêt. Il y en avait beaucoup. Des craquements, des glissements, des battements, des cris aigus, inattendus, étranges... Une brise s'était levée. Elle était chargée de parfums de champignons et de résine. Puis, j'ai remarqué la vie qui s'organisait. Les papillons bleus qui allaient de fleur en fleur, la ronde des abeilles. J'ai vu les oiseaux se poser sur les branches des arbres, les lapins qui traversaient en courant la clairière où on avait fait notre bivouac. J'ai fini par ôter mon doigt de la sûreté du fusil. Ensuite, le monde s'est évanoui dans une farandole d'ombres et de lumières crépitantes et j'ai sombré dans un sommeil sans rêves.

C'est un bruit différent qui m'a réveillé. Plus fort. Un grognement sourd. Une odeur âcre aussi. Celle d'un fauve. Quand j'ai ouvert les yeux, il était là devant moi. Un ours brun énorme. Ou plutôt son derrière. Il était en train de renifler la terre autour des restes du feu. Avant de partir, Sam avait pris la peine de jeter au bas de la falaise les restes de corned-beef, mais des odeurs devaient persister. Il balançait des coups de patte et éparpillait les morceaux de charbon de bois. On aurait dit qu'il ne m'avait pas remarqué. Au début, j'ai pensé à ne pas bouger. Il allait peut-être continuer de m'ignorer. Mais à un moment, il s'est retourné et son regard a croisé le mien. Il s'est dressé sur ses pattes arrière, a commencé à agiter son museau, puis il est retombé lourdement sur ses quatre pattes. J'ai senti le sol qui tremblait sous mes fesses. Il s'est avancé en grognant et en secouant la tête, babines retroussées. Il labourait le sol avec ses deux pattes avant. J'ai enlevé la sûreté du fusil. Je n'ai pas actionné le levier d'armement tout de suite. J'avais peur que le bruit accélère les choses. Il me semblait qu'il y avait encore une chance, qu'il hésitait avant de passer à l'attaque. Ses yeux étaient noirs comme la nuit la plus noire et ses dents blanches et acérées, mais c'était surtout ses griffes qui m'impressionnaient. Elles jaillissaient de ses pattes, aussi longues que la lame de mon couteau. Il s'est arrêté à deux mètres de moi et m'a scruté comme s'il m'évaluait. Son souffle était rauque, un filet de bave dégoulinait de sa gueule. Le temps s'est éternisé. Je n'arrivais pas à m'empêcher de le fixer dans les yeux. Et puis, j'ai vu les muscles se mettre en mouvement sous la fourrure. J'ai armé le fusil et c'est à cet instant précis qu'elle est arrivée. Elle est sortie de derrière un arbre, les mains tendues devant elle.

— Surtout ne tirez pas. Allongez-vous lentement et ne bougez plus.

Elle s'est avancée vers l'ours en parlant d'une voix ferme et assurée. L'animal est resté impassible, une patte suspendue en l'air.

— Ça suffit mon garçon. Il faut partir. Il n'y a rien pour toi ici.

Je me suis laissé glisser le long du tronc d'arbre. L'ours s'est désintéressé de moi aussi sec et s'est tourné vers elle, les oreilles dressées. La jeune femme a encore avancé d'un pas. Je n'en revenais pas. Il devait peser trois ou quatre fois son poids. Je m'attendais à tout moment à ce qu'il se jette sur elle et la mette en pièces. J'étais terrorisé et en même temps, bizarrement, je sentais qu'elle dominait la situation. Quelque chose de très puissant se dégageait d'elle. Presque plus puissant que l'ours qui s'était mis debout face à elle. Elle s'est plantée devant lui, les jambes légèrement écartées, les bras levés.

— Allez va-t'en, je te dis !

Il s'est remis sur ses quatre pattes. À présent, il regardait du côté de la forêt. On aurait dit qu'il cherchait une échappatoire. Il a bâillé, secoué la tête et les épaules une dernière fois, puis il est parti sans se presser. Je voyais son derrière qui se balançait pendant qu'il disparaissait entre les fougères. Je me suis redressé et j'ai pris le temps enfin d'observer mon ange gardien de plus près.

C'était difficile de lui donner un âge. Elle n'était pas très grande. Son visage hâlé était d'une incroyable pureté. Des yeux marron légèrement bridés, un menton volontaire, des pommettes hautes. Une cordelette en cuir tressée enserrait son front. Elle portait un pantalon de treillis, des après-skis et une veste en jean délavée. Quand elle s'est approchée de moi, j'ai pu voir qu'elle avait une très légère coquetterie dans l'œil. Une asymétrie à peine perceptible, mais qui lui donnait un charme supplémentaire.

— Comment avez-vous fait ça ? ai-je demandé en m'employant à me mettre debout.

— J'ai simplement fait ce qu'il y avait à faire.

Sa voix était aussi ferme que lorsqu'elle parlait avec l'ours.

— J'étais prêt à tirer.

— Je sais. Comme vous trembliez, vous ne l'auriez que blessé avant de vous faire déchiqueter.

Je me suis senti offusqué.

— Je ne pense pas que je l'aurais loupé. Il était à bout portant, et je ne tremblais pas tant que ça.

Elle me foudroyait du regard.

— Peu importe. Vous alliez blesser un ours qui ne vous aurait jamais attaqué si vous l'aviez laissé tranquille. Il était sur la défensive, perturbé par votre présence. Il essayait seulement de voir si vous représentiez une menace. Ce qu'il voulait, c'était se rassurer.

Je me suis passé les mains dans les cheveux pour aplatir les mauvais plis qu'ils avaient pris durant mon sommeil.

— Et comment vous savez ça ? Vous parlez l'ours ?

— S'il avait voulu vous attaquer, croyez-moi, vous auriez vite fait la différence. Il aurait eu un comportement beaucoup plus affirmé et, à l'heure qu'il est, c'est un peu plus que votre coiffure que vous vous appliqueriez à remettre en ordre.

Sa voix était dénuée de malice. Aucune trace d'humour, non plus. J'ai préféré faire comme si je n'avais rien entendu, j'ai redressé le col de ma chemise.

— Alors si je comprends bien, vous m'avez sauvé la vie. Je m'appelle Jonas Duval. Qui dois-je remercier ?

Elle n'a pas répondu. Elle a secoué la tête, un peu comme l'ours tout à l'heure. Peut-être qu'elle aussi était sur la défensive et s'efforçait de saisir qui j'étais.

— Vous n'avez pas de nom ? ai-je insisté.

Elle a froncé ses sourcils et durci encore sa voix.

— Qu'est-ce que vous faites sur cette île ?

— Je vois, vous êtes du genre à répondre à une question par une autre question. Je suis à la recherche de mon père. On m'a dit qu'il habitait ici. Si ça se trouve, vous le connaissez. Il s'appelle Thomas Haug, mais je crois que les gens, dans le coin, le connaissent plutôt par son surnom, Tom.

Elle n'a pas bougé. Ses sourcils étaient toujours froncés. Ils étaient épais et donnaient une intensité particulière à son regard. J'ai pensé à Élisabeth. Elle se faisait épiler les sourcils. Enfin, restructurer, comme elle disait. Elle ne gardait qu'un mince trait sombre en arc de cercle qui lui donnait un visage figé de poupée. Je n'aimais pas ça, mais je n'avais jamais osé le lui dire. Je n'aimais pas non plus quand elle se maquillait. C'est au saut du lit que je la préférais, quand il n'y avait pas toutes ces peintures sur sa peau, toutes ces choses dressées entre elle et moi comme des barrières infranchissables.

— Il n'y a personne d'autre que moi sur cette île.

La voix de l'Indienne m'a fait revenir à la réalité. J'ai hoché la tête d'une façon mécanique.

— Vous êtes sûre ? On m'a dit que...

— Je suis sûre. Cette île n'est pas si grande que ça. S'il y avait quelqu'un d'autre, ça fait longtemps que je l'aurais croisé. Vous avez dû vous tromper d'endroit ou alors on vous aura mal renseigné.

Elle se tenait très droite avec une gravité naturelle. Je ne savais pas quoi penser de tout ça. J'étais en train de réfléchir ou tout du moins d'essayer de remettre de l'ordre dans le flot de mes pensées, quand elle a désigné ma cheville du bout du doigt.

— Vous êtes blessé ?

— Oui et c'est votre faute. Je vous ai aperçue hier au milieu de ce bosquet et ça m'a fait faire un faux pas qui a failli m'envoyer valdinguer en bas de la falaise. En fait, hier, vous m'avez presque tué et aujourd'hui, vous m'avez sauvé la vie. Il va falloir que vous décidiez une bonne fois pour toutes ce que vous voulez faire avec moi.

Ma petite plaisanterie ne l'a même pas fait sourire. Au contraire, il m'a semblé qu'elle me dévisageait à présent avec un air attristé. Elle a plissé ses lèvres bien dessinées et s'est approchée plus près.

— Asseyez-vous et montrez-moi ça, a-t-elle dit en retroussant les manches de sa veste en jean.

J'ai fait ce qu'elle m'a demandé, docile comme un mouton. Il y avait en elle ce charisme particulier qui me donnait l'impression de ne plus m'appartenir vraiment, d'être captif. Elle a enlevé le bandage qu'avait fait Sam et a examiné ma cheville. Après quelques secondes, elle est partie vers une trouée d'arbres. Elle est revenue tout de suite après avec un sac à dos en toile kaki qu'elle avait dû abandonner avant de faire fuir l'ours. Elle s'est agenouillée à côté de moi et a sorti une trousse en cuir dont elle a extrait deux fioles, un sachet et une boîte en métal cabossé.

— C'est quoi ? ai-je demandé.

— Des essences végétales, de l'écorce de noisetier, de l'argile verte. Je vais vous préparer un cataplasme. Vous allez le garder jusqu'à demain matin.

Elle a secoué les fioles au-dessus de ma cheville avant de me masser énergétiquement.

— Vous êtes médecin ?

Une nouvelle fois, elle n'a pas répondu. Quand elle a eu fini de me masser, elle a sorti les fines écorces du sachet et les a disposées sur ma malléole. Elle les a recouvertes d'une épaisse couche d'argile. Puis elle a continué, faisant le tour de ma cheville. Elle a terminé en réinstallant le bandage. Je l'ai remerciée d'un mot. Elle est restée à genoux devant moi. Visiblement, elle hésitait à me dire quelque chose, et ça créait comme un malaise entre nous. Une distance. Un bruit a soudain attiré notre attention. Un écureuil filait à toute allure sur une branche. C'était exactement ce qu'il nous fallait. On l'a observé tirer un trait mordoré dans les feuillages verts, jusqu'à ce qu'il disparaisse. J'ai souri. Elle a souri aussi. J'ai senti enfin la tension se relâcher.

— Jonas, j'aurais quelque chose à vous demander.

Elle m'a expliqué qu'elle était venue vivre ici, car elle recherchait la tranquillité. Depuis toujours, elle était attirée par la vie sauvage, elle menait une sorte d'expérience, et elle voulait que je promette de ne révéler sa présence à personne.

Je me demandais ce qui avait pu pousser cette jeune femme à venir s'isoler dans un coin aussi perdu. Était-elle réellement une adepte jusqu'au-boutiste du retour à la nature ? Une criminelle recherchée par la police ? Une folle échappée d'un asile ? Ou plus prosaïquement, comme de plus en plus de personnes à travers le monde, ne se reconnaissait-elle plus dans une société qui imposait une existence toujours plus sous contrôle ? En tout cas, je comprenais que ce qu'elle me demandait était important pour elle. Plus qu'important. Vital.

— Je vous le promets, ai-je finalement répondu en la fixant dans les yeux.

Elle se balançait doucement, assise sur ses talons.

— Et cet homme qui vous accompagnait. Qui est-ce ?

— Oh, Sam ! C'est un skipper. J'ai loué ses services pour me conduire jusqu'ici.

— Même à lui, vous ne devez pas en parler. C'est bien clair ?

Elle avait repris son ton dur, presque menaçant.

Elle s'est levée, a lancé un coup d'œil circulaire comme si elle vérifiait qu'elle ne laissait aucune trace derrière elle. Elle m'a regardé une dernière fois, m'a salué d'un geste de la main et s'est engagée dans la forêt entre deux buissons de myrtilles rouges. J'étais toujours assis. Je n'arrivais pas à quitter des yeux l'endroit où elle avait disparue. Les épicéas dressaient leurs pointes sombres vers le ciel. J'avais la sensation qu'une gigantesque mâchoire s'apprêtait à me broyer le cœur.

# CHAPITRE 11

Sam et Ringo sont arrivés en début d'après-midi. Ils m'ont demandé comment ça s'était passé. J'ai répondu que tout allait bien. Et ce n'était pas un mensonge. La douleur était devenue moins lancinante. Je pouvais poser le pied par terre. J'avais trouvé une grosse branche d'aulne plus ou moins droite que j'avais coincée sous mon aisselle et je m'en servais comme appui.

— Je peux peut-être marcher.

— On va quand même fabriquer un brancard, a déclaré Sam. Le chemin du retour est long et en descente. Je ne voudrais pas que vous aggraviez votre cas.

Ils avaient rapporté du *Tala Yuna* deux longues gaffes en bois verni et deux cirés jaunes. Ils ont fermé les zips et les boutonnières des cirés, retourné les manches vers l'intérieur et fait glisser les gaffes dedans. Je me suis approché.

— Vous êtes sûrs ? Vous voulez vraiment que je m'allonge là-dessus !

Ringo a redressé sa casquette de capitaine sur sa tête et m'a adressé un large sourire.

— Et nous on va te porter comme si tu étais un sultan.

Sam a poussé un grognement.

— Si ça ne vous embête pas, on va partir tout de suite. Il faut qu'on arrive avant la nuit. Allongez-vous et essayez de ne pas trop bouger.

Je me suis étendu sur les cirés et j'ai regardé vers le ciel. Il était blanc et vide. Quand Sam et Ringo ont soulevé les gaffes et commencé à marcher, je me suis tourné une dernière fois vers la forêt. J'étais certain qu'elle était cachée là, quelque part, derrière un fourré et qu'elle nous observait.

On avançait lentement. Le chemin était tortueux et creusé par les écoulements d'eau. À plusieurs reprises, ils avaient dû me poser à terre pour négocier un virage plus serré. Le brancard de fortune était plutôt confortable. De temps en temps, Ringo me balançait une vanne, dans le genre « Comment se porte Sa Majesté ? ». Je lui répondais « Sur ton dos ». Et ça le faisait rigoler. Il ne se lassait pas. Il ne se lassait jamais. Sam, lui, avançait en serrant les dents. Je repensais à la question qu'il m'avait posée quand il était arrivé. J'avais cru déceler une drôle d'intensité dans sa voix. J'avais répondu qu'il n'y avait rien eu de particulier. J'avais seulement passé sous silence l'attaque d'un ours et l'apparition d'une femme sauvage à l'extraordinaire charisme.

Deux fois rien.

On est arrivé sur la plage alors que le soleil disparaissait comme un voleur derrière l'horizon. Ils m'ont déposé délicatement sur les galets. Sam a imposé le tempo, comme à son habitude.

— On va rejoindre le bateau. On passe la nuit et on repart demain à la première heure. Ça vous va ? Et pour votre père, je suis désolé, mais il faudra revenir une autre fois.

Ringo et moi, on ne s'est même pas regardés. Ça nous allait. De toute façon, on n'avait pas le choix. Ils m'ont transporté jusqu'à l'annexe et on est parti. Sam était à la manœuvre. Ringo, lui, souriait dans le vent, une main enfoncée sur sa casquette pour éviter qu'elle ne s'envole. Moi, je contemplais la terre qui s'éloignait derrière nous. L'île Klein et sa si mystérieuse habitante. Je me demandais si je la reverrais un jour.

Ce soir-là, on a pris le repas rapidement. Il y avait une ambiance bizarre. Sam parlait toujours aussi peu. Il paraissait soucieux, absent. Ringo dévorait ses côtelettes et moi, je flottais encore dans ce sentiment étrange que je ne parvenais pas à identifier.

Ringo a débarrassé les couverts et est allé faire la vaisselle. Je me suis enfermé dans ma cabine et j'ai laissé le sommeil me submerger. Ça avait été une drôle de journée. Il s'était passé tellement de choses. Je me sentais brisé, morcelé, pulvérisé. Je n'étais plus certain de savoir ce que j'étais venu faire ici. Plus certain de savoir où j'en étais vraiment.

Le lendemain matin, c'est le clapotis doux et régulier de la mer sur la coque qui m'a réveillé. J'ai enfilé le même pantalon et la même chemise que la veille et je suis sorti. Sam et Ringo étaient dans le cockpit. Ils prenaient le café.

— On ne vous a pas attendu. On pensait que vous auriez besoin de dormir.

Je me suis étiré. Le soleil était déjà haut au-dessus de l'horizon.

— Ben non, en fin de compte, il faut croire que je n'étais pas si crevé que ça.

— Comment va la cheville de Sa Majesté ? m'a demandé Ringo.

J'ai fait quelques pas en m'appuyant sur la filière qui courait le long du bateau.

— Beaucoup mieux. Sa Majesté sent à peine la douleur.

Sam a avalé une gorgée de café.

— Les ligaments n'ont pas dû être trop touchés. Vous avez de la chance. Vu la vitesse à laquelle ça a gonflé, je ne pensais pas que vous vous remettriez si vite.

Je me suis assis sur la banquette et j'ai commencé à défaire le bandage.

— Je vais faire respirer tout ça et après je vais prendre une bonne douche.

Quand j'y repense, c'est ce geste qui a tout fait basculer. Ce simple geste. Comment peut-on être si con ? J'aurais dû réfléchir avant, prendre la mesure de mes actes. J'aurais pu m'occuper de ma cheville dans ma cabine, discrètement, juste avant de prendre ma douche. On serait rentrés au port et rien ne se serait passé. J'aurais salué Sam et Ringo, je serais monté dans ma voiture, j'aurais oublié mon père et j'aurais terminé mon roman. La vie aurait continué, ni bonne ni mauvaise. Mais la vie quand même. Il y aurait eu les jours, les semaines, les mois et les années.

J'aurais été heureux. En tout cas, c'est ce que j'aurais pu voir dans le regard des autres. Peut-être que j'aurais fini par y croire moi-même. Mais, ça ne s'est pas passé ainsi. J'ai enlevé le bandage et j'ai décollé l'argile qui avait durci. Je l'enlevais par petites plaques que je jetais par-dessus bord. C'est Ringo qui a réagi le premier.

— Qu'est-ce que tu fais ? T'es pas en train de polluer la mer au moins ?

— Ne t'inquiète pas. C'est de l'argile. C'est cent pour cent naturel.

J'ai levé la tête et j'ai regardé Sam. J'ai eu du mal à le reconnaître. Il était blanc et ses yeux aussi étaient blancs, vides comme ceux d'un requin. J'ai compris bien avant qu'il ne parle. Impossible de reculer. J'étais allé trop loin. J'avais commis l'erreur que j'allais regretter le restant de mes jours.

— Jonas, qui vous a mis cette argile autour de la cheville ?

J'ai essayé de ne pas bégayer, mais ma voix tremblait et butait sur les consonnes. J'ai tenté quelque chose.

— Oh, c'est moi hier soir. J'ai changé mon bandage avant de me coucher.

Il s'est approché, a récupéré un morceau d'argile qui était tombé sur le pont.

— Ne me racontez pas de conneries. Où avez-vous trouvé ça ? Ne me dites pas que vous vous trimballez avec de l'argile dans votre bagage.

— Détrompez-vous, j'ai toujours un tube sur moi. J'ai les articulations fragiles.

Il a décollé une écorce de noisetier de l'emplâtre, l'a porté à son nez. J'imagine qu'il a senti les essences végétales.

— Nom d'un chien, Jonas. Dites-moi la vérité. C'est cette Indienne ? Je suis sûr que c'est elle. Elle ressemblait à quoi ?

J'avais fait une promesse, mais je ne pouvais pas résister à l'autorité qu'il dressait devant moi. Elle était comme un mur sur lequel venaient s'écraser tous mes efforts, mes velléités de loyauté, mon amour-propre. J'ai baissé les yeux. Mon mutisme valait tous les aveux. Il m'a empoigné par le col de ma chemise. C'était la première fois que j'étais témoin de la violence qui bouillonnait en lui. Jusqu'alors, je n'avais fait que la soupçonner. J'ai vu qu'il hésitait. Certainement avait-il, à cette minute exacte, envisagé de me frapper. Il ne l'a pas fait. Il m'a lâché et est allé se planter à l'autre bout du cockpit. Face à l'île Klein. Il a attrapé les barres en alu du balcon et j'ai vu ses doigts se crisper et virer au blanc. Blanc. Encore ce blanc. Toujours ce blanc. Si je devais donner une couleur à la colère et à la haine, sans hésitation, ce serait le blanc.

— Mais qu'est-ce que vous avez avec cette Indienne ? Il n'y a pas d'Indienne. Il n'y a jamais eu d'Indienne. Vous l'avez dit vous-même, j'ai eu une hallucination. Et puis même si elle existait, pourquoi vous vous mettez dans cet état ?

Je voulais rattraper les choses. Il ne m'a pas répondu. Il continuait de serrer les barres du balcon. Les veines de ses avant-bras étaient tendues comme des lanières de cuir. Ringo s'était réfugié sur le roof. L'air hagard. Muet. Il me faisait penser au rescapé d'un terrible naufrage.

Je ne savais plus quoi faire, la situation m'avait totalement échappé. Je suis redescendu dans ma cabine. J'en ai profité pour prendre une douche et me raser. J'essayais de comprendre, de trouver des réponses à mes questions. Pourquoi Sam faisait-il une fixation sur cette Indienne ? Dans quelle histoire m'étais-je embringué ? Comment réagirait-elle si elle apprenait que j'avais trahi notre secret ?

Je me suis séché et je me suis habillé. Un jeans, un chandail, à même la peau. J'avais besoin de me sentir prêt à aller au combat. Même si je savais que je ne ferais pas le poids. Je voulais savoir contre qui, contre quoi j'allais devoir me battre.

Quand je suis remonté sur le pont, Sam venait de remettre l'annexe à l'eau. J'ai croisé son regard au moment où il mettait les gaz. Ce n'était déjà plus le regard d'un homme. Pas tout à fait celui d'un fauve.

— Ringo, dis-moi, qu'est-ce qu'il se passe avec Sam ?

Il n'avait pas bougé du roof. Il tenait sa casquette entre ses mains et en triturait la visière. Il observait l'annexe qui s'éloignait vers la côte.

— Je ne sais pas. Je crois qu'il est en colère.

— En colère contre qui ?

— Le plus souvent, c'est contre lui-même.

J'ai compris qu'il n'en dirait pas plus. Je me suis approché du bastingage. Sam venait d'arriver sur la plage. Il a tiré l'annexe sur quelques mètres, a jeté son sac sur son dos. Il s'est penché au fond de l'embarcation, a récupéré un objet long. Je n'ai pas pu m'empêcher de crier.

— Nom de dieu, il a pris son fusil !

Il a fait le même mouvement qu'il m'avait montré, celui qui servait à engager une balle dans le canon, puis il est parti en direction du chemin que nous avions emprunté. Le chemin qui montait à travers la forêt. Le chemin qui menait jusqu'à l'Indienne.

— Il faut qu'on le rejoigne, ai-je ordonné à Ringo.

— Pardon, mais ce n'est pas possible. Il a pris l'annexe. On ne va quand même pas y aller à la nage.

J'ai regardé autour de moi. Il n'y avait pas trente-six solutions. Je suis allé détacher le radeau de survie. Ringo s'est levé. Il était nerveux et faisait des tours sur lui-même.

— Sam ne va pas être content. Ça va être impossible à replier cette affaire et il va falloir remplacer la bouteille d'air comprimé.

J'ai jeté la valise qui contenait le radeau à la mer et j'ai tiré sur la sangle pour percuter la bouteille. Le radeau s'est gonflé automatiquement. J'ai sauté dedans en faisant attention à ma cheville. Ringo a hésité, mais quand j'ai lâché la sangle, il a sauté à son tour.

— Pardon, mais c'est certain. Sam ne va pas être content du tout.

À l'intérieur, il y avait des lignes de pêche, une trousse à pharmacie, un manuel de survie et deux courtes pagaies. J'ai sorti les pagaies de leur enveloppe en plastique et j'en ai tendu une à Ringo.

Le radeau n'était pas facile à diriger et on a mis beaucoup de temps pour rejoindre la plage. Un petit vent du nord s'était levé. Il faisait friser la mer et avait tendance à nous repousser vers le large. Sam avait de l'avance et ma cheville restait douloureuse et raide. Le rattraper allait être une mission compliquée. Mais j'étais plus déterminé que jamais.

On a tiré le radeau sur la plage et on s'est mis en route tout de suite. J'avais récupéré une branche de bouleau pour m'en servir de béquille. J'essayais de trouver mon rythme. Ringo ne disait plus rien. Il avançait devant moi. De temps à autre, il se retournait pour voir si je suivais. Il avait un visage ennuyé et inquiet. Parfois, on voyait dans son regard qu'il cherchait à sourire, mais ses grosses lèvres refusaient de céder.

Le chemin a commencé à monter. Il me semblait encore plus escarpé que la première fois. Les buissons de myrtilles et d'orties étaient plus fournis et inextricables, l'air plus humide et plus froid. On est passé devant le tronc couché où Sam et moi avions fait halte. Cette fois, je n'ai pas réclamé de pause. Nous avons continué sur la sente à moitié recouverte de bois morts et de branches pourries.

Quand on a atteint le sommet, c'était déjà l'après-midi. L'air sur la mer était limpide et clair, on pouvait voir bien au-delà des îles les plus proches. Un horizon immense et lointain qui calquait sa courbure sur celle de la terre. Un horizon d'une beauté incroyable, mais un horizon vide. Pas de bateau, aucun signe de vie. Le monde se résumait à Sam, Ringo et moi. Et à cette Indienne. Quoi qu'il arrive, il ne fallait rien attendre des autres hommes. Aucun secours, aucune aide. Pour la première fois, j'ai ressenti la grande solitude et l'abandon. Pour la première fois, j'ai ressenti la peur.

# CHAPITRE 12

Quand on est arrivé à l'endroit où nous avions bivouaqué, il n'y avait personne. J'ai vu que les restes du feu avaient été dispersés. Je ne savais pas si c'était l'ours qui était revenu ou un des effets de la colère de Sam. Ringo m'a demandé:

— Pardon, mais maintenant on va où?

— Il faut qu'on le retrouve.

Il a inspecté le sol autour de lui en écartant les bras de dépit.

— Et on fait comment?

— J'en sais rien. À vrai dire, je comptais un peu sur toi. Tu ne sais pas suivre une piste?

— Pardon Jonas, mais moi, je suis plus à l'aise sur l'eau que sur la terre. Je ne sais pas moi non plus comment on fait ce genre de choses. Je suis un marin. Sur la mer, il n'y a pas de traces. On prend un cap, on suit sa propre route.

J'ai fouillé à mon tour les alentours du regard. Je ne voyais rien. Je ne savais pas ce qu'il fallait chercher. J'ai fait appel à mes souvenirs d'enfant. Fenimore Cooper, Mark Twain, Jack London... une bibliothèque pleine. J'avais tout dévoré. Certains bouquins plusieurs fois. Il fallait trouver des empreintes de pas bien sûr, mais aussi des herbes couchées, des petites branches cassées, des morceaux de tissus accrochés aux ronces. J'ai fait un tour rapide. Il n'y avait rien. Ou tout du moins, rien ne me sautait aux yeux. Finalement, j'ai pointé mon doigt vers l'est.

— On va poursuivre par là. C'est dans cette direction qu'on a vu la fumée.

J'imaginais que c'était ce qu'avait dû faire Sam.

Ringo a opiné d'un mouvement de tête. Au bout d'une centaine de mètres, la sente s'est éloignée de la falaise. La végétation est devenue différente. On avançait dans des herbes hautes aussi brillantes et coupantes que des lames de sabre. Le vent avait forci et les feuilles des arbres s'agitaient, comme si elles étaient parcourues d'interminables frissons.

On a marché jusqu'au soir. En vain. Je commençais à me demander si on n'avait pas dépassé sans s'en rendre compte l'endroit où on avait aperçu la fumée. Le ciel était devenu bistre, presque opaque. Une pluie fine et acérée s'est mise à tomber. Elle pénétrait partout. À l'intérieur de nos cols, dans nos chaussures. Elle détrempait le sol et rendait les feuillages plus sombres. Quand on avançait, on avait l'impression de marcher sur des éponges gorgées d'eau. À plusieurs reprises, j'ai sursauté en entendant un bruit dans un fourré. Je me souvenais de l'aventure avec l'ours. Nous n'avions même pas de fusil. J'essayais de me persuader que je pourrais avoir le même sang-froid que l'Indienne. Nous sommes arrivés devant un énorme cèdre et brusquement, plus que la fatigue, j'ai senti la lassitude me saisir. J'ai posé une main sur le tronc de l'arbre et j'ai interrogé Ringo d'un coup de menton. Il a compris immédiatement.

— Pardon Jonas, mais je ne sais pas ce qu'il faut faire. Le mieux, c'est sûr, ça aurait été de rester au bateau et de ne jamais se mêler des affaires de Sam.

— Bon sang, Ringo, mais c'est qui cette fille à la fin ? Elle représente quoi pour lui ?

Il a pincé sa lèvre inférieure avec ses doigts et s'est mis à la triturer nerveusement.

— Je ne sais pas. Je crois que c'est un rêve qu'il a fait, il y a longtemps de ça. Un rêve qui revient toujours. Un rêve qui ne veut pas disparaître.

Je l'ai observé. Il s'était assis sur une racine. Sa casquette de capitaine était trempée, par la pluie et par la sueur. Tout autour de la visière, le tissu blanc avait viré à un jaune coquille d'œuf.

Il a lâché d'un seul coup sa lèvre et ça a fait un petit pop. Il a joint ses grosses mains entre ses genoux. J'ai commencé à m'agacer.

— Non de dieu, Ringo, tu ne peux pas être plus clair?

Il n'a pas répondu, il regardait dans le vide. Je mesurais l'étendue du trouble qui l'avait gagné. Il était abyssal. Peut-être qu'il pressentait ce qui allait se passer. J'ai pensé à ces animaux capables de sentir l'arrivée d'un tsunami ou d'un tremblement de terre. Je me suis dirigé vers lui et j'ai posé ma main sur son épaule.

On a poursuivi notre marche pendant une bonne heure. La pluie avait cessé, mais l'atmosphère était toujours aussi humide, vaporeuse. Puis il a bien fallu se résoudre à trouver un endroit pour passer la nuit. On n'avait pas pris de sacs de couchage et on n'avait rien mangé de toute la journée. On a trouvé un emplacement à peu près à l'abri sous un bouquet d'épicéas. Ringo avait sur lui un briquet. On a cherché un arbre mort pour récupérer du bois sec et on a ramassé des écorces de bouleau. Après plusieurs tentatives infructueuses, le feu a fini par prendre. On s'est assis dos à dos et on a essayé de se reposer un peu. Dormir paraissait impossible. Je considérais l'obscurité qui s'installait. Les nuages s'étaient dispersés et les étoiles avaient fait leur apparition. Bientôt, elles se sont mises à tapisser le ciel qui était redevenu clair. Malgré les ombres des arbres qui réduisaient l'angle de vue, je n'en avais jamais vu autant. Elles étaient des milliers et semblaient vouloir m'aspirer vers le haut. L'effet était hypnotique, irréel. Quand est passée la première étoile filante, Ringo m'a demandé doucement si je dormais. J'ai répondu que non.

— Pardon, tu as vu l'étoile? a-t-il demandé

— Oui.

— Alors, il faut faire un vœu.

On est resté quelques secondes sans parler.

— Moi, j'ai demandé qu'on ramène Sam au bateau et que ça se passe sans histoire. Et toi, tu as fait quel vœu?

J'ai répondu que je n'avais pas encore d'idée, et qu'il ne fallait pas dire son vœu sinon il risquait de ne jamais se réaliser. En vérité, je l'avais formulé depuis longtemps déjà. J'espérais au plus profond de moi retrouver l'Indienne. La retrouver avant Sam.

Le lendemain, le soleil, en se levant, a dévoilé une nuée cotonneuse de cirrocumulus placée très haut dans le ciel. Je les observais et cela augmentait encore cette sensation, que j'avais eue toute la nuit, d'être perdu dans le vaste monde. Sous les étoiles ou sous les nuages, c'était pareil, on était minuscules et éloignés de tout. Ringo s'est levé. Bien sûr, aucun de nous n'avait fermé l'œil de la nuit.

— Je suis mort de froid, ai-je dit.

— Moi aussi. Ici, c'est soit le froid soit les moustiques. L'été, il y en a des millions. Peut-être même des milliards.

Je me suis frotté les côtes.

— Je ne sais pas si je ne préférerais pas encore les moustiques.

— Pardon, mais on voit que tu ne les connais pas. Dans le coin, ils sont gros comme ça.

Il a fait un geste avec ses mains comme s'il indiquait la taille d'un poisson. Je me suis levé. La toile de ma parka craquait, une fine couche de glace s'était formée sur nos vêtements. Mon corps était engourdi. J'ai serré et desserré mes poings plusieurs fois d'affilée pour forcer mon sang à se remettre à circuler.

— Je vais aller chercher du bois, ai-je dit en soufflant sur mes doigts.

— Pardon, mais moi, il faut que j'aille au petit coin, a répondu Ringo.

Il est parti d'un côté et je suis parti de l'autre. Ma cheville était encore douloureuse, mais à présent, je pouvais presque avancer sans l'aide de ma branche. Je sentais qu'en marchant elle devenait plus souple et que ça irait de mieux en mieux au fil de la journée.

Dans cette partie de la forêt, une brume basse et étrangement phosphorescente s'enroulait autour des troncs des épicéas. Elle ondoyait à hauteur d'homme et les branches sombres qui se balançaient en murmurant étaient comme suspendues dans les airs. J'avais les bras déjà bien chargés de bois sec quand je l'ai vue, d'abord une ombre imprécise qui a suspendu les battements de mon cœur, puis une silhouette s'est dessinée à travers la lumière spectrale. Elle a fait un geste de la main. Un silence poisseux nous enveloppait. J'ai posé les branches par terre et je me suis avancé jusqu'à elle. À ma grande surprise, les mots sont arrivés tout de suite. En se bousculant presque.

— Je suis content de vous retrouver. Je vous cherchais. Il faut que je vous explique.

Elle me considérait, les sourcils crispés. Sous cette clarté étrange, ses yeux étaient voilés, noirs comme de l'encre.

— Vous aviez fait une promesse. Je ne pensais pas que vous étiez ce genre d'homme.

— Écoutez, ce n'est pas ce que vous croyez. Je...

— Taisez-vous. Il n'est pas loin. Il me cherche depuis hier.

Elle a regardé autour d'elle comme si elle s'attendait à ce que Sam surgisse d'un moment à un autre. Je me suis avancé encore d'un pas.

— Je ne lui ai rien dit. Il a deviné. C'est à cause du cataplasme.

Elle a jeté un coup d'œil vers mon pied.

— Votre cheville est presque guérie.

J'ai tapé plusieurs fois mon pied sur le sol pour lui confirmer que j'allais beaucoup mieux. Elle n'était pas habillée comme la dernière fois. Elle avait passé un pantalon imperméable et une grosse parka en Gore-Tex vert sombre avec une capuche ornée de fourrure. Son visage pointait comme celui d'une musaraigne. Je n'ai pas pu m'empêcher de lui demander :

— Vous le connaissez ? Pourquoi essaye-t-il de vous retrouver ?

Elle est restée figée. Je me suis rappelé qu'elle ne répondait aux questions que lorsqu'elle l'avait décidé. Le froid ne me quittait pas. Je n'étais pas aussi bien équipé qu'elle et ma parka peinait à retenir la chaleur de mon corps.

— Je suis ici avec son frère pour le ramener au bateau. Après on va partir et vous laisser tranquille.

Elle a baissé la tête. Je ne voyais plus que le bout de son nez qui dépassait de la fourrure.

— Qu'est-ce que vous croyez ? C'est trop tard. Il ne s'arrêtera plus maintenant.

J'hésitais à combler les derniers mètres qui me séparaient d'elle. J'avais peur de la faire fuir. D'ailleurs elle reculait déjà, s'enfonçant dans l'ombre épaisse et froide des épicéas.

— Dites-moi au moins votre nom, ai-je murmuré avant qu'elle disparaisse.

Elle m'a regardé en inclinant délicatement la tête.

— Je m'appelle Tala Yuna.

# 4 Beaufort

*Petites vagues s'allongeant, de nombreux moutons.*

# CHAPITRE 13

J'étais revenu à l'endroit où on avait passé la nuit Ringo et moi, à notre campement de fortune sous les arbres, fermement décidé à connaître enfin les tenants et les aboutissants de cette sombre histoire. Ringo était en train de souffler sur les braises. Quand il m'a vu arriver, il s'est levé, les deux mains appuyées sur les genoux.

— Pardon Jonas, tu ne devais pas ramener du bois ?

— Nom de dieu, Ringo, c'est pas avec du bois que je reviens, mais avec des putains de questions auxquelles il va falloir me donner des putains de réponses.

Il a fait un geste vague de la main. Ses yeux étaient aussi ronds que ceux d'un poisson. J'étais décidé à ne pas lui laisser le temps de reprendre son souffle.

— C'est qui Tala Yuna ?

— Ben, c'est notre bateau.

— Merci, je sais. Mais est-ce que tu peux me dire pourquoi il porte ce nom ?

Il a regardé vers le ciel.

— Pardon, mais je n'ai pas envie de parler de ça.

— Eh bien, il va falloir te faire violence, mon ami. On n'a plus le choix, maintenant.

— Pardon, j'aimerais autant pas.

— Qu'est-ce qui te fait peur ? C'est Sam ?

Une veine palpitait sur son front. On aurait dit qu'un petit animal apeuré était caché sous la peau de son crâne.

— Pardon, mais il ne veut plus qu'on parle de ça. Il ne veut même pas qu'on prononce son nom. Il a eu tellement de peine. Ça a été si difficile pour lui.

Pour la première fois, j'avais l'impression de tenir une prise. J'étais déterminé à ne pas la lâcher. J'ai écarté les bras et j'ai lancé un bref regard circulaire autour de moi.

— Comme tu vois, il n'est pas là. Et je ne sais pas si tu as bien compris, mais on lui court après pour éviter qu'il ne fasse une bêtise. Dis-moi tout, Ringo. C'est pour son bien. Je te le redemande. Qui est Tala Yuna ?

Il s'est mis à se balancer sur ses jambes. D'avant en arrière comme s'il essayait de se calmer. Puis, il a balayé le sol avec un de ses pieds.

— C'est le prénom de la fille qu'il aimait.

On y était enfin.

— Et c'était une Indienne, c'est bien ça ?

— Oui, ça s'est passé il y a longtemps. Un jour, on les a vus débarquer tous les deux. Le père et la fille. Il était venu pour travailler dans les chantiers navals. Elle n'était encore qu'une enfant. Sa maman venait de mourir. C'est bien les seuls Indiens qu'on ait jamais vus par ici.

— Des Indiens.

— Oui, des Lakotas. Ce n'est pas courant, hein ? Ils habitaient dans une vieille baraque en bois à la sortie de la ville.

Il s'est arrêté. Peut-être s'imaginait-il que ça allait me suffire.

— Et ?

Il a baissé les yeux.

— Le père est mort écrasé par une poutrelle métallique il y a cinq ans de ça. Le câble d'un pont roulant qui a cédé. Elle était, depuis longtemps déjà, la plus jolie fille de la ville. Elle avait trouvé un boulot de vendeuse à la coopérative maritime. Sam était amoureux d'elle depuis le premier jour où il l'avait vue. Un matin, il s'est décidé. Il s'est coupé les cheveux et a repassé sa chemise. Il allait au magasin presque tous les jours. Il s'est mis à acheter des drisses et des manilles, plus qu'on en avait besoin.

Une semaine plus tard, il est revenu avec un grand sourire et il m'a annoncé qu'elle venait habiter avec nous.

Il a hésité avant de reprendre.

— Sam riait tout le temps à cette époque. C'était des chouettes années. J'y repense souvent.

Une histoire commençait à se dessiner. J'ai décidé de l'aider.

— Et un jour, Sam et elle se sont quittés, c'est bien ça? Ou plutôt, c'est elle qui est partie. Et c'est pour ça qu'il est comme un fou depuis qu'il a compris qu'elle était sur cette île? Il veut lui parler, il veut qu'elle revienne dans sa vie?

— Pardon, ce n'est pas du tout ça. Il ne court pas après Tala Yuna. Si tu veux savoir, l'Indienne que tu as vue l'autre jour doit être quelqu'un d'autre.

— Écoute, je viens de la revoir. Il n'y a même pas cinq minutes de ça. Elle m'a dit son nom.

— Jonas...

Il semblait désolé pour moi. Il m'a lancé un sourire brisé.

— Jonas... Tala Yuna... est morte il y a deux ans de ça.

Je me suis assis par terre. Je ne comprenais plus rien à rien. Le visage de Ringo était marqué par l'émotion. Il a ajouté, comme s'il réfléchissait à voix haute:

— Je crois que Sam court après le vent ou après des fantômes. Et peut-être que toi aussi, sans que tu t'en rendes compte.

Courir après des fantômes. C'est ce que me disait Élisabeth. « Tu n'as jamais eu de vrais amis, si ce n'est des fantômes ! » Elle avait raison. J'étais incapable de créer et d'entretenir des liens d'amitié avec une personne réelle. Je rencontrais des gens avec qui je m'entendais plus ou moins bien et ça n'allait jamais au-delà. Je ne savais pas faire ou plutôt, je n'en avais pas le goût, l'envie. Mes véritables amis, je les choisissais parmi les morts. Ça avait commencé au collège avec un type qui s'était suicidé. Je le connaissais à peine. Il n'était même pas dans ma classe. Mais pendant des jours et des jours après son geste fatidique, j'ai pensé à lui. Je me disais qu'on aurait pu être des amis. Et peu à peu, c'est ce que nous sommes devenus l'un pour l'autre. Sauf qu'il était mort et que j'essayais de vivre. Quelques années plus tard, c'était un chanteur inconnu, électrocuté en jouant sur la terrasse d'un restaurant. Je m'étais mis à écouter en boucle ses chansons. Elles n'étaient pas fameuses, mais j'avais appris à les aimer. J'imaginais des soirées passées à picoler où il me parlerait de ses rêves de gloire. Peut-être même que je lui aurais écrit des paroles et que ça aurait enfin marché pour lui. Et puis, il y en a eu plein d'autres, tout le long de ma vie. De certains, j'ai même été jusqu'à écrire la biographie. Vivants, je ne leur aurais jamais adressé la parole. Morts, je passais des nuits entières à parler avec eux.

— Tu es sûr qu'elle est morte ? ai-je demandé à Ringo.

— Pardon, mais elle a disparu en mer sur le petit voilier que Sam lui avait offert. Un dinghy bleu et blanc avec lequel elle avait l'habitude d'explorer la baie. Il ne s'en est jamais remis.

— Dis-moi, son corps a été retrouvé ?

Ringo s'est mis à renifler. Il tripotait nerveusement la fermeture éclair de sa parka.

— Non, jamais. Elle me manque à moi aussi, tu sais. Elle me manque beaucoup. Elle était si gentille avec moi, si joyeuse, si vivante.

Vivante, elle l'était, me suis-je dit. Je remettais chaque pièce du puzzle à sa place et je commençais à avoir une vue d'ensemble assez précise. Je devinais la raison pour laquelle elle m'avait fait promettre de ne rien dire à personne, et notamment à Sam. Elle ne souhaitait pas qu'il la retrouve. Elle avait peut-être elle-même mis en scène sa disparition. J'avais besoin de quelques éléments supplémentaires pour reconstituer le déroulement des faits.

— Et ça se passait comment entre Sam et elle ?

Ringo a soupiré.

— Pardon, mais ça ne te regarde pas. Et moi, ça ne me regardait pas non plus. Ce que je peux te dire, c'est que Sam était fou amoureux d'elle. Il avait même donné son nom au nouveau bateau qu'il avait acheté. Depuis qu'elle a disparu, il n'a plus jamais été le même. Il ne veut plus qu'on parle d'elle. Il a déchiré toutes les photos, donné toutes ses affaires. Il a même enlevé la plaque avec son nom sur le tableau arrière de son voilier.

Avec le soleil qui perçait, la brume s'est dissipée. Je voyais beaucoup plus clair. Une femme qui fuit un homme. Elle était là, l'histoire. Il n'y avait pas plus simple.

— Ringo, tu dois savoir que Tala Yuna n'est pas morte. Je l'ai rencontrée à deux reprises sur cette île. Et la dernière fois, c'était aujourd'hui même. Je crois que Sam risque de faire une connerie. Il faut qu'on le retrouve le plus vite possible.

Il me dévisageait. Il attendait la suite. Je me suis levé. J'ai mis un coup de pied dans les braises pour les disperser.

— On y va tout de suite.

— Et on va où ?

J'ai inspecté les lieux autour de moi. Je n'en avais pas la moindre idée. Il n'y avait que des arbres. Des milliers d'arbres. Peut-être des millions. Comment retrouver un homme là-dedans ? D'ailleurs, comment Tala Yuna avait fait pour me débusquer aussi facilement ? Elle devait connaître l'île comme le fond de ses poches. C'était une Indienne, il ne fallait pas l'oublier. Une Lakota, avait dit Ringo. Elle devait connaître les mille et une façons de suivre une piste. Moi, au sein de cette nature, je ne savais pas faire grand-chose, et j'étais accompagné par un type qui avait l'air aussi paumé que moi. Peut-être même plus si c'était possible. J'ai tendu mon bras en direction de l'est parce que c'était la direction qu'on avait prise depuis le début et parce qu'il fallait bien prendre une décision.

— On va continuer par là.

Nous avons rassemblé nos maigres affaires et repris notre marche.

La mer en contrebas était sillonnée de *petites vagues qui s'allongeaient jusqu'à l'horizon*. De nombreux moutons s'étaient formés sur leurs crêtes. La brise s'était renforcée. Elle faisait voler nos cheveux et claquer les cols de nos parkas. Elle portait aussi jusqu'à nous la rumeur douce et régulière des flots déferlant sur les galets. Quand le paysage se dégageait et proposait une trouée entre les arbres, nous faisions une halte et je scrutais les alentours à la recherche d'une fumée, d'une cabane ou d'un quelconque indice du passage de Sam ou de Tala Yuna. Je ne voyais jamais rien et je commençais à désespérer. Le seul point positif était que ma cheville tenait le coup. Par moments, j'arrivais même à l'oublier. Vers midi, nous sommes arrivés au sommet d'un promontoire. La falaise s'arrêtait là. Après, ce n'était plus qu'un éboulis composé d'un amas de roches volcaniques noires cascadant vers une baie.

— On va devoir descendre par là, ai-je dit à Ringo.

— Pardon, mais avec ta cheville, je ne suis pas sûr que ce soit une bonne idée.

J'ai considéré la pente, les blocs en équilibre précaire.

— On peut passer par l'intérieur de l'île. Ça risque d'être plus long, mais ce sera certainement plus praticable.

Ringo a cligné des yeux et nous sommes partis vers le nord, vers le cœur de la forêt. Progresser au milieu des massifs d'arbres était difficile. La déclivité était importante. On devait régulièrement décrire des lacets et s'accrocher aux troncs et aux branches pour ne pas être emportés dans la pente. Ringo a commencé à chanter. J'ai reconnu *Hold on*, une vieille chanson de Tom Waits. On a marché comme ça pendant une demi-heure avant d'atteindre le bas de la pente. Ringo chantait toujours. J'aimais bien sa voix, la façon qu'il avait de marteler les mots. En arrivant sur un replat, nous sommes tombés sur des tourbières, une succession de clairières gorgées d'eau et couvertes de souches et de vieux bois rongés par le temps.

— Pardon, mais on va marcher encore longtemps ? a demandé Ringo.

Je ne savais plus quoi lui répondre. Je ne savais rien faire d'autre que marcher. Brusquement, j'ai ressenti l'absurdité de la situation : nous n'avions aucune chance de trouver Sam ou Tala Yuna. Je n'étais même plus certain d'avoir envie de me mêler de leurs affaires. Après tout, qu'est-ce que j'y connaissais en histoire d'amour ? Peut-être que Sam voulait simplement avoir une explication. Peut-être qu'il suffisait que Tala Yuna la lui donne. On ne fuit pas comme ça du jour au lendemain sans rien dire. Comment aurais-je réagi si Élisabeth avait disparu de ma vie en se faisant passer pour morte ? Soudain, je comprenais la réaction de Sam. Il avait besoin d'entendre ces mots qui sont si difficiles à entendre. Ceux qu'on redoute tant, mais qui permettent de tourner la page, les mots qui soldent une relation amoureuse. J'ai attrapé le bras de Ringo.

— On va rentrer au bateau.

Il s'est arrêté et s'est appuyé contre un arbre. C'est à ce moment précis qu'a retenti un coup de fusil. Il a déchiré le silence. Des oiseaux par dizaines se sont envolés de la cime des épicéas, et des brassées d'aiguilles et de brindilles se sont mises à tomber en pluie fine autour de nous.

# CHAPITRE 14

— Ça vient de par là. Je ne pense pas que ce soit très loin. Je montrais une direction à travers les arbres. Pour la première fois de la journée, Ringo ouvrait la marche. Il avançait droit devant lui en écartant les broussailles et les branchages. Il ne parlait pas, mais je voyais bien qu'il était inquiet. La forêt était devenue inextricable. Il n'y avait plus aucun chemin, nous avancions à l'aveugle entre les épicéas, les bouleaux et les buissons d'épineux. Au bout d'une centaine de mètres, on a débouché sur une rivière. L'eau était vive, verte, d'une limpidité invraisemblable. Elle s'enfonçait en zigzaguant entre les taillis comme un serpent géant à la peau translucide. Des arbres étaient penchés au-dessus de son lit. Leurs racines ressemblaient à de gigantesques poings enfoncés dans la berge.

— On va remonter vers l'amont, ai-je crié. Si quelqu'un s'est installé sur cette île, il y a des chances que ce soit à proximité d'un point d'eau.

Ringo a inspecté les environs.

— Tu as raison, le coup de feu venait de là.

On est reparti sans plus attendre. Notre progression devenait plus facile, le lit de la rivière n'était profond que de quelques centimètres. Ringo semblait voler au-dessus des flots, des gerbes d'eau giclaient à chacun de ses pas comme de minuscules feux d'artifice liquides. L'eau glacée pénétrait dans mes baskets, je le suivais en serrant les dents et en évitant les rochers les plus glissants. Rapidement, il a pris une dizaine de mètres d'avance sur moi.

Après plusieurs boucles, la rivière a débouché sur une sorte de plaine. Un deuxième coup de feu a claqué lorsque nous sortions du couvert des arbres. Plus proche, plus sec, effrayant. Ringo a ralenti. Il a levé la tête comme un animal flairant une piste avant de repartir de plus belle. Une nouvelle fois, je l'ai suivi.

La cabane était située dans le bas d'une prairie, à un endroit où la rivière faisait un méandre, juste après une petite cascade. Elle était à moitié cachée par un bosquet de trembles jaune et or. J'ai d'abord vu Sam allongé derrière le tronc d'un arbre mort. Il pointait son fusil en direction de la cabane en contrebas. Quand il nous a vus, il a crié :

— Mettez-vous à couvert ! Ce gars est complètement fou.

On n'a pas cherché à comprendre, on s'est jeté à terre à côté de lui.

Sam avait les cheveux en bataille et ses yeux étaient ourlés de rouge comme s'il avait de la fièvre. Un nouveau coup de feu a claqué, un morceau d'écorce a volé à côté de moi.

— Je crois que vous venez de faire connaissance avec votre père, a-t-il dit.

Il était en position de tir, la joue collée contre la crosse de son fusil.

— Nom d'un chien, je n'arrive pas à voir où il est. Il faudrait qu'il nous remontre sa sale gueule.

Je ne saisissais pas ce qui se passait. Sam, mon père, Tala Yuna... Tout se mélangeait. J'avais l'impression d'être pris dans un tourbillon sans fin.

— Pourquoi vous parlez de mon père ?

— Je ne l'ai vu que de loin, mais c'est un vieux, taillé comme une armoire à glace. Je ne lui ai pas demandé ses papiers, mais croyez-moi, il y a de grandes chances que ce soit lui. Il a tiré dès qu'il m'a vu, sans même essayer de savoir qui j'étais.

J'ai haussé le cou pour examiner la cabane.

— Il faudrait essayer de lui parler, ai-je proposé.

Sam a ricané.

— Je vous en prie, faites comme vous voulez. Mais je vous préviens, il a la gâchette facile et pour son âge, il vise plutôt bien.

Le vent avait encore fraîchi. Je me suis recroquevillé contre le tronc.

— Et Tala Yuna? ai-je demandé à Sam. Vous l'avez vue?

Il a décollé la joue de la crosse du fusil et son regard m'a traversé de part en part.

— Non, mais je sens qu'elle n'est pas loin.

Il a réfléchi, un sourire carnassier dessiné sur les lèvres.

— Alors, vous convenez qu'elle existe bien à présent?

J'ai baissé les yeux. Il a poursuivi:

— C'est marrant. On cherchait votre père et on retrouve ma femme. Je vais commencer par nous débarrasser de votre vieux et ensuite, je m'occuperai de cette salope d'Indienne.

Je n'arrivais pas à concevoir ce qui se jouait. Tout allait trop vite.

— Sam, vous devriez poser votre fusil. Je crois que vous n'êtes pas dans votre état normal.

Son ton a changé brusquement.

— Ce qui est normal, c'est que votre pourriture de vieux s'envoie ma pourriture de femme. C'est ça?

Il a tiré et un carreau de la cabane s'est brisé. Il a rechargé aussi sec.

— Sam, laissez ce fusil, je vous dis! Vous allez blesser quelqu'un.

Ça s'est passé en un éclair. Je n'ai même pas eu le temps d'esquisser le moindre geste. Il a fait pivoter son arme et a appuyé le canon au milieu de ma poitrine. Les tendons de son cou saillaient à travers sa peau boucanée par le sel et le soleil.

— C'est une bonne idée. Je vais commencer avec vous. Tel père, tel fils. Si ça se trouve, vous vous êtes tapé ma femme, vous aussi. Elle ne s'est sûrement pas occupée que de votre cheville.

J'ai compris qu'il allait vraiment appuyer sur la détente. Pour la première fois de ma vie, je n'ai eu aucune hésitation et j'ai saisi le canon. Je l'ai éloigné de ma poitrine d'un mouvement ferme. Le coup est parti. La paume de mes mains s'est mise à me brûler et mes oreilles ont sifflé. Mais je n'ai pas lâché ma prise pour autant. Je ne sais pas comment j'ai fait, je lui ai arraché le fusil des mains et je l'ai lancé le plus loin possible derrière moi. Ensuite, je crois que je me suis mis à rouler sur le côté. Peut-être pour éviter de me retrouver dans la ligne de mire de l'homme dans la cabane. Peut-être pour mettre de la distance entre Sam et moi. Il m'a rattrapé aussitôt et m'a plaqué au sol. Je sentais sa respiration haletante sur ma joue. Je percevais toute l'étendue de sa rage. Il a appuyé une de ses mains sur mon cou et de l'autre, il m'a donné des coups de poing. Les traits de son visage étaient tordus et son regard était celui d'un fou. Tout de suite mon arcade gauche a cédé et un sang fluide et chaud a coulé sur mes joues. Un coup plus violent que les autres s'est abattu sur ma mâchoire. J'ai entendu mes dents craquer. J'essayais de lui rendre ses coups, mais ses genoux bloquaient mes épaules et je n'arrivais qu'à lui donner de ridicules bourrades dans les flancs. Je n'arrivais plus à respirer. Il avait arrêté de me frapper et ses deux mains enserraient mon cou. J'étais à deux doigts de perdre connaissance. J'ai essayé une fois encore de dégager mes bras, j'ai tenté de soulever mon bassin, mais je n'arrivais à rien. C'est au moment où j'étais prêt à abandonner que tout s'est relâché. J'ai pu respirer de nouveau. L'étreinte autour de ma gorge s'était desserrée et un afflux subit d'oxygène avait envahi mes poumons.

En levant les bras, je me suis rendu compte que Sam n'était plus assis sur moi. J'en ai profité pour ramper vers le tronc. Je tremblais, j'étais pris de nausée, mes membres étaient mous comme de la guimauve, mes pommettes brûlantes et mes oreilles cotonneuses. Je me demandais pourquoi il n'avait pas été jusqu'au bout. Pour quelle raison il ne m'avait pas tué. Sam était à genoux, de dos. Je ne voyais que ses épaules qui tressautaient. Du sang me coulait dans les yeux. Je les ai fermés quelques secondes, le temps de les essuyer du revers de la main. Quand je les ai rouverts, il s'était retourné vers moi. J'avais l'impression qu'il hurlait, mais je n'entendais rien. Et c'est là que j'ai vu Ringo, si pâle, étendu au milieu des lupins, une large tache de sang souillant le bas de sa parka. Ses lèvres frémissaient. On aurait dit qu'il essayait de sourire. Je me suis approché, toujours à genoux. Un spasme musculaire contractait le dessous de son œil gauche. Sa casquette de capitaine avait roulé dans l'herbe comme une fleur fauchée par le vent. Je l'ai ramassée et je l'ai serrée contre ma poitrine.

# CHAPITRE 15

Sam hurlait comme un animal enragé, son cri s'élevant bien au-dessus des arbres les plus hauts. Ses épaules étaient agitées de soubresauts. Il avait passé sa main sous la nuque de Ringo. Il y avait beaucoup de sang. Sur sa parka et sur l'herbe tout autour de son corps.

— Qu'est-ce qui s'est passé ? ai-je demandé.

C'était une question qui ne s'imposait pas. Je l'ai compris en la formulant. Sam m'a regardé. Dévasté, furieux.

— C'est vous. Vous lui avez tiré dessus.

Il parlait sans desserrer les dents. Ses cheveux étaient plaqués sur son front luisant de sueur. Ses yeux trahissaient une agitation intense. Je ne savais plus quoi lui répondre. C'est alors que Ringo a murmuré. Son filet de voix était hésitant et haché. Déjà presque inaudible.

— Pardon... mais il faut arrêter de... vous battre... et de crier aussi...

Sam lui a attrapé la main.

— Ne parle pas, Ringo. Ne parle pas. On va s'occuper de toi, tu vas voir comment on va bien s'occuper de toi.

Il a posé doucement la tête de Ringo sur l'herbe, avant de jeter un regard affolé dans ma direction.

Pour la première fois, je le sentais dépassé par les évènements. Je me suis avancé au-dessus de Ringo. J'ai ouvert sa parka et j'ai ramené le bas de son pull sur son torse. Il y avait une plaie au-dessus de son nombril de laquelle le sang s'échappait sans discontinuer. J'ai appliqué mes mains comme j'ai pu et je me suis dressé sur mes avant-bras. Le sang s'est arrêté de couler, mais son visage restait toujours aussi blanc.

— La cabane. Il faudrait que l'un de nous deux descende à la cabane pour demander de l'aide.

Sam m'a dévisagé, son œil était redevenu noir. Puis peu à peu, il m'a semblé que son front se détendait imperceptiblement.

— Tala Yuna. Il n'y a qu'elle qui peut faire quelque chose.

J'ai réfléchi le plus rapidement que je pouvais.

— On va changer de place et je vais y aller. Si vous avez vu juste, c'est mon père qui est là-bas armé d'une carabine. J'ignore si Tala Yuna est avec lui dans cette cabane, mais si c'est le cas, je pense que j'aurai plus de chance que vous de la convaincre de venir nous aider. De les convaincre tous les deux, ai-je ajouté.

Il a acquiescé d'un mouvement sec de la tête. Il m'a remplacé en silence. Avant de partir, j'ai regardé une dernière fois Ringo. Je lui ai adressé un geste de la main et je lui ai susurré :

— *Hold on – You got to hold on !* Comme dans la chanson de Tom Waits. N'oublie pas Ringo !

Il a souri.

— Je vais tenir, Jonas... Tu peux être sûr que je vais tenir...

J'ai avancé sans hésiter vers le tronc de l'arbre mort. À partir de là, je savais que je ferais une cible parfaite. J'ai levé les bras très haut au-dessus de ma tête. Il n'y avait pas beaucoup d'options. Soit j'allais me faire descendre comme un lapin, soit l'homme qui était à l'affût dans sa cabane avait conservé un reste d'humanité et me laisserait une chance. J'ai eu la sensation de rester figé pendant des heures. Quand j'ai compris qu'il ne tirerait pas, je suis descendu en gardant mes bras en l'air.

Du côté de la cabane, tout était immobile. À présent, j'appréhendais mieux la disposition des lieux. Quatre murs et un abri à bois presque aussi vaste que la cabane elle-même. Du côté est, il y avait une terrasse sur pilotis recouverte d'une toiture faite de planches. Je marchais lentement. J'avais le goût âpre et métallique du sang dans la bouche. Je me sentais pris entre deux feux. Derrière moi, un type à moitié fou qui me détestait et avait essayé de m'étrangler. Devant, un autre type pas moins dangereux qui m'avait tiré dessus et que je redoutais plus que tout. Une volée de marches conduisait à la porte d'entrée. Je me suis arrêté devant. J'ai toussé avant de pousser ma voix au maximum de ses possibilités.

— On a un blessé grave. On a besoin d'aide.

J'ai pensé que c'était peut-être les premiers mots que j'adressais à mon père. Je n'avais pas imaginé les choses comme ça. Mais la vie de Ringo était en jeu, ce n'était pas le moment de se poser des questions. J'ai crié de nouveau. Plus fort encore.

— S'il vous plaît. On doit faire vite. Il est en train de se vider de son sang.

À l'intérieur, rien ne bougeait, si ce n'est les rideaux qu'un courant d'air agitait. Ringo n'allait pas pouvoir tenir longtemps. J'ai grimpé les marches et j'ai fait jouer la poignée de la porte. Elle n'était pas fermée.

Il y avait une seule pièce. Le mobilier était sommaire. Une table, des chaises, des placards, une malle, une cheminée, un lit dans un angle. J'ai compris tout de suite qu'il n'y avait personne. Je me suis approché du carreau qui avait été brisé par le tir de Sam. Au milieu des bouts de verre éparpillés sur le plancher, deux douilles étincelaient dans un rayon de soleil. Une autre porte qui donnait sur la rivière côté nord était restée ouverte. L'homme avait dû s'enfuir alors que nous nous bagarrions. J'ai jeté un regard circulaire rapide à la recherche d'une trace féminine. Un habit, un bijou oublié là, un parfum, un indice qui aurait pu trahir la présence en ces lieux de Tala Yuna. Mais il n'y avait rien.

Je me suis mis à fouiller les placards. Il devait bien y avoir quelque part une boîte à pharmacie. J'ai été surpris de trouver des livres. Il y en avait des dizaines. Certainement plus de cent. Dans tous les placards. Des romans que j'avais lus pour la plupart. Des classiques. Mais aussi des livres sur la peinture, la sculpture, l'architecture.

Je commençais à désespérer quand, entre un livre sur Norman Rockwell et un roman de Boulgakov, je suis tombé sur une trousse de secours. Je suis retourné en haut de la colline le plus vite que je pouvais. Quand je suis arrivé, Sam était toujours penché au-dessus de Ringo. Je me suis empressé de guetter un signe de vie sur le visage du géant. Il a cligné des yeux et m'a adressé un sourire.

— Il n'y avait personne. Le type s'est barré avant que j'arrive et je doute que votre femme se soit jamais trouvée là. Mais je ne reviens pas les mains vides.

J'ai ouvert la trousse et tiré un sachet de granules hémostatiques.

— Nom d'un chien, c'est quoi ? a demandé Sam.

— Vous n'avez jamais vu un film de guerre ? Il faut saupoudrer ça sur la plaie. Ça va stopper l'hémorragie.

J'ai déchiré le sachet.

— Enlevez vos mains !

J'ai versé tout le contenu sur la plaie.

— Maintenant, il faut appuyer. Le plus fort que vous pouvez. Au moins pendant trois minutes. C'est marqué sur le sachet. Pendant ce temps, je vais préparer les compresses.

Sam faisait tout ce que je disais. J'ai superposé les compresses les unes sur les autres et j'ai sorti la bande de gaze. Quand Sam a retiré ses mains, la plaie ne saignait plus. Il a réprimé un petit rire nerveux. J'ai appliqué le pansement compressif.

— Il faut l'asseoir pour que je puisse installer correctement le bandage.

Sam a passé son bras sous les épaules de Ringo et l'a redressé doucement. Dès que ça a été possible, il a passé sa jambe droite derrière le dos de son frère et s'est assis de manière à lui servir de dossier.

On est restés tous les trois immobiles pendant un long moment, jusqu'à ce que je sente les premières gouttes tomber sur mes mains.

— La pluie arrive et la nuit ne va pas tarder non plus, ai-je dit. Il faudrait qu'on parvienne à le transporter jusqu'à la cabane.

Sam a semblé émerger de je ne sais quelles ténèbres. Il a balbutié :

— La nuit déjà ?

Le ciel était devenu presque aussi sombre et menaçant que la forêt qui nous surplombait. Les nuages s'accrochaient aux cimes des arbres et de la fumée commençait à s'échapper de la terre.

— Votre frère ne peut pas marcher. Mais j'ai aperçu une brouette près de la cabane. Je crois que ça fera l'affaire.

Sam a hoché la tête. Je me suis levé sans plus attendre et j'ai redescendu la colline. Je passais ma langue sur mes deux dents branlantes et sur mes lèvres salement coupées. Moi aussi, j'étais désorienté. Tout s'était accéléré d'un coup. Je revoyais cette matinée où on était tous les trois sur le *Tala Yuna*, à observer les marsouins. C'était il y a combien de temps déjà ?

On a installé Ringo sur la brouette en prenant mille précautions. J'avais récupéré aussi une couverture dans la cabane. On l'a recouvert avec pour qu'il garde un peu de chaleur et pour le protéger de la pluie qui s'était mise à tomber plus fort.

— On aurait pu y penser avant, a dit Sam avec une voix éteinte.

— À quoi ?

— La cabane, la couverture, tout...

Je n'ai rien répondu et j'ai attrapé les bras de la brouette. Il s'est positionné devant pour la retenir et éviter qu'elle ne s'échappe dans la pente. Et on est parti comme ça, tous les trois à petite vitesse. De loin, on devait ressembler à une espèce de tortue géante à trois têtes. Sûr qu'on n'avait déjà presque plus rien en commun avec des êtres humains.

C'était un lit rudimentaire, constitué de planches, d'un vieux matelas et de couvertures. Une peau d'ours tannée servait de couvre-lit. On a installé Ringo dessus. Il s'était endormi pendant qu'on le ramenait. Le cahotement de la brouette l'avait bercé. On avait craint pendant un instant que le pire soit arrivé, mais il y avait les ronflements légers. Les mêmes que ceux d'un nouveau-né aux voies respiratoires encombrées.

— Il ne va pas tenir le coup, a aboyé Sam. Il a perdu beaucoup trop de sang.

Il n'arrêtait pas de tourner en rond. Il semblait avoir totalement oublié la présence quelque part sur l'île de celui qui était peut-être mon père. La présence de Tala Yuna aussi, l'envie de me tuer. À ce moment, seul l'état de santé de son frère lui importait. Je l'ai regardé tourner encore un moment puis j'ai réagi enfin.

— Il faut appeler des secours. C'est sa seule chance. On a un téléphone satellite...

Il a poussé un juron. Je me suis rappelé que le téléphone était tombé en bas de la falaise. C'était encore à cause de moi. Je ne savais plus quoi faire. J'avais peur qu'il se remette en colère. Mais il ne ressemblait plus du tout au Sam qui avait essayé de m'étrangler en haut de la colline. Il s'est assis sur une chaise et a pris sa tête entre ses mains. Ses cheveux blonds étaient mouillés. Ils s'échappaient entre ses doigts et gouttaient sur le plancher comme les tentacules d'un animal marin pris dans un filet.

— Il faut que l'un de nous reparte au bateau et appelle les secours avec la radio de bord, ai-je proposé d'une voix faussement assurée.

Il a levé le menton et a recommencé à s'agiter.

— Avec votre cheville, il vaut mieux que ce soit moi qui y aille. Je serai plus rapide. Je peux courir, gagner un temps précieux.

Il s'est levé, a bondi vers la porte.

— Sam, il faut attendre demain. Dans la nuit, vous risquez de vous perdre. C'est trop dangereux.

Il a fait volte-face, il venait de changer de visage.

— C'est vous le chef maintenant ? C'est ça. Depuis que vous vous envoyez ma femme, vous avez pris le lead et vous décidez de tout ?

Il s'est rapproché de moi en serrant les poings. Les muscles de ses bras roulaient sous sa peau.

— Putain Sam, je ne m'envoie pas votre femme, comme vous dites. Et puis, je n'essaie pas de commander. Je m'efforce juste de prendre les meilleures décisions pour Ringo. Et vous devriez faire pareil, en commençant par garder votre calme.

Je reculais. Bientôt, je me suis trouvé acculé contre un des murs. Il s'est approché, jusqu'à ce que son front touche presque le mien.

— Je ne vous tue pas, j'ai besoin que vous vous occupiez de Ringo pendant que je ne serai pas là. Mais je vous préviens, Jonas, s'il meurt, je vous retrouverai où que vous soyez et je vous arracherai le cœur de la poitrine avec mon couteau.

Il a levé le bras et j'ai senti la lame glacée de son couteau glisser sous mon chandail. Je ne l'avais même pas vu s'en saisir. Son corps était parcouru d'électricité. Je ne sais pas s'il me regardait réellement. Ses lèvres ont continué de bouger, mais il n'émettait plus aucun son. Il a rengainé son couteau et reculé lentement. Puis il a semblé se ressaisir. Il s'est approché de Ringo, a glissé quelques mots à son oreille avant de l'embrasser sur le front. Il s'est retourné une dernière fois, a fixé Ringo comme s'il voulait imprégner son image dans sa mémoire, et il s'est évanoui dans la nuit.

# 5 Beaufort

*Vagues modérées, nettement allongées.*
*Beaucoup de moutons, embruns.*

# CHAPITRE 16

La pluie est tombée toute la nuit. Je l'entendais cingler les vitres et dévaler du toit comme un torrent de montagne. Par la fenêtre, on ne voyait qu'un rideau opaque qui cascadait depuis les bardeaux bitumeux et reflétait mollement la lumière de la cabane. J'avais allumé un feu dans la cheminée pour chasser le froid et l'humidité. Ringo avait mal, mais il ne se plaignait pas. Il me réclamait simplement de temps en temps de l'eau que je ne lui donnais pas. Je craignais qu'il ait une hémorragie interne et me contentais de lui tamponner les lèvres avec un chiffon mouillé. Je lui parlais tout bas. Je vérifiais son pansement. Depuis quelques heures, il avait l'air d'avoir moins mal. Je ne savais pas ce que ça voulait dire, mais j'avais envie d'y voir une raison d'espérer.

Vers minuit, il s'est assoupi. J'en ai profité pour remettre des bûches dans la cheminée. Puis, j'ai repensé à tous ces placards remplis de livres et une question a commencé à me trotter dans la tête. Et si parmi eux se trouvait un des miens ? Pourquoi pas l'intégralité de mon œuvre, soigneusement classée et rangée par date de sortie. Je ne doutais plus que l'homme qui habitait cette cabane et qui aimait tant les livres était mon père. Cela n'aurait pas été absurde qu'il ait pu faire une chose pareille. Il m'aurait suivi de loin, se serait procuré mes bouquins, aurait essayé de me connaître à travers mes écrits. Sans doute allais-je trouver quelques preuves de son affection glissées entre deux pages d'une de mes publications. Des photos de moi qu'il aurait découpées dans une revue, peut-être même une lettre qui me serait destinée et qu'il n'aurait jamais envoyée.

J'ai vidé tous les placards, même ceux que je n'avais pas encore explorés. J'ai fait un inventaire exhaustif. Joyce, Homère, Cervantès, García Márquez, Proust, Dostoïevski, Kafka, Céline, Shakespeare, Baudelaire, Faulkner, Tolstoï, Hesse, Rimbaud, Borges, Brontë, Melville, Camus, Beckett, Scott Fitzgerald, Kerouac, Austen, Ibsen, Woolf, Kawabata, Neruda, Pessoa, Tchekhov, Dickens...

Ils étaient tous là, ou presque. Mais de mes livres, aucune trace.

Je me suis assis sur une chaise. Qu'avais-je été imaginer ? C'était visiblement un type qui ne lisait pas n'importe quoi, et je n'arrivais pas à la cheville des géants de la littérature dont il collectionnait les œuvres. Sans compter qu'il n'avait certainement jamais fait le lien. Jonas Duval. Je portais le nom de ma mère. Ça devait bien lui rappeler quelque chose, mais connaissait-il seulement mon prénom ? Comment aurait-il pu savoir que j'étais son fils ?

Soudain, Ringo s'est réveillé. Je me suis levé de ma chaise. Et j'ai réalisé que tout ça, c'était des histoires que je me racontais. La vérité, je la connaissais depuis longtemps. Il m'avait abandonné deux jours avant que je naisse. Il se foutait de moi comme de sa première paire de chaussettes. Deux jours. Je n'avais aucune existence réelle à ses yeux. Comme toujours, je me perdais dans mes rêves. Comme toujours, j'essayais de rattraper le temps. Comme toujours, je m'épuisais à courir après le vent.

Ringo avait de la fièvre. Je lui ai appliqué le chiffon mouillé sur le front, je lui ai humecté les lèvres. Il n'y avait rien d'autre à faire, si ce n'est attendre l'arrivée des secours. J'ai essayé de calculer combien de temps était passé depuis le départ de Sam. Mais mon esprit était embrouillé. Régulièrement, je me levais, j'allais vers la fenêtre et mon regard se noyait dans le paysage.

— Pardon, mais moi, j'aurais bien aimé avoir un bateau à moi et être vraiment capitaine.

J'ai été surpris d'entendre sa voix. Jusque-là, il s'était plutôt contenté de serrer les dents. J'ai penché ma tête sur le côté et je lui ai fait mon plus beau sourire. J'ai attrapé sa casquette et je l'ai agitée sous son nez.

— Mais, tu l'es déjà !

Ses paupières se sont plissées.

— Tu sais bien que non. C'est Sam le vrai capitaine. Moi, j'ai juste la casquette. Et en plus, elle est deux fois trop grande.

— Eh bien moi, je suis certain qu'un jour tu seras capitaine d'un joli voilier blanc. Tu le barreras et tu sillonneras toutes les mers du globe. Et si jamais t'as besoin d'un matelot pour balancer des caisses de haricots à la mer, tu sais déjà que tu peux compter sur moi.

J'ai écarté les bras et j'ai fait une grimace. Il a plissé les yeux. J'ai remonté la couverture sur sa poitrine.

— Vert, il a dit.

— Quoi vert ?

— Le voilier, je préférerais qu'il soit vert.

— C'est entendu ! vert, tu le veux, vert, il sera.

— J'aimerais aussi avoir une amoureuse.

— Quelle couleur ?

Il s'est mis à rire puis ses traits se sont tordus de douleur. J'ai mis ma main au-dessus de son ventre. J'avais peur que sa blessure se rouvre.

— Pardon, mais ça me fait mal quand je rigole.

— C'est classique. Il y a toujours un prix à payer au bonheur.

Il m'a observé avec plus d'intensité.

— Et toi, t'as une amoureuse ?

— J'en avais une, mais elle s'est barrée.

— T'es fou. Pourquoi tu l'as laissée partir ?

— Ringo, parfois on ne peut pas empêcher les choses d'arriver. Ça ne sert à rien de s'obstiner.

Une barre verticale s'est creusée entre ses sourcils. Je ne pouvais pas en rester là. Il fallait que je trouve une image pour illustrer mon propos. Je n'avais jamais été doué pour les métaphores. Mon éditeur me disait souvent qu'elles étaient le sel d'un roman. Et moi, j'étais un type qui avait plutôt la main lourde.

— Écoute, Ringo, c'est comme cracher contre le vent. Tu n'as pas grand-chose à y gagner, si ce n'est t'en prendre plein la gueule.

— Cracher contre le vent ? Pardon Jonas, mais tu as de drôles d'idées. Si tu veux que ton amoureuse revienne, tu devrais plutôt lui chanter une chanson d'amour, écrire un poème, je ne sais pas moi... décrocher la lune et les étoiles.

J'ai secoué la tête. Son raisonnement était imparable.

La ride sur son front s'était creusée un peu plus et de fines crevasses sombres sillonnaient à présent ses lèvres. Il était de plus en plus blanc. J'ai regardé par la fenêtre, essayant de percer le mur de pluie. J'espérais que Sam allait réussir à rejoindre rapidement le voilier, que les secours dépêcheraient un hélicoptère dans la foulée, que Ringo pourrait aller un jour au bout de ses rêves ou continuer de s'y accrocher. Je lui ai appliqué de nouveau le chiffon sur le front et je me suis mis à fredonner la chanson de Tom Waits.

*Oh, you got to hold on, hold on*
*You gotta hold on*
*Take my hand, I'm standing right here, you gotta hold on...*

Plus tard, Ringo s'est levé comme si rien ne s'était passé. Il n'avait presque plus mal. Je lui ai demandé de s'asseoir. J'ai enlevé le bandage et j'ai inspecté sa blessure. Les tissus étaient collés, blancs. Ça ressemblait à du sucre cristallisé sur le dessus d'un pot de miel ou au cocon qu'un monstrueux insecte aurait tissé pour abriter sa mue. Je lui ai demandé s'il était sûr d'aller bien. Il m'a dit qu'il avait juste la tête qui tournait. J'ai tâté son ventre. Il était dur. Quand les secours arriveraient, il ne couperait pas à une opération. Il restait une balle qui se baladait là-dedans, il ne fallait pas l'oublier. Mais pour le moment, force était de constater qu'il allait mieux. J'ai changé le bandage. Il s'est levé de nouveau, a marché vers la porte d'entrée, puis il a étiré ses bras comme s'il venait de se réveiller d'une trop longue sieste. C'était vraiment un colosse, comme on en voit peu, avec des ressources physiques insoupçonnées. Dehors, la pluie s'était calmée, mais le ciel était toujours couvert, un gris perle entrecoupé de bleu pâle. Il voulait sortir pour aller voir la mer. J'ai fini par me rendre à ses arguments. Il était tellement enthousiaste. Et moi, j'étais si heureux de le voir debout. En disant non, j'avais peur de rompre un charme.

Nous avons suivi la rivière. L'eau était claire, presque transparente. Elle filait à toute vitesse au-dessus d'un lit de galets blancs comme si elle était pressée de rejoindre la mer. On n'a pas marché longtemps. Derrière un vallon parsemé de fleurs sauvages, on a débouché sur un estuaire. J'ai été surpris que le trajet soit si facile. La forêt semblait moins épaisse, moins oppressante qu'à l'aller. La mer était blanche. *Des vagues modérées, nettement allongées. Beaucoup de moutons et des embruns*. Dans le ciel, au milieu des nuages, il y avait des trouées avec des rayons de soleil qui descendaient en éventail. On a mis tout de suite nos têtes dans le vent. Après toutes ces histoires, c'était comme si on remettait les compteurs à zéro et qu'on nettoyait tout. La douleur comme la folie, la peur aussi bien que la colère. Devant nous, la côte formait une large baie à l'abri du vent. En son milieu un magnifique voilier était à l'ancre. Il était vert. Ringo m'a regardé.

— Tu penses que ?...

Je n'en croyais pas mes yeux. Mais il faut dire que ça sonnait assez comme une belle évidence.

— Ouais, on dirait bien.

On s'est approché jusqu'à avoir les pieds dans l'eau. Et c'est là qu'on l'a vue sortir de la cabine du bateau. Elle a attrapé un hauban et s'est mise à secouer la main en criant son prénom.

— Ringo !

Elle était blonde. On voyait ses cheveux flotter comme une bannière. Elle portait une espèce de paréo blanc. Elle s'est penchée au maximum de la capacité de tension du hauban. Son corps décrivait un arc de cercle parfait entre le ciel et la mer. À côté de moi, je sentais Ringo qui se tendait vers elle comme s'il subissait une attraction irrésistible.

— Pardon Jonas, mais il faut que je la rejoigne. Je ne voudrais pas la faire attendre.

— Je comprends. Tu as beaucoup de chance. Elle est très belle.

Il s'est mis entièrement nu. Avant de s'avancer dans l'eau, il s'est retourné une dernière fois et m'a souri en silence. Puis il est parti à la nage. Seule sa tête émergeait entre les vagues. Un minuscule point qui se fondait dans le bleu de la mer, comme le dos des marsouins qu'on avait vus l'autre jour. Une vague de tristesse m'a submergé. J'ai fermé les yeux dans le soleil. Quand je les ai rouverts, c'était de nouveau la nuit. Dehors, il pleuvait sans cesse. J'entendais les gouttes qui tambourinaient sur le toit. Devant moi, Ringo était allongé sous la couverture en peau d'ours. La peau blanche et l'œil voilé. La bouche ouverte comme une fleur en train de faner ou venant juste d'éclore. J'avais toujours eu du mal à faire la différence.

# CHAPITRE 17

Quand la porte s'est ouverte, un courant d'air s'est engouffré dans la cabane et m'a aussitôt saisi la nuque. Je me suis retourné lentement. La silhouette de Tala Yuna se découpait dans l'encadrement de la porte. Les lueurs des flammes de la cheminée dansaient sur son visage. Je n'ai même pas été surpris de la voir là. C'était comme si je la connaissais depuis toujours. Comme si nous étions tous de la même famille, unis par de mystérieux liens invisibles. Sam, Ringo, elle et moi. Et même le fantôme de mon père. Des liens qui nous dépassaient tous. Quelque chose qui faisait penser à un sentiment d'appartenance à une même humanité.

— Il est mort, ai-je réussi à dire.

Elle a posé son sac à dos sur le plancher, s'est penchée au-dessus du visage de Ringo et a murmuré à son oreille. Je n'entendais pas ce qu'elle disait, mais c'était des mots très doux. Au bout de quelques minutes, elle s'est repositionnée derrière moi. En passant, elle a fait glisser sa main sur mon épaule.

— On se battait Sam et moi. Le coup est parti tout seul, ai-je dit.

Je l'entendais qui bougeait à peine. Le plancher craquait sous son poids.

— Il est mort, ai-je dit une nouvelle fois.

Je pensais à Tom Waits, je pensais aux marsouins qui nageaient sous l'eau, je pensais à la pluie qui n'arrêtait pas de tomber, à la formidable âpreté de la nature sauvage, je pensais aux boîtes de haricots verts.

Plus tard, la porte s'est ouverte une seconde fois. Je me suis retourné machinalement. Un homme avec une parka sombre et une carabine était debout derrière Tala Yuna, aussi grand et massif que Ringo et Sam. Il était dit que tous les hommes qui vivaient et mouraient dans cette région étaient immenses. Immenses comme les arbres et les paysages autour. Lui était doublement immense, car j'ai compris qu'il était aussi mon père.

Il a enlevé sa capuche et j'ai pu voir son visage. Il ressemblait à la photo que je gardais dans mon portefeuille. Malgré les années qui avaient creusé ses traits, avachi ses chairs et blanchi ses tempes, malgré la barbe qui avait envahi ses joues. Le même front bombé d'empereur romain, la même prunelle claire, les mêmes lèvres charnues aux lignes tourmentées.

Son regard a glissé sur moi, comme si j'étais invisible. C'est à Tala Yuna et à elle seule qu'il s'adressait.

— Il arrive.

Elle a désigné Ringo d'un mouvement du menton. Une réponse simple, un écho dissonant.

— Il est mort.

Il a secoué la tête pour lui faire voir qu'il prenait le poids de l'information, mais sans s'attarder pour autant.

— Il faut partir.

— On a combien de temps ?

— Une demi-heure à tout casser. Il a dépassé les tourbières. Il va être là très vite.

Tala Yuna a mis sa main sur mon épaule. C'était la deuxième fois qu'elle le faisait mais cette fois, elle ne l'a pas enlevée tout de suite. Elle l'a laissée peser et j'ai senti toute l'intensité de sa présence.

— Jonas, il faut que vous veniez avec nous. Sam va être fou de rage. Il vaut mieux ne pas être là quand il va découvrir que Ringo est mort.

Je l'ai regardée. J'ai répété ses trois mots comme s'ils n'appartenaient qu'à moi et que je ne voulais pas qu'on me les vole.

— Ringo est mort.

Tala Yuna m'a tiré par le bras. Pendant ce temps, l'homme avait sorti un sac marin d'une cantine et le remplissait de livres. Il n'a pas tout pris. Il n'avait pas la place. Il devait choisir. Ça a été rapide. Il savait exactement ce qu'il faisait. C'était donc bien ses livres. Je trouvais ça incroyable. Ma mère m'avait parlé de lui comme d'un être fruste. Tout de suite après, j'ai repensé à Ringo. Qu'est-ce que j'en avais à foutre de mon père à présent. Tout ça n'avait aucun sens. J'ai répété :

— Ringo est mort.

Tala Yuna m'a tiré plus fort.

— Je sais, je sais. Mais il faut y aller maintenant.

Je me suis laissé faire. Mon corps était mou comme celui d'une poupée de chiffon.

Dehors, il pleuvait toujours. Tala Yuna m'a tendu ma parka. La pluie dégoulinait à l'intérieur de mon col. Je me suis passé les mains dans les cheveux. J'ai inspiré et j'ai expiré plusieurs fois très fort. Quand j'ai senti que ça allait mieux, que mes idées se remettaient en place, je me suis retourné vers l'homme et je lui ai dit :

— Vous êtes Tom ? C'est ça ?

Il m'a examiné, de la tête aux pieds, avec un air neutre, mais sans rien répondre, se contentant d'ajuster sa capuche. Puis il est parti en direction de la rivière. Tala Yuna est passée devant moi en me frôlant à la manière d'un chat.

— Votre cheville, ça va aller ?

Je n'ai rien répondu. J'ai emboîté son pas et on est parti tous les trois sous la pluie.

Je suivais le mouvement en boitant. Je ne m'étais même pas posé la question de savoir où on allait. J'avais toujours les images de Ringo dans la tête. On longeait la rivière vers le nord quand on a entendu le cri s'élever au-dessus de la forêt. C'était celui d'un animal blessé. Un cri où il y avait de la douleur, mais aussi de la rage. L'appel aux ténèbres d'une âme en peine qui déchirait la pluie.

Tala Yuna m'a regardé.

— Il vient d'arriver à la cabane. On n'a pas beaucoup d'avance, il faut se dépêcher.

Et on est reparti de plus belle en file indienne.

On a traversé une prairie qui paraissait phosphorescente sous la lune. Tom ouvrait la marche, Tala Yuna était calée dans sa foulée. Moi, je traînais derrière, tête basse. Bientôt, un sous-bois détrempé a succédé à la prairie. Les branches ruisselantes d'eau me fouettaient le visage. Je ne savais plus si je pleurais ou si c'était cette pluie maudite. Mes jambes étaient lourdes, ma cheville recommençait à me faire mal. Mon jeans était gorgé de boue, il pesait des tonnes.

On a pris un chemin qui grimpait le long d'une colline. Sous la protection des arbres, la pluie s'est faite plus légère. J'en ai profité pour interpeller Tala Yuna.

— On va où ?

Elle s'est arrêtée, a attendu que j'arrive à sa hauteur.

— Il faut quitter l'île. Sam n'aura de cesse de la sillonner tant qu'il ne nous aura pas trouvés. On va rejoindre le bateau de Tom au plus vite. On est bientôt arrivés.

J'ai entendu ses mots, mais je n'ai pas réagi.

Au sommet de la colline, on a franchi une zone de broussailles et on est tombé sur un nouveau chemin que j'ai reconnu tout de suite. C'était celui qui partait de la plage de galets où on avait accosté, Ringo et moi. Avec la pluie, il était devenu glissant. Par moments, c'était presque un ruisseau. Quand on est arrivé sur la plage, le vent nous a frappés en plein visage. On aurait dit qu'il y avait eu un congrès de naufragés tellement il y avait d'embarcations de fortune abandonnées sur les galets. Le radeau de survie, le vieux canoë de Tom, l'annexe orange qu'avait utilisée Sam. Et plus loin sur la mer, le trawler à la coque vermoulue et le voilier qui nous avait conduits jusqu'ici, Sam, Ringo et moi.

Tom s'est précipité sans plus attendre vers son propre canoë. Il a posé sa carabine contre la coque avant de sortir de sous sa parka un couteau de chasse presque aussi gros que celui que Sam avait fait courir sur ma poitrine. Puis il a entrepris de faire sauter les planches de la vieille embarcation, les unes après les autres. De son côté, Tala Yuna avait ouvert un canif et se dirigeait vers le radeau de survie.

— Qu'est-ce que vous faites ? ai-je demandé.

Elle a plissé les lèvres.

— On va rejoindre le bateau de Tom avec l'annexe. On saborde le radeau et le canoë pour ralentir Sam.

— Vous croyez que c'est bien utile ? Comment va-t-il partir de cette île ?

— Je crois que vous ne le connaissez pas. Il est plein de ressources. Ne vous inquiétez pas pour lui.

En même temps qu'elle disait ça, elle plantait son canif dans le PVC du bateau. Il s'est affalé sur les galets comme un château qu'on dégonfle à la fin d'une fête foraine. Tom avait déjà fini de désosser le canoë.

— On va pouvoir y aller, a-t-il simplement dit à Tala Yuna avant de faire glisser son poignard dans l'étui en cuir qu'il portait à la ceinture.

Ils ont tiré l'annexe vers la mer. J'ai jeté un dernier coup d'œil vers la berge. La pluie s'était arrêtée. J'espérais voir arriver Ringo, les mains enfoncées sur sa casquette trop grande. Il aurait traversé la plage en s'excusant comme toujours. Je lui aurais tendu la main et il aurait sauté dans l'annexe avec nous. Il aurait ri. Et j'aurais ri avec lui. C'était tout ce que je voulais. Rire encore une fois avec Ringo.

Bien sûr, Ringo n'est jamais apparu à la lisière de la forêt et on a embarqué sur le trawler de Tom. Cet homme, qui était mon père et que j'épiais dès qu'il avait le dos tourné, a attaché l'embarcation orange à l'arrière du trawler. Il a jeté un regard vers le large puis il a disparu à l'intérieur de la timonerie. Il ne m'avait toujours pas adressé le moindre mot. Tala Yuna s'est approchée.

— Vous êtes bien amoché. Il ne vous a pas loupé.

J'ai passé mes doigts sur mon arcade sourcilière et mes lèvres éclatées. J'ai effleuré avec ma langue mes dents bringuebalantes.

Je me suis rendu compte que j'avais presque oublié mes douleurs. Elle m'a attrapé par le bras.

— Venez, je vais vous soigner.

On s'est installé sur une banquette qui courait le long du platbord. Elle a ouvert son sac à dos, en a tiré une trousse en cuir. C'était la même que celle qu'elle avait utilisée pour me soigner la cheville.

— Ça commence à devenir une habitude, ai-je dit en me frottant le crâne.

— J'espère que vous ne le faites pas exprès.

Elle souriait. Et tout de suite après, une ombre a voilé son visage.

— Il a souffert ? a-t-elle demandé.

J'ai secoué les épaules. J'ai menti un peu.

— Je ne pense pas. Il a cru jusqu'au bout qu'il allait s'en tirer.

Elle a baissé la tête dans son sac. Elle recherchait quelque chose ou essayait de masquer sa tristesse. J'ai avancé ma main en direction de son bras, mais j'ai suspendu mon mouvement à mi-chemin.

— Vous l'aimiez bien ?

Elle m'a dévisagé.

— Comment ne pas aimer Ringo ?

Le moteur du trawler a démarré. Le bateau s'est mis à tousser, à trembler comme s'il allait exploser ou s'arracher à l'attraction terrestre. Une fumée noire s'est élevée de dessous la coque.

— Ouaw, c'est normal, ça ? ai-je demandé.

— Ne vous inquiétez pas. Il est presque aussi vieux que Tom. Ils ont tous les deux le même fichu caractère, mais on peut compter sur eux, je vous le garantis.

J'ai fait une petite moue pour exprimer les doutes que j'avais, à la fois pour le rafiot et pour son capitaine. Ma confiance, je préférais la placer entre d'autres mains. Elle a sorti de sa trousse en cuir un paquet de compresses.

— On va commencer par nettoyer tout ça, histoire d'y voir plus clair.

J'ai tendu mon visage vers elle et j'ai fermé les yeux.

Je ne sais pas trop ce qu'elle a mis sur mes plaies. Des onguents, des huiles. Elle m'a fait avaler aussi une boisson qu'elle était descendue préparer dans la cabine. Ça avait un goût d'herbe coupée. Pour mes dents, elle m'a demandé de poser ma nuque sur ses genoux. Elle a fait des mouvements rotatifs avec ses mains à deux centimètres de ma bouche. Elle ne me touchait pas, mais je sentais l'air qui glissait sur ma peau, la chaleur qui se dégageait de ses paumes.

— Ça sert à quoi, votre affaire, à part faire du vent?

— Je libère les tensions. Je fais circuler les énergies. Je permets à vos gencives de se décongestionner. Après, je vous préparerai un bain de bouche à l'essence de lavande qu'il vous faudra prendre deux fois par jour. Si vous faites ce que je vous dis, vous aurez une chance de conserver vos dents.

À ce moment-là, le trawler s'est mis à avancer. Je ne m'étais même pas aperçu que Tom avait levé l'ancre. On est parti à petite vitesse vers le large. Puis on s'est arrêté presque aussi sec.

— Qu'est-ce qu'il se passe? ai-je demandé en me relevant.

Tala Yuna n'a pas répondu. Elle avait cessé de faire danser ses mains et rangeait ses fioles dans la trousse. Je me suis redressé. Le trawler s'était rangé le long du voilier de Sam. Tom avait passé une amarre pour attacher les bateaux l'un à l'autre, et s'apprêtait à sauter sur le pont du *Tala Yuna*. Je me suis levé et je l'ai apostrophé.

— Bonne idée. Je vais pouvoir récupérer des affaires propres.

Il a fait mine de ne pas m'entendre et a bondi par-dessus les filières. Je l'ai suivi en faisant attention de ne pas me foutre à l'eau. Pendant qu'il cherchait je ne sais quoi dans le carré, j'ai filé dans ma cabine. Je me suis changé et j'ai rassemblé rapidement mon barda. Quand je suis sorti, il trafiquait quelque chose du côté du compartiment moteur. Je n'y ai pas prêté attention plus que ça. De toute façon, ça ne servait à rien que j'use ma salive, il ne répondait jamais à mes questions. Je suis sorti et j'ai rejoint Tala Yuna sur le trawler. Elle n'avait pas quitté la banquette. Elle faisait une drôle de tête.

— Vous savez, il lui avait donné mon nom: *Tala Yuna*. Il croyait me faire plaisir. En réalité, il souhaitait simplement que je sois un peu plus sa chose. C'est ce qu'il cherchait. Que je réponde au moindre de ses gestes comme son voilier quand il est à la manœuvre. J'aurais eu le vent et la mer pour me faire croire à la liberté, mais ça n'aurait été qu'une illusion. Un leurre. C'est lui qui aurait tenu la barre, et moi je me serais contentée de suivre le cap qu'il aurait choisi pour moi.

Je l'ai regardée avec insistance. J'avais envie qu'elle m'en dise plus.

— Vous l'avez aimé ?

Elle s'est mordu les lèvres.

— Bien sûr que je l'ai aimé. Quand je ferme les yeux, je perçois encore le feu qui brûlait en moi. C'était au début. J'ai cru qu'on serait comme un couple de loups. Vous savez « Tala » signifie « louve » en amérindien. Et quand ils se sont choisis, les loups s'unissent pour la vie. Ils sont fidèles et se protègent l'un l'autre, quoi qu'il arrive. J'espérais un loup ivre de liberté, il cherchait une chienne à tenir en laisse.

Elle s'est arrêtée de parler. Je n'arrivais pas à identifier avec certitude l'émotion qui la submergeait. Mais ça me mettait mal à l'aise. Surtout un des mots qu'elle avait employés : « chienne ». Il avait sonné d'une manière bizarre dans sa bouche, ça ne lui allait pas, trop vulgaire. Ça me rendait triste pour elle.

Tom a fait sa réapparition sur le pont. Il est remonté sur le trawler et a détaché l'amarre qui le reliait au *Tala Yuna*.

— Qu'est-ce qu'il a été faire ? Je croyais qu'il allait chercher du matériel. Il revient les mains vides.

Tala Yuna a haussé les épaules.

— J'imagine qu'il a ouvert des vannes, cassé des passe-coques, créé deux ou trois voies d'eau.

— Qu'est-ce que vous voulez dire ? Vous allez couler le *Tala Yuna* ?

— Si on ne veut pas qu'il nous rattrape, on n'a pas d'autres choix que de casser ses jouets. Même ceux auxquels il tient le plus. C'est comme ça.

— On aurait pu se contenter d'appeler les forces de l'ordre ! Il y a une radio à bord ! On aurait pu aussi rentrer directement au port, il ne nous aurait jamais rattrapés. Ça sert à quoi d'envoyer son voilier par le fond, si ce n'est jeter de l'huile sur le feu ?

J'étais en colère. Je sentais encore la situation m'échapper. J'étais ballotté dans un sens puis dans un autre, sans pouvoir rien y faire. Je subissais. Comme j'avais toujours subi.

Tala Yuna a plissé les yeux pour intensifier son regard. J'ai remarqué qu'il y avait des paillettes dorées qui brillaient dans ses pupilles.

— Jonas, vous ne le connaissez pas. Il ne s'arrêtera plus à présent. En tout cas, pas avant que nous soyons morts tous les trois.

— Il faut aller voir la police. La mort de Ringo a été accidentelle. Je veux m'expliquer là-dessus. Je suis prêt à prendre mes responsabilités. Toutes mes responsabilités.

— Pas plus Tom que moi n'avons envie de voir la police se mêler de nos affaires. Il connaît tout le monde. Vous croyez que c'est la première fois qu'il s'attaque à quelqu'un ?

— Que voulez-vous dire ?

— Un matin, il est parti à la pêche avec son beau-père.

— Son beau-père ?

— Oui, Ringo et lui n'avaient pas le même père biologique. Il est parti donc avec cet homme qui l'avait élevé depuis qu'il était bébé. Et le soir, il est revenu tout seul. Il a raconté qu'il avait été emporté par une vague et qu'il n'avait rien pu faire pour le sauver.

— Vous pensez qu'il l'a tué ?

— J'en ai la certitude. Mais, pour tout vous dire, personne n'a pleuré le père Svendsen. C'était un monstre qui humiliait Ringo. Il le battait aussi. Il agissait de la même manière avec Sam, mais c'est sur Ringo qu'il s'acharnait le plus. Il n'a jamais accepté d'avoir un enfant différent des autres. Et concernant Sam, je crois qu'il lui reprochait inconsciemment de ne pas être son véritable fils. Sam a voulu protéger son frère, le mettre à l'abri une fois pour toutes.

— Et il ne pouvait pas employer une autre méthode. Il me semble qu'il y a encore des forces de police dans ce pays. Une justice aussi.

— Le seul moyen d'action que Sam ait jamais connu, c'est la violence.

Elle a porté une main à son visage.

— Je crois que vous avez pu vous en rendre compte, non? Le corps du beau-père n'a jamais été retrouvé. Il n'y a pas eu d'enquête. Les autorités ont conclu à une disparition en mer. Et ça n'a pas été la seule fois qu'une chose pareille s'est produite. Tout le monde dans la région sait de quoi Sam est capable quand il est en colère.

— Tout le monde? La police aussi, j'imagine! Si on leur explique, il y a des chances qu'ils nous écoutent.

— Ils ne feront rien. Ils ne font jamais rien. Ils le connaissent. Certains sont ses amis depuis l'enfance. Les autres ont peur de lui.

— Alors qu'est-ce qu'on va faire?

— Trouver une nouvelle île et laisser passer du temps.

J'ai mis un coup de pied dans mon sac. J'ai écarté les bras d'un geste nerveux.

— Putain, mais qui vous a dit que j'avais envie de me cacher sur une foutue île? J'ai une vie, moi. Une vraie. Avec des gens qui comptent sur moi, qui attendent mon retour.

Tala Yuna a penché la tête d'un côté. Elle semblait jauger la performance d'un acteur. Et moi, en jouant ma partition d'indigné, je réalisais que je me racontais encore une fois une histoire.

# CHAPITRE 18

Il n'y avait personne à l'horizon. Si ce n'est des centaines d'îles qui formaient un labyrinthe inextricable. Ça faisait deux heures que nous cabotions le long de côtes plus inhospitalières les unes que les autres. Deux longues heures de navigation dans les odeurs de fuel et de créosote et nous n'avions croisé aucun autre navire, aperçu aucune voile, détecté aucun panache de fumée bleutée à l'horizon. C'était à se demander si quelque catastrophe n'avait pas rayé d'un seul coup toute l'espèce humaine de la surface de la terre, nous laissant seuls tous les trois sur un rafiot fumant et hoquetant perdu aux confins du monde.

Au détour d'une nouvelle île, un mur noir est apparu au-dessus de la ligne de l'horizon. Il s'étendait d'est en ouest. Tom était à la barre. Il avait toujours le même visage verrouillé à double tour. Une bouée à cloche a tinté devant nous, marquant un rocher où un haut-fond. Il a changé imperceptiblement la direction du bateau et un peu plus tard, la cloche a sonné derrière nous, sans que je l'aperçoive jamais. On a encore longé tout un tas d'îles. Certaines étaient à peine plus grosses que notre bateau. Les plus vastes ressemblaient à celle que nous venions de quitter. Des falaises et des crêtes surgissant des flots, surmontées de couronnes d'arbres immenses. Puis le mur noir a lentement fondu sur nous et le paysage s'est enfoncé dans les ombres. Tom a parlé enfin.

— On ne va pas pouvoir l'éviter. Il faut se mettre à l'abri.

Tala Yuna était descendue dans la cabine. J'ai regardé autour de moi en prenant un air étonné.

— Ouaw, c'est à moi que vous parlez ? Quel honneur !

Il m'a lancé un regard, aussi noir que les nuages.

— À vous, aux mouettes. Racontez-vous l'histoire que vous préférez.

Le vent avait encore fraîchi et me piquait les yeux. Je l'ai jaugé comme si je m'apprêtais à lui sauter à la gorge, puis je me suis lancé. En désordre et à corps perdu.

— Ma mère s'appelait Amanda. Amanda Duval.

— Inutile de vous fatiguer, je sais qui vous êtes.

Je suis resté figé. J'attendais qu'il poursuive. Mais il semblait tout à coup absorbé par le pilotage de son bateau. Je ne savais pas comment enchaîner. Je me sentais vide comme un poisson à qui on vient d'arracher les entrailles et qu'on balance sur le pont d'un bateau. Je me suis approché du bastingage, subitement fatigué. La mer était piquetée d'une multitude de petits cratères. La pluie s'était remise à tomber.

On est arrivés près d'une île qui s'appelait l'île Smalt, si j'ai bien saisi ce que Tom avait crié à Tala Yuna. Une rivière claire et profonde se jetait dans une crique. Nous l'avons remontée sur une centaine de mètres, zigzaguant entre des bancs de sable et des troncs d'arbres morts, jusqu'à ce que notre bateau se trouve complètement dissimulé sous la frondaison des grands cèdres.

— Ici, on ne nous verra pas du large et on sera à l'abri du grain qui approche, a précisé Tom.

— C'est la fameuse tempête qu'ils annoncent à la radio depuis des jours ? ai-je demandé.

Tala Yuna m'a répondu.

— Je crains que ce ne soit que ses prémices. Une mise en bouche. Le plus dur sera pour plus tard. D'ici là, il faudra qu'on ait trouvé un abri plus sûr.

Tom a jeté l'ancre et je suis descendu avec Tala Yuna dans la cabine. Une odeur de mazout m'a immédiatement sauté à la gorge, suivie par des relents de transpiration âcre. L'intérieur ne détonnait pas avec l'extérieur. Des couchettes sens dessus dessous, des placards aux portes mal ajustées, une cuisine encombrée de vaisselle sale, une table à cartes bringuebalante. On retrouvait presque la même disposition que dans le voilier de Sam, mais ici, tout paraissait avoir mariné pendant des années dans une atmosphère saturée de sel et d'humidité. De longues stries de rouille dégoulinaient des pièces métalliques. Les planches de bois étaient pourries, recouvertes de couches de peinture superposées et de crasse, les éléments de cuivre et les visseries vert-de-grisés. Le *Laïos* ne voulait manifestement rien abandonner à son statut d'épave flottante. Tala Yuna me regardait, visiblement amusée par l'expression de dégoût qui avait fleuri sur mon visage.

— Je crains que votre père ne soit pas le roi du ménage.

C'était une drôle de femme. Autour d'elle flottait une sorte de charme. Un mystère, un mélange de légèreté et de force, une densité que je n'avais croisée chez personne d'autre auparavant.

— Vous l'avez rencontré comment? Pas dans un atelier de *home staging*, j'imagine.

Elle a souri.

— Il m'a sauvé la vie. J'étais sortie seule en mer, ce jour-là. Une tempête s'est levée. Un peu la même que celle qui se dirige vers nous. J'ai fait une mauvaise manœuvre. Mon dinghy a chaviré et je suis tombée à l'eau. La chance que j'ai eue, c'est qu'il passait à proximité avec son bateau. Sans lui, mon âme aurait été emportée par le fleuve de la mort.

— Ringo m'a raconté. Tout le monde a pensé que vous étiez morte. Je vous avoue qu'à un moment j'ai cru que vous aviez mis en scène vous-même votre disparition.

— J'y avais pensé, mais ça ne s'est pas passé de la sorte. C'est la vie qui a décidé à ma place, la vie qui m'a ouvert les yeux. Elle nous parle, mais nous passons notre temps à ne pas l'écouter. Alors parfois, elle se fait entendre autrement, en frappant du poing sur la table. C'est quand elle n'a plus d'autres choix, quand elle a épuisé tous les recours.

— La vie?

— Oui, et elle a pris ce jour-là les traits de votre père. Elle m'a dit qu'il fallait que j'arrête de subir, que je reprenne les rênes de mon existence. Des choses que je savais déjà, mais que je ne faisais pas.

— Moi, il me semble que si j'étais aux prises avec la violence, je n'attendrais pas de me noyer à moitié avant de réagir. Pourquoi n'avez-vous rien fait avant ?

Elle m'a jeté un regard surpris et interrogatif. Je ne sais pas pourquoi j'ai dit ça. Je suppose que j'étais encore sous le choc de la mort de Ringo. J'étais énervé aussi par la réaction de mon père à mon égard. Je devais avoir envie de me venger sur quelqu'un. On souffre, alors on veut faire souffrir à son tour. Un comportement des plus humains. Des plus cons aussi. Ça va souvent de pair.

— Vous ne manquez pas de culot. Vous oubliez que je vous ai vu l'autre jour avec l'ours. Vous étiez mort de peur. Et vous osez aujourd'hui me donner une leçon ?

Elle avait saisi une cuillère et la tordait nerveusement.

— Ça n'a aucun rapport. Et puis moi, j'étais prêt à me battre pour protéger ma vie.

— Vous n'avez donc toujours pas compris. Vous n'étiez pas en danger. La vérité, c'est que vous êtes un homme égocentrique limité dans sa perception des choses. Ça se voit même dans votre façon de marcher, de parler.

J'ai pouffé.

— Je suis un écrivain. En matière de perception des choses, je considère que je peux en remontrer à beaucoup.

— C'est incroyable. Vous ne saisissez donc rien des mondes subtils ? Vous croyez tout comprendre, tout maîtriser, mais vous vous contentez d'effleurer la vie.

— J'effleure rien du tout. Je me demande simplement comment, avec votre si grande sagesse, vous avez accepté de laisser un homme prendre le pouvoir sur vous pendant autant d'années ?

— Je vous l'ai déjà dit. Je savais. Le loup, qui a la patte prise dans les mâchoires d'un piège, sait plus que quiconque la morsure du métal. Il lui faut juste un peu de temps avant de se résoudre à se ronger la patte.

— Et fuir ?

Elle a jeté la cuillère dans l'évier.

— Vous ne comprenez vraiment rien ! Je ne fuis pas la vie. C'est même exactement le contraire. Je l'affronte enfin. Mais bon, je ne crois pas qu'on soit sur la même longueur d'onde. Il est inutile de s'épuiser dans de vaines discussions. On a d'autres choses à faire.

Elle est remontée sur le pont, me laissant seul dans la cabine. Je me suis assis sur une couchette et soudain j'ai eu envie de me filer des claques. Putain, qu'est-ce qui m'avait pris ? Comment pouvait-on être si con ? J'étais qui pour lui reprocher quelque chose ? Elle avait parlé, à mon sujet, d'un homme égocentrique et limité. Elle aurait pu ajouter : un sacré imbécile.

Quand je suis remonté à mon tour sur le pont, le ciel s'était encore obscurci. Des vaguelettes agitaient la surface de l'océan. Elles se jetaient contre la coque du trawler en tremblotant, comme si elles essayaient de grimper à bord pour fuir le grain qui masquait totalement l'horizon. Tom rangeait des choses dans les coffres qui couraient sous les banquettes. Tala Yuna était assise sur le toit de la timonerie. Les jambes croisées, immobile, aussi hiératique qu'une statue. Je ne l'avais pas vue immédiatement. Mais quand j'ai tourné la tête vers elle, j'ai senti le feu me traverser aussitôt. Sous ses sourcils épais, ses yeux étaient tapis comme des pumas s'apprêtant à bondir sur une proie. Il était difficile de soutenir son regard. C'était quelque chose que j'avais déjà remarqué. J'ai fait semblant d'aller vérifier des cordages.

— Pas la peine de jouer au marin, m'a crié Tom. Descendez plutôt dans la cabine. Pâle des ouïes comme vous êtes, je ne voudrais pas que vous dégobilliez sur mon pont.

Je ne lui ai pas répondu tout de suite. Je crois que je préférais encore quand il ne me parlait pas. J'ai lâché les bouts de cordes que j'avais dans les mains et je me suis redressé. Quand je suis passé devant lui, j'ai évité soigneusement de regarder dans sa direction, mais j'ai ralenti pour qu'il m'entende bien.

— C'est plutôt la puanteur qui règne dans votre cabine qui risque de me faire vomir.

Il s'est mis à rire dans le vent. Comme un fou. J'étais à la fois déstabilisé et inquiet. Il riait sans s'arrêter et coïncidence, au même moment des éclairs se sont mis à déchirer le ciel. Comment était-il possible que cet illuminé puisse être mon père ? Je n'avais pas la moindre affinité avec lui. Soudain, j'ai repensé aux livres qu'il avait fourrés furtivement dans son sac de marin avant de quitter sa cabane. C'était un geste que j'avais remarqué et qui m'avait touché. On devait quand même avoir quelques gènes en commun. Que disait ma mère déjà ? La pomme ne tombe jamais bien loin de l'arbre. Même si l'arbre en question était des plus tordus et la pomme, j'en ai bien peur, déjà en train de pourrir.

Le grain n'a pas été aussi violent que je l'avais imaginé. On est restés enfermés dans la timonerie pendant une paire d'heures. Chacun de son côté. Tom avait sorti un pack de bières et ouvert une boîte de thon à l'huile. Je me suis aperçu que je n'avais rien mangé depuis un sacré bout de temps. C'était écœurant, il y avait toujours ces odeurs de mazout et de transpiration qui planaient autour de nous, mais j'ai avalé ma part sans rechigner. Pendant de longues minutes, personne n'a parlé. On entendait le vent qui faisait sonner les drisses là-haut sur le pont et, à l'intérieur de la timonerie, les objets qui tremblaient, les charnières des portes et des placards qui grinçaient sous les assauts des vagues. C'est Tala Yuna qui a brisé le silence la première en s'adressant à Tom.

— Tu as une idée de l'endroit où on pourrait aller ?

Il a posé sa bière sur la table à cartes.

— L'île Indigo. Elle est à une demi-journée de navigation d'ici. Il y a un lodge abandonné, de l'eau douce et des coquillages à volonté. Je crois que ce sera parfait.

J'ai sauté sur l'occasion pour poser la question qui commençait à me tarauder.

— Et vous envisagez de rester sur cette île pendant combien de temps ?

Tom a jeté un regard à Tala Yuna.

— Vous, je ne sais pas. Mais moi, il est hors de question que je revienne dans votre monde de barjos.

— Un monde de barjos ?

— Ouais, je ne sais plus où vous en êtes exactement. Mais aux dernières nouvelles, ce n'était pas brillant.

Je l'écoutais et j'avais la curieuse impression d'avoir déjà vécu ce moment le soir où j'avais rencontré Sam. Il avait employé presque les mêmes mots, les mêmes expressions. La vision que les sauvages ont des villes. Rien de très original. Tom a continué sa diatribe éculée et sans concession.

— Des moitiés d'hommes morts de peur, planqués derrière des murs, des masques et des écrans. Vous aimez ça, vous faire asservir. Jusqu'où êtes-vous prêts à aller pour aliéner votre liberté en échange d'un peu de confort et de sécurité ? C'est quand la dernière fois que vous avez pris un risque ? La dernière fois que vous vous êtes senti réellement vivant ? De toute façon, ce n'est pas grave. La fin du monde approche. Bientôt vous aurez ce que vous méritez...

— Un survivaliste, c'est bien ça ? ai-je demandé en me levant des marches sur lesquelles je m'étais assis. J'imagine que vous n'allez pas tarder à me parler de l'effondrement de la civilisation qui s'annonce, du retour salvateur à la nature. Alors vous nous prédisez quoi pour les jours à venir ? une guerre nucléaire ? la chute d'un astéroïde ou une invasion extraterrestre ? La vérité, c'est que vous avez une vie minable et que ça vous arrangerait bien que tous les compteurs soient remis à zéro.

Il m'a dévisagé. Des veines se sont gonflées sur son cou et en travers de son front. Il s'est levé de son fauteuil à son tour, a ouvert une nouvelle bouteille de bière.

— Louis-Ferdinand Céline, vous connaissez ? Il parle dans le *Voyage* de quelqu'un qui n'avait plus assez de musique dans son cœur pour faire danser sa vie. À l'intérieur de vous, il n'y a même pas une seule note, pas un seul accord. Vous êtes vide, vous êtes aussi mort que les autres, mais vous ne le savez pas encore.

J'ai sifflé.

— En plus, vous faites des rimes. Bravo.

Il a vidé la bouteille sans reprendre son souffle, en me fixant de son regard blue-jean. Il était difficile de savoir s'il essayait de se calmer ou s'efforçait de reprendre quelques forces avant de me sauter dessus.

— Bon, on lève l'ancre ? a demandé Tala Yuna. On la rejoint cette île Indigo ?

Elle s'est tournée vers moi.

— Et vous Jonas, ne vous inquiétez pas. On ne va pas vous kidnapper. Je suggère qu'on se pose deux-trois jours, histoire de se retaper et après, vous déciderez ce que vous voulez faire de vous. On peut très bien vous déposer sur le continent. Il y a un port plus au nord. Vous pourrez de la sorte reprendre le cours de votre si formidable vie. Vous aurez simplement à oublier notre existence. Ça vous va comme ça ?

J'ai fait oui avec la tête. Mais en réalité, je ne savais pas si j'avais vraiment envie de reprendre le cours de ma si formidable vie. D'ailleurs était-elle si formidable que ça ? Quand j'y réfléchissais, il était permis d'en douter.

# 6 Beaufort

*Crêtes d'écume blanches, lames et embruns.*
*Vent frais.*

# CHAPITRE 19

*Les crêtes d'écume étaient blanches, parcourues de lames et d'embruns. Le vent, frais.* Une nouvelle fois, nous faisions cap au nord. Le grain était passé, mais il avait laissé derrière lui un arrière-goût de tempête. Un ciel mouillé, des nuages aux couleurs saturées, une brillance particulière qui crépitait dans l'air comme des pétards mitraillette le lendemain d'un jour de fête.

Tom a pointé son bras droit devant lui.

— L'île Indigo.

Elle était à l'image de toutes celles que nous venions de rencontrer depuis que nous naviguions dans cette partie reculée de la baie des mille et une îles. Des falaises entrecoupées de ravines et de criques, ourlées de plages sur lesquelles des mouettes se dandinaient en se poussant du bec. Sur les hauteurs, des épicéas, drapés dans des écharpes de brume opalescentes laissaient apparaître un ciel parcouru de teintes violacées. Le trawler a incliné son cap en direction d'un endroit où la ligne de la côte dessinait une rupture.

— Il y a des poissons, des huîtres sauvages et une rivière qui traverse une forêt couverte de baies et de champignons. Il y a aussi des lapins en quantité et même des cerfs. Tout ce qu'il faut pour vivre.

Tom était si excité qu'il en devenait presque exubérant. Tala Yuna a tapoté de l'index une jauge du tableau de bord, histoire de le faire revenir à des épanchements plus proportionnés.

— La seule chose dont nous pourrions manquer, c'est de gazole.

Tom a regardé à son tour l'aiguille qui approchait de la zone rouge.

— Si c'est ce que tu veux savoir, on en a assez pour le ramener sur le continent.

Il s'est tourné vers moi.

— On peut faire ça demain, si vous voulez. Ce n'est peut-être pas la peine de faire traîner les choses.

Je voyais bien qu'il voulait se débarrasser de moi le plus rapidement possible. Je ne peux pas dire que ça m'étonnait. Ça aurait même pu me convenir. Il n'était pas exactement la personne que j'avais espérée et du coup, je n'avais aucune raison de m'éterniser dans le coin. Mais il y avait ce trou béant au milieu de ma poitrine, ce goût doux-amer dans ma bouche. Je n'ai rien répondu. Je suis allé à la proue du bateau. Envie d'être seul. Je me suis assis sur un coffre devant la timonerie. Les embruns salés me piquaient le visage et ça me faisait du bien. Sur des rochers, une colonie de phoques. Plus loin, dans une trouée de lumière, le crépitement d'argent d'une chasse. Des gerbes de petits poissons giclaient dans l'air, vifs, imprévisibles, obstinés à vivre. Sous eux, zébrant la peau de l'eau, l'ombre sombre des prédateurs.

Bientôt, nous nous sommes rapprochés de la côte. À l'endroit où elle s'affaissait, il y avait une baie bordée d'une plage. Je pouvais voir à présent sa colonne vertébrale faite de rochers et de bois flottés, sa peau parsemée de galets et de coquillages blanc et rose. Vers l'ouest, un promontoire rocheux couvert de déjections d'oiseaux formait une anse semi-circulaire qui offrait un abri pratiquement invisible depuis la mer. Tom a engagé le trawler au sein des eaux plus calmes du bassin. Quand il a coupé le moteur, j'ai senti aussitôt le vent se charger d'une mosaïque d'odeurs. Il y avait les habituels effluves salés du varech mais aussi ceux plus minéraux du silex et du soufre.

— On charge l'annexe rapidement. On a encore une longue marche avant d'arriver au lodge.

Tala Yuna m'avait hélé depuis la plage arrière. Elle s'était changée. Elle avait enfilé un 501 bleu foncé, une chemise en laine verte à carreaux qu'elle avait laissée ouverte sur un tee-shirt qui soulignait sa poitrine. Moi, j'avais juste mon sac à récupérer. Je ne me suis donc pas pressé. La succession des évènements m'avait chamboulé. Et malgré tous les efforts que je faisais, je n'arrivais pas à reprendre le dessus.

Quand je suis remonté sur le pont, il y avait les deux sacs de Tom qui étaient prêts à être embarqués dans l'annexe. J'ai reconnu celui qui était rempli de livres. Soudain, je me suis souvenu que si j'avais fait tout ce chemin, c'était justement pour essayer d'en savoir un peu plus sur lui. Cette histoire de bouquins m'intriguait depuis le début. Elle ne collait pas avec le personnage. Le moment était peut-être venu d'élucider ce mystère à défaut des autres.

— Vous n'avez pourtant pas l'air d'un type qui lit, ai-je dit en montrant du doigt le sac.

Il a poussé un grognement.

— Ce serait bien si vous évitiez de trop me parler.

Une espèce de rage froide grondait en moi. Ce devait être la somme des tensions que j'accumulais depuis bien trop longtemps, la conséquence des images entêtantes qui encombraient mon esprit.

— Vous savez que je suis écrivain ?

Ce n'était pas très malin. Mais je n'avais pas pu m'en empêcher. Il fallait au moins qu'il soit au courant. Malgré tout ce qui nous séparait, il restait un lien. Il était infinitésimal, mais il nous reliait. Je voulais qu'il en ait conscience. Je voulais qu'il sache qui j'étais. Effacer ces deux jours maudits qui avaient précédé ma naissance. Lui prouver que j'existais. Essayer au passage de m'en persuader moi-même.

— N'employez pas ce mot. Je vous l'ai déjà dit. Je vous connais. Tout le monde vous connaît. J'ai lu ce que vous avez écrit. Les gars qui sont là-dedans sont de vrais écrivains. N'allez surtout pas vous comparer à eux.

— Je ne me comparais pas. Vous m'avez donc lu ?

— Pas pu faire autrement. La curiosité. C'était une erreur. Rarement vu une aussi grande somme de conneries réunies dans aussi peu de feuilles. J'ai une pensée pour les arbres qu'il a fallu abattre pour imprimer vos inepties.

— Ben ouais, vous, vous êtes un esthète, c'est ça ? Je suppose que vous ne mélangez pas les torchons et les serviettes. Vous ne lisez pas n'importe quoi. Il n'y a qu'à voir votre bibliothèque. Que des classiques.

Il affichait un petit sourire narquois. Un sourcil levé plus que l'autre, en accent circonflexe.

— Ce n'est pas vraiment une question d'esthétique. De ton, de sujet, de talent plus sûrement.

Il a attrapé les sacs et les a rangés dans l'annexe. Sa voix est devenue plus sèche.

— En attendant, vous feriez mieux de vous occuper de votre paquetage.

J'ai lâché l'affaire. C'était un drôle de type. Déstabilisant, entier. On aurait dit qu'il avait été taillé dans un bloc de granit. Les traits de son visage étaient profonds, soulignés au burin. Ses muscles noueux sous sa chemise dégageaient une puissance animale et son caractère était aussi trempé que l'acier d'un sabre japonais. Il faisait partie de ces personnes qui étaient présentes au monde avec précision. Je ne parle pas de perfection, mais de précision. Moi, je m'étais toujours senti approximatif, flou, en chantier. J'enviais ces hommes vrais. Et c'était la même histoire en matière de littérature. Je savais que Tom avait raison. Je ne boxais pas dans la même catégorie que ceux qui étaient dans le sac. Je faisais genre. Je n'étais pas un écrivain. Tout juste un vendeur de livres aux contours mal définis.

On a abordé sur la plage. Après avoir traîné l'annexe jusqu'au sous-bois, on est parti en direction du nord. La lumière changeait, des rais de soleil obliques grimpaient sur les troncs des arbres et chargeaient l'atmosphère d'une intensité étrange. C'était la même forêt que sur l'île Klein. Sauf que rapidement on a débouché sur une prairie recouverte d'épilobes pourpres.

Elle avait la dimension d'une dizaine de terrains de football et on pouvait facilement penser qu'aucun être humain n'avait jamais mis les pieds sur cette île. Si ce n'est le froid qui commençait à tomber, ça aurait pu ressembler à une représentation du jardin d'Éden.

— Le lodge est juste derrière cette montagne.

Tom désignait une des hauteurs qui encadraient la plaine.

— Il faut passer un col, traverser une nouvelle forêt. Après, on va tomber sur une rivière et le lodge sera de l'autre côté, sur une falaise, face à la mer.

Le chemin était long et difficile. Beaucoup plus que je ne l'avais imaginé. Et avec ma cheville, j'étais obligé de rester vigilant. On a mis plus de temps que prévu et la lune s'est bientôt levée. Elle était entourée d'un disque à la clarté légèrement voilée, signe que des cristaux de glace s'étaient formés dans l'air. À un moment, on a fait une halte pour enfiler nos parkas. Je regardais Tom avec son fusil, Tala Yuna qui venait de coiffer sa chevelure d'un bonnet en laine noire. J'ai relevé mon col. Je me suis dit qu'on devait ressembler à une espèce de commando des Forces spéciales en territoire ennemi. En réalité, nous n'étions que de misérables fuyards pourchassés par un homme seul.

On a poursuivi notre marche. On a franchi, comme prévu, le col, la forêt, la rivière, puis soudain on a entendu le grondement sourd du ressac, le fracas des vagues sur les rochers. Et cachée au milieu d'un bouquet d'arbres, une maison à moitié en ruine est apparue.

— Autrefois, c'était un lodge destiné à accueillir des groupes de chasseurs et de pêcheurs. Il est abandonné depuis que l'endroit est devenu une réserve naturelle. Je m'y abrite de temps en temps, quand je viens pêcher dans le coin. C'était compliqué de rapporter le mobilier, alors ils ont pratiquement tout laissé. Vous allez voir, il y a tout le confort qu'on peut attendre et même plus.

Tom a fait le tour du lodge.

— Il faut juste vérifier qu'aucun ours n'y a installé ses quartiers d'été.

S'étant assuré que tous les volets et les portes étaient encore en place, il a commencé à arracher les planches qui étaient clouées en travers de la porte principale. J'ai posé mon sac, j'ai ramassé par terre une barre de fer et je suis allé l'aider. Quand il m'a vu faire levier sur la première planche, il s'est reculé d'un pas pour profiter du spectacle. Il s'est frotté le menton comme s'il appréciait ma gestuelle. Quand la planche a cédé, il a fait un mouvement de tête d'approbation avant de se précipiter sur la porte.

En même temps que nous, la lune d'argent s'est glissée dans la pièce principale, éclairant les lieux d'une lumière opaline. L'intérieur était plutôt sommaire. Des poutres de cèdre, un plancher fatigué par les années, une table basse, des fauteuils, un vieux canapé à moitié éventré. Occupant tout un pan de mur, une cheminée de pierre. Plus loin, une cuisine séparée avec un poêle de fonte, une table recouverte d'une toile cirée, un évier ébréché, une lampe-tempête. Il y avait même des piles d'assiettes, des verres, des poêles et des casseroles. C'était la réplique de la cabane de Tom en beaucoup plus grand. J'ai songé aussitôt à Ringo que nous avions laissé là-bas.

— Il y a six chambres. On pourra inviter des amis, a dit Tom en ouvrant les fenêtres et les volets.

Je n'avais pas envie de rire. J'avais froid, j'étais éreinté.

— Je ne sais pas vous, mais moi, je vais me coucher, ai-je déclaré.

Il y avait un long couloir sombre. Un alignement de portes de chaque côté. J'ai ouvert la première qui se présentait. La chambre sentait le renfermé. Dans la pénombre se devinaient un lit, une armoire, une table de nuit. Je me suis approché du matelas, je l'ai frappé avec le plat de la main. Un nuage de poussière gris s'est élevé. Je n'avais pas la force d'aller le secouer. Je ferai ça demain. J'ai déroulé mon sac de couchage et je l'ai installé sur le plancher, à un endroit qui avait l'air plus propre à défaut d'être moins humide. Je me suis enroulé dedans, tout habillé. Je n'arrivais pas à me sortir l'image de Ringo de la tête. J'essayais de m'imaginer ce que c'était qu'être mort. L'absence de toute conscience, de sentiment. Comme avant sa naissance.

On baignait dans le néant. Ce n'était même pas ça. On ne baignait dans rien. Absence de sensation. De douleur aussi. Je cherchais à comprendre. Vider son esprit, fermer les yeux, ne penser à rien. Un sommeil sans rêves. Ça pourrait être bien. Mais chaque fois que j'approchais de ce que je pensais être un point de non-retour, chaque fois que je me sentais perdre pied et glisser vers quelque chose, en réalité c'était encore vers la vie que je basculais.

C'était toujours vers la vie.

# CHAPITRE 20

Le lendemain, j'ai ouvert les volets de ma chambre découvrant une vue à couper le souffle sur un océan bleu gris. Il était posé au pied de la falaise, immobile comme une grosse bête assoupie, emplissant l'espace jusqu'au bout de l'horizon. Les autres îles paraissaient enveloppées d'un mince halo bleuté. Je comprenais pourquoi on leur avait donné ce nom. Les îles bleues.

Je me suis penché à la fenêtre. On entendait le bruissement du vent qui glissait comme un serpent parmi les herbes hautes. Des parfums de fougères montaient de la terre encore humide, l'air était frais. Je prenais plaisir à emplir mes poumons et à les vider en soufflant doucement. J'étais surtout surpris de me sentir aussi vivant. J'ai enfilé des vêtements propres. J'avais besoin de repartir d'un bon pied, de donner toute sa chance à cette journée qui s'annonçait.

Quand je suis entré dans la pièce principale, Tala Yuna nettoyait les cendres dans la cheminée. Elle avait le même jeans que la veille et ses cheveux détachés lui tombaient jusqu'au bas du dos.

— Fait froid, ai-je dit.

Elle a levé la tête en souriant.

— On ne peut faire du feu que la nuit ou quand il y a des nuages ou du brouillard. Sinon, on risque d'être repérés. La fumée se voit de loin. Mais dès que le temps le permettra, on fera une belle flambée. Ça ne devrait pas tarder.

— Où est Tom ?
— Il est justement allé chercher du bois. Un front froid arrive du nord, et la tempête avec lui.
Dans la cuisine, ça sentait le café. Elle m'a suivi en gardant ses distances.
— On a trouvé du café soluble et une bonbonne de gaz à demi pleine. Tom a rouvert l'arrivée d'eau. Il a aussi relancé le groupe électrogène.
Elle avait mis les mains dans les poches arrière de son jeans. Elle évitait de me regarder directement. J'ai versé deux cuillères de café dans un bol.
— Vous en voulez ?
— Merci, je me suis déjà servi une tasse.
Tout à coup, j'ai eu envie de faire un pas vers elle. J'ai tapoté mes lèvres avec le bout de mes doigts.
— Ça a l'air de fonctionner, vos machins. Je sens que mon arcade sourcilière et mes lèvres commencent à cicatriser. Quant à mes dents, elles sont encore sensibles, mais elles tiennent le coup.
Elle a esquissé un sourire.
— Vous êtes sur la bonne voie, mais il faut que je vous fasse un nouveau soin énergétique et que je vous prépare un bain de bouche. Il faudra aussi nettoyer vos plaies et jeter un œil à votre cheville.
J'ai lancé la bouilloire.
— Vos plantes, cette énergie dont vous parlez tout le temps, ce sont des trucs d'Indiens ?
Elle a haussé les épaules.
— Disons plutôt des trucs de la nature.
— En tout cas, c'est efficace.
J'ai aperçu le sac de Tom, celui qui était rempli de livres. J'ai pointé mon index dans sa direction.
— J'imagine que vous les connaissez par cœur. Depuis le temps, il a dû tout vous faire lire.
Elle a rougi.
— Non, il a bien essayé, mais la lecture, je n'ai jamais trop accroché. À l'école, j'étais plus attirée par les sciences.

— Vous voulez dire que vous n'avez jamais lu aucun des bouquins qui sont là-dedans ?

Elle a secoué la tête. J'ai insisté.

— Shakespeare quand même. Homère ? Les livres d'art au moins ?

J'ai écarquillé les yeux. J'ai sifflé.

— Même pas Rimbaud, même pas Verlaine ?

Elle a tourné les talons et elle est repartie en silence vers la cheminée. Je percevais la tension de chacun de ses muscles, la morsure froide de son désarroi. J'ai versé l'eau chaude dans mon bol et je suis allé me poster devant une des fenêtres. Il y avait toute une végétation basse qui rampait jusqu'au bord de la falaise. Elle semblait accrochée à la roche. Des lichens obstinés, des graminées, de la mousse et des herbes. Ça faisait comme un tapis persan à la trame usée jeté devant le bleu naissant du ciel. Je regardais ça et brusquement, ça m'a pris de nouveau. Une fille qui ne connaissait même pas Verlaine.

— Au fait, comment il faut que je vous appelle exactement ?

Je l'ai entendue s'appuyer contre une chaise derrière moi.

— Qu'est-ce que vous voulez dire ?

Je suis resté devant la fenêtre. Une ombre s'étendait lentement sur la partie de terrain qui courait jusqu'à la falaise. J'ai avalé une gorgée de café. J'ai pris mon temps, comme un chat jouant avec une souris.

— Ben oui, si je comprends bien, vous êtes un peu ma belle-mère.

J'ai entendu un bruit sec. Quand je me suis retourné, la chaise était par terre. Tala Yuma piétinait, ses mains s'agitant comme des moulins à vent.

— Mais qu'est-ce que vous avez dans le crâne ? Vous vous figurez que j'ai une aventure avec votre père ?

Elle a traversé la pièce en direction du couloir qui menait aux chambres. Je n'en avais pas terminé avec elle. Je ne lui ai pas laissé le temps de refermer la porte derrière elle.

— Vous vivez bien avec lui depuis des années ? Ne me dites pas qu'il ne s'est jamais rien passé entre vous ?

Elle s'est figée, la main crispée sur la poignée.

— Il a plus de deux fois mon âge. Il pourrait être mon grand-père. Vous ne comprenez vraiment rien à rien. Il m'a sauvé la vie. Nous avons partagé une île. Nous sommes devenus des voisins et des amis. J'avais ma propre cabane plus loin sur la rivière. Il n'y a jamais eu la moindre ambiguïté entre nous. J'imagine que ça doit vous sembler impossible. En fait, vous n'êtes pas différent des autres. Retournez dans votre monde dénaturé. Vous n'avez rien à faire ici. Vous êtes une âme dévoyée.

Une âme dévoyée. C'était une formule qu'on n'entendait pas souvent. Ça m'a amusé. Surtout venant de quelqu'un qui n'avait jamais ouvert un livre. Comme le dernier des imbéciles, je me suis mis à ricaner. C'était quelque chose de récurrent chez moi. Si je ne faisais pas attention, entre deux chemins, je choisissais facilement le pire, celui parcouru par tous ceux qui étaient guidés par les instincts les plus bas. J'avais toujours eu besoin de tuteurs pour me maintenir droit. La littérature en était un. L'amour aussi. Enfin à l'époque où j'y croyais encore.

Mais cette fois, il était trop tard pour se reprendre. Tala Yuna avait déjà disparu dans une des chambres. J'ai ouvert le robinet et je me suis collé la tête sous l'eau. Elle était glacée, mais ça me faisait du bien. Je l'ai laissée couler longtemps, jusqu'à ce que ma nuque se raidisse et me fasse presque mal, jusqu'à ce que je ne me sente plus penser.

J'étais en train de me sécher les cheveux quand Tom est rentré les bras chargés de bûches. Quand il m'a vu, il a poussé un grognement sourd, comme s'il se souvenait soudain de ma présence.

— Bon, il faudrait qu'on parte avant midi. Je ne voudrais pas me retrouver au beau milieu de la tempête à cause de vous.

J'étais encore sous le coup de mon accrochage avec Tala Yuna, j'ai embrayé d'une voix sèche :

— Vous me laissez le temps de terminer ma toilette ?

Il a posé les bûches près de la cheminée, est allé relever la chaise que Tala Yuna avait fait tomber. Il marchait à petits pas comme s'il tentait de se raisonner.

— Écoutez, ne prenez pas ce ton avec moi. Je ne vais pas avoir la patience, a-t-il fini par lâcher.

J'ai passé la serviette autour de mon cou.

— Et vous, arrêtez de me parler comme si j'étais un gamin.

Il m'a regardé, l'œil torve, a souri d'un seul côté de son visage. L'autre côté restant figé, dans le souvenir d'une ancienne grimace.

— Je soupçonne que ça fait partie de votre fantasme.

Je me suis dressé face à lui. J'essayais de me tenir droit, mais je n'y arrivais pas. Ce n'était pas nouveau, depuis un moment déjà, je me sentais partir dans tous les sens. Ça datait de bien avant que j'arrive dans la région. Un mouvement lent de désagrégation. Invariablement, je pensais à la fonte des banquises ou à la dérive des continents. Quelque chose contre lequel on ne pouvait pas lutter.

— Je n'ai aucun fantasme. J'ai des questions, je cherche des réponses.

— Rentrez chez vous, écrivez vos livres et foutez-moi la paix. Vous cherchez un père. Je suis désolé pour vous, mais vous n'avez trouvé qu'un gars qui a baisé votre mère.

J'ai eu envie de lui sauter à la gorge, je n'ai pas osé. Il était cramponné au dossier de la chaise. Visiblement, il n'en avait pas terminé avec moi.

— Et puis, foutez aussi la paix à Tala Yuna. Je vois votre manège, vos regards. Elle a assez morflé comme ça.

J'ai haussé la voix.

— Putain, mais de quoi vous mêlez-vous !

— Jonas, arrêtez tout de suite. Grâce à la nature et à la solitude, elle a réussi à se reconstruire et à trouver son équilibre. Elle n'a pas besoin d'un gars comme vous.

— Vous parlez toujours pour les autres ?

Ses mains se sont serrées sur le dossier de la chaise.

— Je n'ai jamais voulu avoir d'enfant. C'est ta mère qui a décidé. Tu vois, les autres parlent aussi pour moi. Il leur arrive même parfois de ne pas se contenter de simples paroles.

J'ai enfilé ma chemise.

— On se tutoie à présent ?

— À condition que tu ne m'appelles jamais papa.

Il a ri. Je me demandais si c'était une ouverture dans laquelle il fallait que je m'engouffre. Je ne savais pas comment réagir. Ce type me glaçait les sangs. Je ne comprenais pas ses réactions. Elles me semblaient invariablement à contre-courant. Mais quand je repensais à la conversation que je venais d'avoir avec Tala Yuna, n'avais-je pas fait la même chose ? Étais-je si différent de lui au final ? Et qu'il le veuille ou non, n'était-il pas mon père et moi, son fils ?

J'ai pris ma parka et je suis sorti. En plein jour, le lodge paraissait encore plus délabré que la veille. Les rondins étaient rongés par l'humidité. Les longrines fissurées laissaient apparaître par endroits des moignons de métal rouillé. Il y avait une galerie fabriquée avec des planches disjointes couvertes de fientes d'oiseaux. Plus loin, les restes d'une rambarde en bois blanc. Je l'ai enjambée et j'ai sauté sur un chemin de terre. Je me suis tourné pour avoir une vision plus large des lieux. Une épaisse couche de mousse verte avait poussé sur le toit pentu. Une cuve destinée à récupérer les eaux de pluie était accrochée au-dessus de la galerie. Elle penchait sur le côté, menaçant de tomber et de défoncer la toiture. D'un appentis qui formait une excroissance sur le côté ouest s'échappait le ronronnement du groupe électrogène.

J'ai détourné le regard. Soulagé que cet endroit n'appartienne jamais à mon histoire. Dans quelques heures, je serais loin d'ici. Dans quelques jours, cette masure ne serait plus qu'un vague souvenir que je m'efforcerais d'oublier au plus vite. Je me suis approché de la falaise, les mains dans les poches de mon jeans. La mer était toujours là. Je savais que dorénavant je l'emporterais partout avec moi. Je l'ai contemplée. Changeante, mouvante, sans cesse renouvelée. De lourds nuages dévalaient du nord, tenant en laisse leurs ombres fugaces. Par moments, ces dernières dérapaient encore plus vite sous l'assaut des bourrasques et des lumières rebondissaient à la surface des eaux.

J'ai souri dans la brise marine qui se levait. J'ai souri devant tant de beauté.

À défaut d'avoir soigné mes blessures, cette aventure m'aurait au moins apporté la mer.

# CHAPITRE 21

En me retournant, j'ai vu Tala Yuna sortir du lodge. Sac sur l'épaule, déterminée, le pas pressé. Elle a pris la direction de la forêt. Je ne sais pas pourquoi j'ai eu envie de la suivre. Je n'avais peut-être pas fait assez de dégâts comme ça. Je suis resté à distance respectable. Je ne voulais pas qu'elle me voie.

Nous avons marché longtemps, traversant des ravines gonflées par les averses, contournant des fourrés d'aulnes et enjambant des ruisseaux. En nous rapprochant du col, nous nous sommes rapidement retrouvés au milieu des nuages. Les arbres me faisaient l'effet de spectres flottant au-dessus du sol. Je n'apercevais plus que la silhouette de Tala Yuna par intermittence, comme un signal diffus. J'ai réduit la distance. J'ai redoublé d'attention. Je choisissais les endroits où je mettais mes pieds, évitant de marcher sur les branches mortes. J'avançais à moitié accroupi.

Inversion des rôles. À présent, c'était moi l'Indien.

Après le col, le ciel soudain est redevenu plus clair. Je l'ai laissée prendre un peu d'avance. Je la regardais dévaler la pente de sa démarche souple et féline. Une nouvelle fois, je me suis demandé ce que je faisais là. Arrivée dans une clairière, elle s'est arrêtée. Je me suis caché derrière un épicéa. Elle a commencé par enlever ses chaussures de marche et ses chaussettes et les a rangées précautionneusement à côté de son sac à dos. L'herbe était gorgée d'humidité et j'avais froid pour elle. Elle s'est accroupie et a sorti de son sac ce qui m'a semblé être un bol en cristal. Elle l'a posé par terre, a inspecté le sol autour d'elle. J'étais tapi derrière mon tronc, j'ai laissé passer une poignée de secondes. Quand j'ai risqué de nouveau un œil, elle s'était levée. Elle se dirigeait vers un ruisseau alimenté par les eaux de pluie qui coulait de l'autre côté de la clairière. Elle est restée immobile de longues minutes. On aurait dit qu'elle récitait un poème, ou qu'elle se parlait à elle-même. De là où j'étais, je n'entendais qu'un chuchotement sourd qui se mélangeait au murmure de l'eau. Elle a rempli le bol et l'a brandi vers le ciel. Elle a encore dit quelque chose.

Était-ce une chanson ? une prière ?

À ce moment-là, le soleil a percé les nuages et les couleurs se sont intensifiées. C'était comme si chaque particule d'eau en suspension dans l'atmosphère se mettait à vibrer à l'unisson des autres. La lumière a pris une teinte poudrée, dorée comme dans une chapelle toscane ou un tableau de Gustav Klimt. Tala Yuna est revenue vers le centre de la clairière, en tenant le bol à bout de bras. Elle l'a déposé sur l'herbe verte. Elle a placé tout autour des cristaux qu'elle avait extraits d'une des poches de son sac à dos. Puis elle a récupéré un peu d'eau du bol dans le creux de sa main. Elle a versé quelques gouttes sur son front avant de se frotter les mains. Elle a recommencé à parler. Cette fois, je pouvais l'entendre. Elle répétait sans cesse le même mot : « merci ».

Je l'ai observée dérouler un tapis de selle en laine tissée beige. Elle s'est assise dessus, en tailleur, a repris le bol, l'a porté à la hauteur de ses yeux et a fait des mouvements circulaires comme si elle dessinait des huit dans les airs. Je voyais la surface de l'eau dans le bol clapoter et former de petites vagues. Ça a duré plusieurs minutes avant qu'elle repose le bol au milieu du cercle de cristaux de roche.

Je ne connaissais pas la signification de ce qu'elle faisait, mais j'y trouvais comme une forme de poésie. De la beauté aussi.

Elle s'est levée. Munie de deux cristaux plus longs que les autres, elle a commencé à couper des fleurs. Je n'y avais pas prêté attention jusque-là, la clairière en était couverte, des fleurs que je ne connaissais pas avec des pétales rouge et jaune. Elle ne coupait que les têtes et les déposait dans le bol. Après avoir fini, elle s'est rassise sur le tapis, a fermé les yeux et est entrée dans une sorte de méditation. Elle ne bougeait pas et je ne bougeais pas non plus. J'avais peur de troubler l'ordre des choses. Il y avait un truc dans l'air, comme un équilibre parfait. À un moment, un rayon de soleil s'est posé sur le bol en cristal et la lumière s'est mise à danser. Sur les parois du bol, sur le visage cuivré de Tala Yuna. Je me suis laissé glisser le long du tronc. Il y avait de la mousse épaisse et je me suis allongé, appuyé sur les coudes. Je n'arrivais pas à la quitter des yeux. Elle rayonnait.

Comme si elle était en or, elle rayonnait.

Je ne sais pas combien de temps ça a duré. Peut-être une heure. Il n'est pas impossible que j'aie dormi. Le soleil avait réchauffé l'atmosphère. Il faisait moins froid, plus sec. Je me suis laissé bercer par le calme ambiant, la transparence de l'air. Quand j'ai rouvert les yeux, Tala Yuna avait disparu. Le bol était là avec ses fleurs rouge et jaune qui flottaient à la surface. Il y avait toujours les cristaux de roche qui scintillaient tout autour. Un peu plus loin, le sac à dos, le tapis de selle. Je me suis relevé en m'appuyant sur le tronc de l'épicéa. Je m'apprêtais à avancer vers le milieu de la clairière, quand j'ai entendu sa voix derrière moi.

— N'avancez pas plus, s'il vous plaît.

Elle était derrière un bouquet d'arbres, comme la première fois que j'avais aperçu son visage.

— Je ne vous ai pas entendue approcher.

Elle a fait un pas en avant.

— C'est normal. Vous dormiez.

J'ai tenté de plaisanter.

— On dirait que j'aime bien dormir dans les bois. Mais d'habitude, je préfère me faire réveiller par des ours affamés.

Elle a avancé encore. Aucun sourire sur ses lèvres.

— Pourquoi m'avez-vous suivie ?

J'ai épousseté mon jeans.

— Je ne vous ai pas suivie. Je suis tombé sur vous par hasard, en me promenant.

— Je vous ai vu me suivre depuis le lodge.

— J'oubliais que vous êtes indienne. J'imagine que vous avez des yeux dans le dos.

— Non, juste des sens que j'utilise.

J'ai laissé passer quelques secondes dans l'espoir d'apaiser la tension et j'ai repris, sur un ton moins caustique.

— Vous faisiez quoi dans cette clairière ?

— Rien que vous puissiez comprendre.

Nous étions encore dans une impasse. Mais je ne pouvais m'en prendre qu'à moi-même.

— Je suis désolé pour tout à l'heure. Je suis un vrai con par moments. C'est plus fort que moi.

Elle me fixait comme si elle voulait me transpercer du regard. J'ai ouvert mes mains, présenté mes paumes en avant comme pour lui dire que désormais j'avancerais vers elle sans armes, sans la volonté de la blesser. Elle hésitait encore. J'ai insisté.

— Je crois que c'est à cause de la mort de Ringo. J'en veux à la terre entière, alors que c'est moi, le principal responsable. Je n'aurais pas dû vous parler ainsi. Je ne sais pas ce qui m'a pris. Je vous présente mes excuses.

Elle ne bougeait toujours pas. Je me suis laissé couler dans le silence qu'elle était en train de tisser autour de nous. Il a duré longtemps.

— Je préférerais qu'on s'éloigne un peu, a-t-elle fini par dire.

Je lui ai emboîté le pas. On a marché, au hasard, sans se parler. Je me suis porté à sa hauteur. Elle m'a souri. Enfin.

Elle avançait au milieu des herbes hautes en les caressant de la main. J'avais l'impression de vivre un moment hors du temps.

— Alors vous faisiez quoi dans cette clairière ?

— Un élixir.

— Un élixir ?

— Oui, à base de fleurs.

J'ai fait la tête du type qui s'y connaissait.

— Un peu comme un parfum ? J'ai déjà vu faire ça, lors d'un voyage en Italie. Distillation, enfleurage et macération. Ce sont bien les principales étapes ? Vous avez un alambic ?

Elle s'est arrêtée de marcher.

— Ce n'est pas un parfum, mais un élixir. Je ne fais rien bouillir. C'est le soleil qui œuvre. Avec son énergie, il permet à l'eau de la rivière de recueillir le message des fleurs.

— Les fleurs ont donc des messages à délivrer ?

Elle s'est remise en mouvement, a fait quelques pas en direction d'un bosquet de cèdres.

— À qui sait les écouter, a-t-elle ajouté avec un demi-sourire.

— Et pour les écouter, il faut enlever ses chaussures et ses chaussettes ?

Je ne pouvais pas m'empêcher de faire le malin.

— Non, ça, c'est parce qu'on ne rentre pas en relation n'importe comment. C'est une question de respect. Ça ne m'étonne pas que vous ne puissiez pas comprendre ce genre de chose.

Elle a souri. Moi, moins. J'avais envie qu'elle me laisse quand même une chance.

— Si on m'explique, je peux peut-être y arriver. Qui sait ?

Elle a hésité. Un peu. Pas longtemps.

— Il ne faut rien forcer. Juste accueillir. C'est une ouverture du cœur, un désir de rencontre. Il faut être dans une attitude de grande humilité face au vivant. Honorer et remercier tous les éléments, la terre, l'eau, le feu, l'air. Honorer et remercier tous les règnes, le minéral, le végétal et l'animal. Honorer et remercier tous les astres, le soleil, la lune et les étoiles.

J'ai haussé les sourcils. Elle a ri.

— Bon, je crois que je vais éviter de parler en plus des mondes subtils. Je ne voudrais pas que vous pensiez que je suis complètement folle.

— Je ne pense pas que vous êtes folle. Différente, peut-être. En tout cas, ce que vous me racontez m'intéresse.

Elle a tordu ses lèvres pour signifier son scepticisme. J'ai insisté.

— Je vous assure. J'ai le sentiment que ça m'ouvre des portes. Pour l'instant, ce n'est qu'une perception diffuse, mais je la sens qui s'affirme en moi.

On a marché encore un moment. On tournait en rond autour de la clairière, mais sans jamais s'en rapprocher.

— J'ai l'impression que vous ne souhaitez pas qu'on se dirige vers l'élixir. Je me trompe?

— Vous avez raison. Quand la lumière, l'eau et les fleurs communiquent entre elles, l'endroit où ce mystère se passe devient un lieu sacré. Un sanctuaire. L'homme ne doit plus intervenir. Il doit éviter d'y déposer son empreinte énergétique. Il veille à ce que cette rencontre se passe dans les meilleures conditions. Il n'a pas d'autre rôle à tenir que celui-là. Il est un simple gardien. Un veilleur.

— Et où avez-vous appris tout ça? Dans des livres?

Elle a baissé les yeux. Pour la première fois depuis longtemps.

— Non, c'est ma mère et au-delà d'elle, mon grand-père et au-delà de lui, bien d'autres encore. Et certaines choses me sont venues comme ça, portées par le vent. Appelez cela des intuitions ou des inspirations. C'est comme vous préférez.

J'ai hoché la tête comme si tout cela allait de soi. On a continué à marcher. Elle m'a expliqué la suite des opérations. Attendre encore une heure, revenir vers le bol sur la pointe des pieds, filtrer l'eau et la mélanger à de l'alcool, redynamiser l'élixir en l'agitant, rendre grâce une dernière fois.

Quand l'heure est passée, je lui ai demandé si je pouvais venir avec elle pour l'observer terminer la préparation de l'élixir. Elle m'a dit que ce n'était pas possible, nos chemins devaient se séparer là, elle me retrouverait plus tard au lodge.

— Et pourquoi vous ne voulez pas que je vienne? lui ai-je demandé.

— Je vous l'ai dit. Moins il y a d'énergies perturbatrices, plus efficace sera l'élixir.

— Vous me traitez d'énergie perturbatrice?

Elle a eu une mimique amusée.

— Il y a un peu de ça.

Quand nous sommes arrivés devant la clairière, il y avait toujours la même luminosité. Les couleurs vibrantes, l'air ambré. Elle m'a attrapé par le bras.

— Vous ne voyez rien de particulier?

J'ai plissé les yeux.

— Si, c'est beau. Presque irréel. On s'attendrait à voir débarquer une licorne.

— Arrêtez vos bêtises et observez les fleurs tout autour.

J'ai regardé avec insistance. Je ne voyais rien de particulier.

— Vous ne voyez donc pas qu'elles sont tournées vers le bol en cristal ?

Effectivement, une grande partie des fleurs disséminées dans la clairière, comme des tournesols suivant la course du soleil, penchaient leurs têtes vers le bol.

— Incroyable ! Comment est-ce possible ?

— C'est leur manière de participer à l'élaboration de l'élixir. Quand je vous dis qu'il s'agit d'une rencontre avec le vivant.

Je suis resté bouche bée. Elle a fait un geste de la main pour m'inviter à disposer. Avant de partir, je lui ai demandé :

— Cet élixir, il va servir à quoi exactement ?

Elle m'a regardé avec une curieuse intensité.

— Je le prépare pour vous.

— Pour moi ? Pour soigner mes blessures ?

— Pas celles que vous croyez. C'est un élixir destiné à apaiser la colère et à la transformer en force créatrice. (Elle a ri.) Je crois qu'il est grand temps de calmer le volcan qui bouillonne en vous.

# 7 Beaufort

*La mer grossit en lames déferlantes.*
*L'écume commence à être soufflée en*
*traînées dans le lit du vent.*

# CHAPITRE 22

Je n'ai pas quitté l'île ce jour-là. Rentré au lodge, je suis allé voir Tom et je lui ai annoncé que j'allais rester quelques jours supplémentaires avec eux. Il ne m'a pas posé de question. Il a encaissé. Regard baissé, mâchoire serrée. Il m'a semblé qu'il n'était pas surpris par ma décision.

Il était en train d'aligner ses livres sur les étagères d'une bibliothèque dans la pièce principale. Il les classait par genre et par ordre alphabétique. Bordélique la plupart du temps, mais obsessionnel quand il s'agissait de ses bouquins.

— Je peux vous en emprunter un ?

J'ai désigné une monographie consacrée à Gustav Klimt.

— Ça y est, tu as eu un éclair de lucidité. Tu renonces enfin à la littérature ?

Je n'ai pas rebondi sur la saillie. J'avais l'impression d'avoir dépassé quelque chose. L'élixir de Tala Yuna faisait peut-être déjà effet avant d'en avaler la moindre goutte.

J'avais trouvé une vieille chaise Adirondack aux planches à moitié pourries et à la peinture écaillée. Je me suis installé devant le lodge, à un endroit d'où je pouvais voir le chemin qui sortait de la forêt. Tala Yuna est revenue en fin de matinée, la démarche toujours aussi aérienne. Lorsqu'elle est arrivée près de moi, elle a sorti une fiole de son sac et l'a agitée.

— Trois gouttes, trois fois par jour. Ça devrait suffire à vous rendre plus aimable.

J'ai sorti le livre sur Klimt et je l'ai agité sous son nez avec le même mouvement qu'elle avait fait.

— Trois pages, trois fois par jour. Ça devrait juste vous plaire. Je vous conseille les peintures de paysage. Les formats carrés. *Champ de coquelicots*, *Le Pommier*, *La Rivière*, *Le Parc*. Normalement, ça va vous rappeler quelque chose.

Elle s'est campée sur ses deux pieds.

— Vous me prenez pour une sauvage et vous voulez refaire ma culture générale, c'est ça?

— Tala Yuna, c'est un échange que je vous propose. Vous m'enseignez la nature, les énergies qui la parcourent et moi, de mon côté, je vous fais découvrir ce que les hommes en ont perçu à travers l'histoire de l'art et la littérature. Je trouve que c'est inégal. Dans ce deal, c'est moi le grand gagnant, mais je ne vois pas ce que je peux ajouter d'autre pour équilibrer la balance.

J'ai façonné un instant de silence, bref, vif, brillant comme un petit diamant et j'ai annoncé en écartant les bras d'une manière théâtrale:

— Si ce n'est mon corps.

Elle a attrapé le livre, l'a feuilleté rapidement, puis m'a transpercé du regard, comme elle en avait pris l'habitude.

— Votre corps, vous pouvez vous le garder.

Elle a relevé une mèche de cheveux qui tombait sur ses yeux avant d'ajouter:

— J'en déduis que vous restez avec nous.

J'ai acquiescé d'un sourire.

— Trois gouttes, trois fois par jour, a-t-elle conclu en me balançant la fiole.

Les jours qui ont suivi ont été magiques. La tempête tant redoutée s'était révélée moins forte que prévu. De gros nuages noirs passaient parfois au-dessus de notre île, mais ils ne s'arrêtaient pas. Ils filaient comme s'ils étaient attendus ailleurs, n'ayant pas de temps à perdre avec nos misérables destins. Seule la mer témoignait de la violence qui s'annonçait. *Elle grossissait en lames déferlantes et l'écume commençait à être soufflée en traînées dans le lit du vent.*

Tom avait trouvé dans un buffet un vieux phonographe et une pile de 78 tours de musique classique. Toute la journée, on entendait Beethoven, Schubert, Bach ou Sibelius. Ça avait apaisé les tensions, me semble-t-il, assaini l'atmosphère, créé une sorte de bulle remplie de notes de musique autour du lodge.

Tala Yuna a profité de cette accalmie pour me faire découvrir deux-trois choses sur cette nature qu'elle connaissait si bien.

Quelques jours après la préparation de l'élixir, elle a voulu m'enseigner la pêche à pied. Jusque-là, c'était le pré carré de Tom. Depuis notre arrivée, il nous régalait de coquillages, de crevettes et même de homards. Il allait les débusquer à marée basse dans un endroit connu de lui seul, à l'aide d'un long bâton armé d'un crochet qu'il avait fabriqué lui-même. Il avait fallu qu'elle négocie avec lui pour qu'il accepte de nous laisser la main. Et un matin, il nous a regardés descendre le sentier taillé dans la falaise qui menait à sa crique préférée. Nous avions pris avec nous des pelles et des sacs en toile de jute que nous avions trouvés dans un placard du lodge.

Quand la marée a été au plus bas, on a récolté des huîtres sauvages. Ce n'était pas très compliqué. Il suffisait d'éviter de glisser ou de se faire enlever par une vague. On a cherché ensuite des palourdes que Tala Yuna repérait immédiatement.

— Les mâles font deux petits trous dans le sable pour respirer, les femelles laissent un trou en forme de huit. Ça ressemble au symbole de l'infini. Comme le mouvement qu'on doit faire pour redynamiser l'eau d'un élixir. Vous voyez, Jonas, tout est lié.

J'ai croisé mes doigts derrière ma nuque et je me suis étiré de toute ma longueur.

— Mais pourquoi ce sont les femelles qui ont ce lien avec l'infini, alors que les mâles font des petits trous qui ne veulent rien dire ?

— Parce que ce sont elles qui portent la vie. (Elle a enfoncé sa pelle dans le sable.) Et parce que les mâles font souvent des choses qui ne veulent rien dire.

L'eau restait à peu près calme dans notre crique. On était à l'abri du vent et des vagues les plus grosses. Tala Yuna m'a appris ce jour-là à attraper des crabes verts, avec lesquels elle préparait une soupe. Il fallait les coincer entre les rochers et serrer leurs pattes arrière entre deux doigts, juste sous la carapace pour éviter de se faire pincer. On a ramassé enfin des algues qu'on mangerait en salade, des patelles et des bigorneaux, des crevettes grises et des ormeaux.

Plusieurs jours de suite, nous sommes retournés à la pêche. Tom rongeait son frein en silence. Il avait profité de son temps libre pour fabriquer une caisse avec de vieilles planches. Un bon mètre cube avec un couvercle ajouré. Puis il avait mis dedans une bassine en fer-blanc qu'il avait remplie d'eau de mer. Il avait recouvert le tout d'algues humides.

— Comme ça, quand vous aurez fini de jouer les Robinson et que je pourrai enfin retourner à la pêche, je mettrai mes homards là-dedans pour les conserver vivants, avait-il précisé un soir en s'assurant de parler suffisamment fort pour qu'on l'entende.

Tala Yuna s'était retournée vers moi en plissant le nez et en faisant rouler ses yeux. Je n'avais pas pu m'empêcher de sourire devant le comique de la situation.

Quand on revenait au lodge, on cuisinait ce qu'on avait trouvé en écoutant des sonates de Brahms ou des cantates de Bach. Après, on s'asseyait sur le canapé ou sous la galerie quand il faisait moins froid et on parlait de sa dernière lecture.

Comme je l'avais prévu, elle avait adoré Klimt. Surtout la période où il s'était rapproché du pointillisme. Mais plus que le figuratif, elle aimait l'art abstrait. Elle avait eu un coup de cœur pour l'œuvre de Rothko. Elle pouvait rester des heures à regarder les reproductions de ses tableaux. Elle voyait des choses qui pour moi restaient invisibles, hors de portée. Elle était sensible à la vibration des couleurs. Aux vides aussi. Je ne me lassais jamais de ces mots qu'elle employait pour décrire ce qu'elle ressentait et qui se mariaient si bien avec les notes de violoncelle et de piano.

Un matin, je lui ai passé *Feuilles d'herbe* de Walt Whitman. Je m'étais dit que, sur la route que nous avions choisie entre peinture et littérature, ce ne serait pas une mauvaise idée de faire quelques étapes en pays de poésie. Elle me lisait des passages entiers à voix haute.

« C'est ici que sont mes feuilles les plus frêles mais de plus longue durée cependant,

C'est ici que j'ombrage et abrite mes pensées, ne les découvrant pas moi-même,

Mais les laissant me découvrir bien davantage que le reste de mes poèmes. »

Elle me regardait et se mettait à rire. J'avais découvert qu'elle avait une approche sensuelle de la poésie. Elle lisait les mots, en détachait chaque syllabe, s'en emplissait la bouche comme s'ils étaient des fruits gorgés de soleil. Ça me rappelait Ringo quand il m'apprenait le vocabulaire de la voile ou quand il entonnait des chansons de Tom Waits dans la forêt. Elle riait comme lui. Je voyais ses dents blanches, parfaitement alignées. Prêtes à mordre la vie. Elle riait, c'était si beau à voir. Elle riait et du coup, je riais aussi.

Elle a lu comme ça Whitman, Rimbaud, Emily Dickinson et bien d'autres encore. Tom ne se mêlait jamais à notre manège. Il observait ça d'un œil lointain. Il surveillait sans en avoir l'air ce que je piochais dans sa bibliothèque. Parfois, je le surprenais quand même, hochant la tête en signe d'approbation, alors que je passais la porte avec *Les Pâques à New-York* de Blaise Cendrars ou un recueil de haïkus de Bashō.

Deux nouvelles journées ont passé. Rapides, lumineuses. Il a commencé à faire de plus en plus froid. On peut dire que tous les trois, nous avions à peu près trouvé nos marques. Tala Yuna était le lien, le maillon essentiel, car entre Tom et moi, il fallait bien le reconnaître, il ne se passait pas grand-chose. Un père et son fils. Deux planètes éloignées, séparées par un abîme de vide empli d'énergie sombre.

On se croisait, on se jetait des regards en coin, on grognait. On avait entrepris de retaper le lodge. Ce n'était pas des travaux importants. Plutôt un bon gros nettoyage, du rafistolage un peu poussé. L'idée était d'empêcher l'eau et le vent de rentrer à l'intérieur et d'éviter de se ramasser des morceaux de la maison sur la tête à chaque fois qu'on ouvrait une fenêtre. On se répartissait les tâches chaque matin. Quelques mots, sans fioritures, efficaces, sans chaleur.

J'avais une spécialité, une tâche que j'aimais faire par-dessus tout. Je me baladais avec un marteau dans la main et des clous dans la bouche. Dès que je voyais une lame du parquet ou un lambris qui dépassait, je prenais un clou et je tapais dessus sans chercher à comprendre. C'était un truc qui me vidait la tête. Je pouvais y passer des heures. Pendant ce temps, j'entendais Tom sur le toit qui faisait pareil avec les bardeaux de cèdre. Il y a des moments où tous les deux, on faisait un boucan de tous les diables et ça résonnait dans le lodge comme lors d'un concert de percussion urbaine. Certainement qu'il devait trouver aussi quelque réconfort à cogner comme un sourd sur ces pauvres têtes de clous. Je crois que tous les hommes fonctionnent à peu près de la même façon. Tala Yuna n'avait pas tort. Les mâles font souvent des choses qui ne veulent rien dire.

Un matin, je me suis levé avec le cœur à l'envers. J'avais encore rêvé de Ringo. Je me sentais déchiré par la culpabilité. Je revivais l'enchaînement du drame, la bagarre avec Sam, le moment où j'avais tiré sur le canon, le claquement sec de la détonation. Je revoyais sa bouille de lémurien géant, son sourire et, dans ses yeux, tous les rêves qu'il ne réaliserait jamais. Je n'arrêtais pas de me dire que les choses auraient pu, auraient dû se passer autrement. Il y avait du café chaud sur la gazinière et le *Stabat Mater* de Pergolèse sur le phonographe. J'ai rempli un mug et je suis sorti sous la galerie. Tom était déjà là, assis dans l'Adirondack. Il avait un vieux jeans, une chemise en laine bleue ouverte sur un tee-shirt bouffé par les mites. Il lisait, un mug de café posé à ses pieds. Je me suis approché. Lui aussi avait tenu un rôle déterminant dans ce drame. Après tout, n'était-ce pas à cause de lui que tout avait commencé ?

C'était une partie de l'histoire sur laquelle j'avais glissé un peu trop rapidement. Je ne peux pas dire que je l'avais oubliée, mais je l'avais rangée dans un coin de mon cerveau parce qu'il n'y avait alors pas d'autre chose à faire, parce que ce n'était tout simplement pas le moment. Je me suis approché plus près. Je sentais que ce matin l'heure était venue. Je suis allé droit au but.

— Pourquoi avez-vous tiré sur Sam ? Vous auriez pu lui parler. On ne tire pas sur les gens comme ça. Qu'est-ce qu'il vous est passé par la tête ce jour-là ?

Il a posé son livre sur le plancher à côté de son café. J'ai reconnu *Les Frères Karamazov* de Dostoïevski. Il a tordu ses lèvres.

— Qu'est-ce que tu racontes encore ?

Je me suis positionné devant la rambarde comme pour observer l'état de la mer. J'évitais surtout de le regarder, lui.

— Le jour où Ringo est mort, Sam m'a dit que vous lui aviez tiré dessus dès que vous l'aviez aperçu, sans aucune sommation. Je n'arrive pas à comprendre.

Tom a passé une main sur son front de bélier. Un geste des plus anodins pour le plus grand nombre, mais qui chez lui s'apparentait à une mise en garde chargée d'agressivité, une façon comme une autre de fourbir ses armes.

— Tu ne comprends pas et c'est normal, parce que ça ne s'est pas passé comme ça. C'est ce type qui m'a tiré dessus. Je ne l'ai même pas vu arriver. Il était posté sur la colline, derrière un tronc d'arbre. J'étais en train de transporter du bois. Sa première balle a fait voler en éclats une des bûches que j'avais dans les bras. J'ai couru me réfugier à l'intérieur de ma cabane et ensuite, je n'ai fait que me défendre.

Je ne savais pas qui je devais croire. Sam était fou et l'homme qui était mon père l'était peut-être plus encore. Je continuais de contempler la mer. Les ombres surtout qui glissaient à sa surface. Il s'est agité dans mon dos. J'ai entendu les lattes de l'Adirondack craquer.

— Tu as d'autres questions ? Ou je peux continuer à bouquiner tranquille.

Soudain, j'ai pensé que j'en avais mille autres, des questions. Je me suis tourné vers lui en mettant le plus de poids possible dans mon regard.

— Puisque vous me le proposez si gentiment, j'aimerais savoir pourquoi vous vous êtes enfui comme un voleur deux jours avant ma naissance. Vous allez sans doute me raconter que ça ne s'est pas passé comme ça. Que c'est ma mère qui vous a chassé.

Il a pris le temps d'avaler une longue gorgée de café avant de me répondre.

— Cette fois, ça s'est vraiment passé comme tu dis. Mais je t'ai déjà répondu, je crois. Je n'ai jamais voulu avoir d'enfant. Je ne porte aucun espoir en l'humanité. Ce monde court à sa perte et je ne tiens pas à avoir une quelconque responsabilité là-dedans. Je ne veux pas apporter mon écot, être complice de tout ce cirque. Ta mère était une chouette fille à l'époque. On s'entendait plutôt bien et elle connaissait ma vision des choses. Mais elle a cru intelligent de me faire un enfant dans le dos. Ce n'était pas un accident. En tout cas, pas pour elle. Elle savait parfaitement comment ça allait finir.

Il a bu une nouvelle gorgée de café. Je n'avais pas encore touché le mien.

— Et pourquoi être resté presque jusqu'au bout? Pourquoi surtout être parti deux jours avant que je naisse?

— Au début, je pensais que je réussirais à la convaincre de renoncer. Mais les semaines ont passé. Bientôt les mois. Figure-toi que j'étais attaché à ta mère. Je suis resté aussi longtemps que j'ai pu. Je l'ai aidée. Mais quand j'ai vu que le moment allait venir, j'ai fait ma valise et je me suis tiré. Après tout, ce gosse, c'était son affaire. Pas la mienne. J'ai toujours été clair avec elle.

— Vous n'avez même pas voulu me voir? Croiser au moins une fois mon regard?

— Ça aurait servi à quoi? Un bateau m'attendait. Je ne pouvais plus repousser mon départ. Cette vie que je subissais me brûlait de l'intérieur. Je me sentais engoncé, étriqué alors que je ne rêvais que de grands espaces.

Il m'a fixé longuement. Un regard encore plus intense que celui que je lui avais adressé. Je suppose que c'était pour me faire comprendre que face à lui je ne ferai jamais le poids. Il a pouffé de rire.

— Mais rassure-toi, ça n'aurait rien changé. Je n'ai jamais eu l'instinct paternel. Même aujourd'hui quand je suis devant toi, je n'éprouve rien. C'est ce qui me fait dire que j'ai rudement bien fait de ne pas attendre ta naissance. Comme chantaient les Pink Floyd, tu n'es qu'une brique de plus dans le mur. Et c'est le mur d'une maison qui s'écroule. Pour moi, tu ne seras jamais autre chose. Enfonce-toi bien ça dans le crâne.

Il a rigolé de nouveau. Puis il s'est arrêté d'un seul coup.

— Tiens, puisqu'on en est aux confidences, j'aurais moi aussi une question à te poser. Pourquoi tu restes ici? *A priori*, tu as une sacrée belle vie qui t'attend derrière cet horizon. (Il venait de lever une main vers la mer.) Pourquoi t'es encore là, à traîner dans nos pattes?

Je n'ai rien répondu. J'ai tourné les talons et je suis rentré dans le lodge. Cette question, je me la posais souvent moi aussi et je n'étais pas certain d'avoir la réponse.

# CHAPITRE 23

J'étais en train de nettoyer mon mug quand Tala Yuna est sortie de sa chambre. Elle m'a dit bonjour. Elle m'a souri aussi, mais c'était un sourire flou, un sourire qui ressemblait à un nuage fugace qui s'effiloche.

— Vous avez bien dormi ?

Elle a poussé un soupir.

— Pas vraiment. On dirait que vous non plus.

J'ai repensé au rêve que j'avais fait et j'ai haussé les épaules. Elle est allée se servir du café, s'est assise à la grande table.

— C'est Ringo ?

Je ne savais pas comment elle pouvait savoir ça. J'espérais que je n'étais pas le genre de type qui hurlait dans son sommeil. J'ai posé mon mug à côté de l'évier. Les mots ne venaient pas. Je me suis mis à regarder mes pieds.

— Son âme n'est pas apaisée et la vôtre non plus. Vous êtes liés tous les deux, a-t-elle ajouté.

— Tala Yuna, s'il vous plaît, ne me racontez pas d'histoire. Je ne crois pas à toutes ces choses. Les esprits, les fantômes qui vous tirent par les pieds...

Elle m'a coupé.

— Et la culpabilité, vous y croyez ?

J'ai tordu les lèvres. Elle a poursuivi :

— Je ressens ces choses. Peu importe si vous y êtes hermétique, mais vous ne pouvez en nier les conséquences. Vous êtes dans l'obscurité. Je peux vous proposer d'essayer de rallumer la lumière en vous. De toute façon, je dois aider Ringo dans son passage. J'ai prévu de le faire aujourd'hui. Vous pouvez décider de faire ces rituels avec moi ou vous pouvez continuer de faire comme si ce qui est arrivé n'était pas arrivé. Peut-être qu'avec le temps vous réussirez à vous en persuader.

— Des rituels ? Et ça consiste en quoi ?

— Un rituel de pardon et de deuil pour vous et un rituel de passage pour Ringo.

— Et l'élixir floral que vous m'avez donné, ça ne peut pas suffire ?

— Il vous apaisera, mais ne vous guérira pas. Surtout, il ne délivrera pas Ringo des chaînes qui le retiennent ici. Mais bon, comme la plupart des hommes, vous ne vous intéressez qu'à vous. Après tout, vous n'avez peut-être rien à faire du salut de son âme. Il était quoi pour vous ? Certainement pas grand-chose.

— Ne dites pas ça ! Je ne l'ai pas connu longtemps, mais je l'ai aimé tout de suite.

J'ai marqué un temps d'arrêt. Ce n'était pas une hésitation. Plutôt une tentative désespérée de maîtriser l'émotion qui me saisissait.

— C'est OK, je vous accompagnerai.

Elle a terminé son café en me dévisageant en silence, les yeux plissés comme si elle m'évaluait, se posant ostensiblement la question de savoir s'il y avait encore quelque chose de bon à sauver en moi.

Quand il nous a vus sortir du lodge, Tom ne nous a rien demandé. On aurait dit qu'il savait exactement ce que nous allions faire. La vérité, c'est qu'il n'en avait rien à foutre. Je l'avais toujours senti lointain. Et la conversation que nous avions eue le matin même l'avait éloigné encore plus. Je me disais qu'il n'allait pas tarder à se fondre dans le paysage. Réussir le tour de force de disparaître de ma vie, alors qu'il n'y était jamais entré.

On a pénétré dans la forêt par le même chemin que le jour où elle avait préparé l'élixir. Elle avait son sac à dos en toile kaki et marchait devant moi. Cette fois, je n'avais pas besoin de me cacher. Je regardais ses fesses qui se balançaient. Ça m'évitait de penser à ce qui allait se passer, à ces choses que je ne connaissais pas, qui m'attiraient et m'effrayaient en même temps.

Sous la protection des arbres, les ombres étaient douces et bleues. On a grimpé pendant une bonne heure, puis soudain elle s'est immobilisée. On était à mi-pente. Elle s'est retournée vers moi.

— C'est ici que nos chemins se séparent.

J'ai gardé mes mains dans les poches de ma parka. J'avais l'impression que si je les avais sorties, elles seraient tombées par terre comme des fruits trop mûrs.

— Comment ça, nos chemins se séparent?

— C'est un rituel que vous devez accomplir seul. Vous allez devoir traverser les ténèbres de la peur et de la culpabilité qui habitent l'homme depuis la nuit des temps. Tout d'abord, il faudra que vous commenciez par vous perdre, aller au hasard de vos pas. Ensuite, vous devrez trouver l'arbre sage. Celui qui est le gardien de cette forêt.

— Allons donc, Tala Yuna, qu'est-ce que vous me racontez là? C'est quoi cette histoire d'arbre?

— Jonas, écoutez-moi au lieu de râler. Il y a dans chaque forêt un arbre qui est le gardien de l'âme collective de tous les arbres qui l'entourent. C'est comme tous les autres végétaux. Comme les abeilles et les fourmis aussi. Il y a un arbre Roi, si vous préférez, que ses congénères protègent. En échange de quoi, l'arbre Roi les nourrit de sa sagesse.

— C'est ça, les esprits de la forêt! Et la nuit venue, ils se mettent à marcher comme dans les livres de Tolkien.

J'ai essayé de rire, mais je n'ai réussi qu'à ricaner d'une façon ridicule.

— Jonas, ils n'ont pas besoin de se déplacer. Ils communiquent par leurs racines, les nutriments qu'ils échangent, mais aussi les odeurs qu'ils émettent. Ils possèdent un langage qui nous échappe totalement. Un langage que nous n'entendons pas parce que nous ne l'écoutons pas. Un langage qui nous enseigne les forces de l'univers.

Devant mon air ébahi, elle a continué :

— C'est un langage encore plus extraordinaire que ce que vous pouvez imaginer. Je vais vous donner un exemple. Savez-vous que lorsqu'ils sont attaqués par des parasites certains arbres dégagent un gaz qui est transporté par le vent et agit comme un message d'alerte ? Les autres arbres, ainsi informés du danger, font remonter un poison depuis leurs racines vers leurs feuilles, rendant leur feuillage toxique.

Je me sentais submergé par le flot d'informations qu'elle me donnait. J'écoutais tout ce qu'elle disait. Et elle ne s'arrêtait pas.

— Il existe donc quelque part au sein de cette forêt un arbre particulier. Vous devrez le trouver. Ensuite...

Cette fois, j'ai réagi.

— Attendez, Tala Yuna, vous êtes vraiment sérieuse ? Vous allez me laisser en plan au milieu de nulle part ?

— Vous n'êtes pas au milieu de nulle part. Mais, c'est vrai, vous allez devoir retrouver le grand silence des profondeurs. Retrouver le fil dans votre labyrinthe intérieur. Je peux comprendre que ça vous fasse peur.

— Et ce putain d'arbre, je vais le reconnaître comment ?

— Vous le reconnaîtrez, ne vous inquiétez pas. Il sera différent des autres.

— Et si jamais je le trouve, que faut-il que je fasse alors ? Que je tape la discute avec lui ?

— Je vous demande simplement d'essayer de dépasser vos préjugés, de les laisser de côté pendant quelques heures. Quand vous l'aurez trouvé, asseyez-vous à côté de lui et laissez monter en vous ce qui doit monter. Ouvrez votre cœur sans pudeur, sans restriction. Libérez votre rage. C'est un chemin de transformation que je vous invite à faire.

— Et les ours ? Je me suis déjà fait attaquer une fois. Qu'est-ce que je fais si j'en croise un de nouveau ?

— Jonas, vous ne vous êtes pas fait attaquer. Je vous l'ai déjà dit. Les ours ne sont pas un problème. Si vous en voyez un, saluez-le, gardez votre calme et faites un détour. Il suffit de le rassurer et de lui faire comprendre que vous n'êtes pas une proie.

— Il faut que je parle aux ours aussi ? C'est ça ? Aux arbres et aux putains d'ours.

— Oui, parler est souvent une bonne solution. Je suis heureuse que vous ayez déjà compris cela.

Il me semblait qu'elle se moquait un peu de moi. Mais quand j'interrogeais ses yeux, je voyais bien qu'elle ne rigolait pas.

— Et quand est-ce que je saurai que c'est terminé ?

— Vous le saurez et je le saurai aussi. Je viendrai vous retrouver et nous pourrons alors aider Ringo à poursuivre son voyage.

Elle a levé la main devant elle pour me saluer. Je l'ai regardée s'enfoncer au milieu des fougères. J'ai fait quelques pas dans la direction qu'elle avait prise. Elle avait disparu sans laisser la moindre trace.

Je suis parti vers le sommet de la colline. Je me disais que s'il existait un arbre aussi majestueux il devait forcément se trouver sur une position dominante. Je suis monté en marchant le plus vite possible. Je n'avais pas envie de m'attarder plus que nécessaire dans cette forêt. Tala Yuna avait dit qu'il fallait que je me perde. Je n'étais quand même pas obligé de suivre ses préceptes au pied de la lettre. Elle allait voir ce qu'elle allait voir. J'étais déterminé à boucler ce rituel de deuil en deux temps, trois mouvements.

Quand je suis arrivé au col, il y avait toujours les mêmes arbres. Des épicéas, des aulnes, des cèdres et quelques érables. Pas un seul ne sortait du lot. J'ai jeté un regard panoramique. Les couleurs de l'automne commençaient à s'installer. La végétation avait pris une teinte différente. Plus soutenue, légèrement plus fauve. J'ai levé le nez vers le ciel. L'air était doux, il sentait l'humidité. Bientôt arriveraient les premières neiges. Mon pull avait gardé le parfum du feu de la cheminée du lodge. De temps en temps, je tirais le col de ma parka et je plongeais mon nez dedans. C'était une odeur qui me rassurait, qui m'arrachait parfois un frisson de plaisir. J'ai continué vers le sud, dans la direction du champ de fleurs où elle avait fabriqué son élixir. Je n'avais surtout pas envie de me perdre. Je me disais que de toute façon je n'avais aucune chance de le trouver, cet arbre. Autant chercher une aiguille dans une meule de foin.

Je me demandais même s'il existait bien. Si Tala Yuna n'était pas perchée. Comme ces filles que je rencontrais quand j'étais plus jeune. Elles me parlaient sans cesse d'éveil spirituel, de l'apparition de nouveaux paradigmes. Elles faisaient brûler de l'encens et s'évertuaient à rééquilibrer mes chakras. Je faisais mine de m'intéresser. J'attendais le moment propice où je pourrais enlever leurs colliers de perles, faire glisser leurs chemises à fleurs sur leurs petits seins pointus.

J'ai marché en rêvant jusqu'à un ruisseau. Je ne me rappelais pas l'avoir traversé l'autre fois. Je me suis allongé sur une grande pierre plate et j'ai trempé mes lèvres dans le courant. L'eau était glacée et j'ai senti aussitôt une douleur m'électrocuter. Mes dents étaient encore sensibles. J'avais tendance à l'oublier. Mais elles n'étaient pas tombées. J'ai repensé à la manière dont Tala Yuna avait soigné mes blessures. Ma cheville, mon arcade sourcilière, mes dents... J'étais bien obligé de reconnaître ses talents. Elle semblait détenir certains secrets et je voyais bien qu'il y avait en elle quelque chose de différent. Ce n'était pas qu'une attitude, une quête de sens ou la recherche utopique de nouvelles perceptions sensorielles. Non, Tala Yuna ne me faisait pas l'effet d'une personne qui cherchait une voie. Elle était sûre d'elle, inscrite dans la vie comme une fleur ou un animal. Elle regardait, écoutait, sentait, touchait. Elle faisait corps avec la nature. Elle était vivante. Oui, c'est ça. Vivante. Aucun autre mot ne la définissait mieux. Elle était la première personne réellement vivante que je rencontrais.

# CHAPITRE 24

Je me suis perdu. Elle avait raison. Peut-être fallait-il que je me perde. Le vent s'était levé et faisait frémir la cime des arbres. Les branches craquaient sous les rafales rageuses. Je sentais une colère gronder en moi. J'en avais assez de cette histoire. Cette fille était incroyable, mais elle me faisait faire n'importe quoi.

Je descendais le long d'un vallon. L'humidité montait depuis le sol, je commençais à avoir froid. Je me demandais si j'allais retrouver le chemin du lodge. Je n'avais aucune idée de l'endroit où je me trouvais et il y avait des heures que je marchais au hasard.

Je donnais des coups de pied dans les fougères, j'insultais les arbres. J'aurais voulu avoir une boîte d'allumettes, mettre le feu à tout ce bordel. Un incendie de forêt gigantesque et incontrôlable. On aurait vu les flammes depuis le continent. C'est très beau des flammes quand elles montent vers le ciel. Du jaune, de l'orange, du rouge, toutes ces couleurs. C'est chaud aussi. J'ai traversé une ravine et je suis remonté sur le talus qui la bordait.

C'est à ce moment-là que je l'ai vu. Il était de l'autre côté, au milieu d'une clairière, dominant les autres arbres. Elle avait raison : impossible de le manquer. Un épicéa immense, un tronc de près de cinq mètres de diamètre et une hauteur de peut-être soixante mètres. Je ressentais une sorte de retenue chargée de respect. Son écorce recouverte d'écailles irrégulières me faisait penser à un fabuleux dragon. J'ai posé ma main sur son tronc. Je décelais une vibration, comme le battement d'un cœur. Ce n'était sans doute que les résonances du mien, mais j'avais l'intuition de quelque chose de beaucoup plus vaste et profond. J'ai levé la tête. Je ne voyais pas sa cime. J'ai fait le tour du tronc lentement, sans faire de bruit, en laissant ma main glisser sur sa peau de bois.

La clairière formait un cercle parfait et les autres arbres semblaient tous incliner leurs têtes vers l'épicéa géant, comme s'il voulait le protéger ou lui demander quelque chose à voix basse. J'ai souri. J'ai songé aux fleurs qui se penchaient vers l'élixir qu'avait préparé Tala Yuna. J'avais le sentiment d'accéder à une connaissance sacrée. Plus qu'à une connaissance, une sensation de paix et d'amour infini.

Entre deux racines, il y avait une place qui avait la forme d'un siège. Elle était couverte d'aiguilles qui faisaient comme un coussin. C'est là que je me suis assis. Le dos et la tête bien calés contre le tronc. Je suis resté comme ça longtemps. Je ne pensais à rien. Je n'avais plus froid. J'étais sous la protection d'un roi noble et bienveillant. J'ai essayé de me souvenir de ce qu'avait dit Tala Yuna. Je devais laisser monter ce qu'il y avait en moi. Ouvrir mon cœur. Tels étaient les mots qu'elle avait employés. Je me suis mis à rêver les yeux ouverts. Je voyais des images se former. Il y avait la mer, le ciel rose saumon, et Ringo, debout sur son voilier vert, le front éclaboussé de soleil. On était entouré de marsouins. On filait comme le vent. J'entendais le claquement des voiles, l'eau qui glissait sous la coque et le rire de Ringo. Alors doucement, je me suis mis à pleurer. Au début, c'était juste quelques larmes qui roulaient sur mes joues et que je recueillais du bout des doigts comme des gouttes de rosée. Puis rapidement, je ne pouvais plus rien empêcher. C'était comme si des digues cédaient et que tout mon être était emporté. J'ai demandé pardon, la tête appuyée contre le tronc de l'épicéa. Pardon pour mes offenses. Pardon pour ma bêtise infinie. Je pleurais comme un enfant. Je hurlais ma rage. Pardon.

C'était le mot de Ringo, celui avec lequel il ponctuait toutes ses phrases. Pardon de ne pas t'avoir parlé davantage. Pardon d'avoir attrapé le canon de ce maudit fusil. Pardon de m'être endormi alors que tu t'en allais. Ringo, pardon, je te demande pardon...

Quand je me suis réveillé, j'avais faim. Comme si je n'avais rien mangé depuis des jours et des jours. Je me suis levé. Je titubais légèrement. J'ai refait le tour de l'arbre. Tala Yuna était assise en tailleur sur l'herbe, de l'autre côté. J'ai été à peine surpris de la voir. Je suis venu m'asseoir à côté d'elle. Je n'avais pas envie de parler, simplement de laisser les choses finir de se poser au fond de moi. On est restés comme ça, tous les deux, immobiles et silencieux. Je sentais la chaleur de son corps irradier, apaiser ma faim et libérer mon âme.

— Et maintenant, si on allait délivrer Ringo?

J'ai été surpris d'entendre sa voix.

— Le rituel de passage? ai-je demandé.

Elle a posé sa main sur mon bras.

— On va commencer par un peu de marche.

La forêt s'était encore chargée d'humidité. Bois pourri, champignons, feuilles mortes, il y avait l'odeur douceâtre de toutes ces choses qui se décomposent et finissent par retourner à la terre. Je percevais aussi la présence de Ringo. J'avais l'impression qu'il marchait à côté de nous.

Bientôt, nous avons rejoint une partie de la forêt qui m'était plus familière. Les érables et les bouleaux avaient remplacé les épicéas. J'ai reconnu le chemin que nous avions emprunté à l'aller. Tala Yuna avait ralenti son allure. Elle marchait en inspectant le sol. Soudain, elle s'est baissée et a ramassé une grosse branche d'érable. Elle me l'a tendue.

— Vous allez la couper pour n'en garder qu'un morceau.

J'ai sorti mon couteau de marin de ma poche. Elle a secoué la tête avec un air dépité et tiré de son sac un couteau de chasse, une lame noire d'une bonne quinzaine de centimètres avec des dents de scie sur le dessus. J'ai reconnu le couteau de Tom.

Une fois la branche coupée, je lui ai rendu le couteau et j'ai brandi le morceau d'érable.

— Qu'est-ce qu'on fait à présent ?

— Vous le prenez avec vous. On va aller voir la mer.

Nous avons marché une bonne demi-heure avant d'arriver au-dessus d'une crique. La falaise était beaucoup moins haute qu'au niveau du lodge. On est descendu en sautant sur des rochers plats qui faisaient comme des marches immenses. J'avais toujours le morceau d'érable dans les mains et je me laissais guider sans rien dire. Elle a choisi un endroit entre deux rochers, a ouvert son sac et sorti sa trousse de cuir, le couteau de Tom et plusieurs petits fagots de feuilles séchées.

— Qu'est-ce que c'est ?

— De la sauge.

Elle m'a tendu le couteau.

— Vous allez sculpter dans la branche d'érable un bateau pour Ringo. Pendant ce temps, je vais allumer un feu. Ça va nous aider à purifier nos esprits et à protéger l'âme de Ringo en attendant qu'elle se délivre.

— Je vois, mais au niveau sculpture, je crains de ne pas avoir les compétences requises. Je ne suis pas très doué avec mes mains. Je peux plutôt dessiner si vous préférez. Ce sera certainement beaucoup mieux.

Elle a haussé les épaules.

— Je ne vous demande pas de faire une œuvre d'art. Seulement de tailler cette branche en forme de bateau. C'est une chose importante que vous pouvez faire pour Ringo.

J'ai saisi le couteau.

— Je n'ai jamais dit que je ne voulais pas le faire, juste que j'avais peur de ne pas savoir.

— On ne sait jamais avant de savoir.

Elle s'est levée pour aller chercher du petit bois. Et j'ai commencé à tailler la branche. Le bois était dur et j'essayais surtout de ne pas me planter la lame dans la cuisse. J'ai enlevé l'écorce et creusé l'intérieur comme si je voulais faire une pirogue. Quand elle est revenue, elle a allumé le feu. Elle s'est réinstallée à côté de moi.

— Mais dites-moi, Tala Yuna, pourquoi un bois si dur. On aurait pu prendre de l'épicéa ou de l'aulne. Ça aurait été plus facile.

— L'érable possède des propriétés particulières. Il accueille dans son essence bienfaitrice tous les blessés de la vie. C'est un bateau en bois d'érable dont Ringo a besoin.

Elle alimentait le feu en y jetant régulièrement des feuilles de sauge. Je voyais les flammes monter et descendre comme si elles étaient apprivoisées. Puis elle a fermé ses yeux en amande et ses lèvres se sont mises à bouger. On aurait dit qu'elle répétait sans fin une espèce de prière. Au bout d'un moment, elle a pris un fagot de branches de sauge, en a enflammé l'extrémité et s'est mise à l'agiter devant elle en dessinant des huit avec la fumée. J'ai reconnu de nouveau le symbole de l'infini.

De mon côté, j'avais pris mes marques et à présent, j'avançais vite et bien. J'étais même surpris du résultat. J'avais entrepris de tailler la coque. Je me souvenais des courbes du ketch de Sam. J'avais réussi à les reproduire assez fidèlement. Je tendais le morceau de bois à bout de bras et j'examinais la symétrie de la carène. Il y avait de quoi être fier. Pour les finitions, j'ai utilisé mon couteau de marin. Il était parfait pour égaliser les surfaces. Je me servais de l'épissoir pour sculpter les hublots et graver la ligne de flottaison. Toutes les choses trouvaient enfin leurs exactes places, leurs fonctions. Tout avait un sens. Je sentais quelque chose monter en moi. Qui sait? peut-être que moi aussi, j'étais en train de trouver ma place.

Le jour commençait à décliner quand Tala Yuna a posé sa main sur mon épaule.

— Il est très beau.

J'ai fait tourner le voilier dans mes mains. C'est vrai qu'il était beau. Mais je voulais qu'il le soit plus encore.

— Je n'ai pas fini.

Elle a souri.

— Ce n'est pas dans cette vie qu'on finit les choses.

Je suis resté cramponné à mon bout de bois.

— Il n'a pas de voiles. J'aimerais au moins qu'il ait une voile.

Elle m'a pris le voilier des mains, avec une grande douceur, puis mon couteau de marin. Avec la lame, elle a creusé un petit trou au milieu du pont et elle a enfoncé dedans un fagot de branches de sauge.

— Voilà, il est prêt à naviguer.

— Et on va en faire quoi ?

— On va le rendre à la mer. La marée va descendre. Ringo va pouvoir commencer son voyage.

On s'est levés et on s'est avancés sur un promontoire rocheux. J'avais le voilier en bois dans les mains et une pierre posée sur le cœur. Le sentiment surtout que je n'avais pas tout fait comme il fallait. Pourtant, le bateau était magnifique, j'y avais mis mes plus belles intentions. C'est quand on est arrivés au bout du promontoire que j'ai eu le déclic.

— Une minute. Il manque quelque chose.

J'ai sauté sur un rocher et j'ai ramassé une poignée d'algues que j'ai frottée sur la coque.

— Vert, il faut qu'il soit vert, ai-je crié en direction de Tala Yuna.

Quand j'ai lâché le bateau de Ringo, j'ai eu une appréhension. Il aurait pu gîter d'un côté ou d'un autre, finir par couler. Mais il flottait. Il flottait rudement bien même. La marée l'a entraîné tout droit vers le large, en même temps que le soleil se couchait derrière l'horizon. Je me sentais ému. Et mon émotion s'est accrue encore quand j'ai entendu Tala Yuna commencer la louange à Ringo. Elle regardait le voilier s'éloigner sur les flots. Sa voix était douce et chaude. Elle venait de son ventre et donnait l'impression d'être emportée vers le ciel par une myriade de fils de toutes les couleurs.

> « Créateur, Grand-Esprit, Ô Grand Mystère, Ô Très Sainte Mère Divine,
> Père Céleste, Terre-Mère, Sages Protecteurs des quatre directions,
> Esprits gardiens qui veillez sur nous, Grands-mères et Grands-pères, ancêtres qui avez marché sur la terre et vogué sur les mers avant nous,
> Écoutez ma prière et accompagnez Ringo.

Passager du vent et de l'océan.
Tu as traversé cette vie, le regard brillant de rêves, sous un ciel menaçant et sur une mer houleuse.
Ta simple présence a adouci les aspérités si coupantes de nos chemins quand ils ont croisé le tien.
Tu laisses sur l'océan un sillon de lumière.
Que la voûte céleste avec sa chaussée étoilée te guide dans cet ultime voyage.
Merci Ringo pour avoir su garder un cœur ouvert et une âme pure. Chaque battement de cœur que tu as rencontré, que tu as aimé est le chant éternel du tambour de la Vie que tu emportes avec toi. Aujourd'hui, tu es prêt à partir là où le soleil se fond dans l'océan, là où se rejoignent tous les univers.
Va chevaucher les vagues.
Que les baleines, les dauphins et tous tes frères et sœurs d'âme t'accompagnent.
Que les vents du grand large te soient favorables.
Va, capitaine.
Va.»

En rentrant au lodge, j'étais apaisé, léger, plus vivant. La lune s'était levée et éclairait notre chemin. J'imaginais Ringo sur son voilier vert, sous cette même lune blonde qui donnait ses couleurs à la nuit. Je me suis mis à sourire. Il était enfin capitaine pour de vrai.

# 8 Beaufort

*Tourbillons d'écume à la crête des lames.*
*Traînées de mousse.*

# CHAPITRE 25

Je dormais mieux. Je ne sais pas si les rituels de Tala Yuna avaient aidé Ringo à trouver son chemin, mais ils avaient eu un effet des plus apaisants sur la qualité de mon sommeil. Je me levais en pleine forme et je mettais plus d'enthousiasme dans les tâches du quotidien, fendre du bois, clouer des planches, faire la vaisselle. Il m'arrivait même de siffler en travaillant. Et quand Tom croisait mon chemin avec un regard circonspect, je lui répondais d'un sourire béat.

Tala Yuna venait de terminer la lecture d'un recueil de poèmes de Tor Jonsson et j'avais choisi pour elle, dans la bibliothèque de Tom, *Belle du Seigneur* d'Albert Cohen.

— Ouaw, il est épais celui-là, avait-elle commencé à dire.

— Je sais, mais il est indispensable, lui avais-je répondu. Vous verrez, c'est un roman comme il en existe peu. L'histoire d'amour de Solal et d'Ariane. Soyez attentive au style. À l'humour aussi.

— En échange, je vais vous apprendre à tirer au fusil et à chasser le cerf.

Je l'ai regardée un brin étonné. *Belle du Seigneur* contre un permis de tuer. Pour une fois, le deal ne me semblait pas des plus équilibrés.

Elle avait installé de vieilles boîtes de conserve sur des piquets de bois. Il fallait que je me campe sur mes deux jambes, le pied gauche en avant, que j'ajuste et que j'appuie sur la détente. Rien de très compliqué. Mais la première fois que j'ai pris le fusil en main, je n'ai pas pu m'empêcher de penser à Ringo. Je me disais que j'aurais pu lui faire la promesse de ne plus toucher une arme à feu. Ça aurait été la moindre des choses. Mais nous vivions dans un endroit sauvage et un flingue, pour les gens d'ici, c'était comme le prolongement de leur bras. Quelque part, j'étais bien obligé de suivre le mouvement.

Je n'étais pas un mauvais tireur. Tala Yuna regardait, en secouant la tête, les conserves faire des bonds sur leurs piquets à chaque fois que je tirais.

— Vous m'avez l'air plus à l'aise que l'autre fois quand vous visiez cet ours, a-t-elle dit.

— Je vous avoue que je préfère tirer sur des choses qui ne sont pas vivantes. Ça vous étonne ?

— Il faudra pourtant bien franchir le cap si vous voulez manger quelque chose de plus consistant que des palourdes et des ormeaux. Demain, on essaiera de débusquer un cerf. On verra bien comment vous vous comporterez.

Elle avait entamé *Belle du Seigneur* et l'avait adoré dès les premières pages. Un jour où nous nous exercions au tir, elle s'est mise à déclamer un passage.

— « Les autres mettent des semaines et des mois pour arriver à aimer, et à aimer peu, et il leur faut des entretiens et des goûts communs et des cristallisations. Moi, ce fut le temps d'un battement de paupières. Dites-moi fou, mais croyez-moi. Un battement de ses paupières, et elle me regarda sans me voir, et ce fut la gloire et le printemps et le soleil et la mer tiède et sa transparence près du rivage et ma jeunesse revenue, et le monde était né... »

— Je n'ai jamais rien lu d'aussi beau, a-t-elle ajouté en se tordant les mains.

Je n'ai pas répondu avant d'avoir envoyé une nouvelle boîte de conserve voltiger.

— Je vous l'avais dit. C'est un livre qu'il faut avoir lu.

Elle s'est éclairci la gorge. Je visais une autre boîte.

— Vous me ferez lire un de vos livres un jour ?

Un tressaillement. J'ai tiré. La balle s'est perdue je ne sais où. Certainement du côté d'Alpha du Centaure.

— Je ne les trimballe pas avec moi et c'est inutile de les chercher dans la bibliothèque de mon géniteur. Il n'a jamais été mon plus grand fan.

J'ai rechargé avec des gestes nerveux, tiré une nouvelle balle. En direction de Véga ou Sirius, cette fois. C'était difficile de dire. En tout cas, très loin de la boîte de conserve et de notre système solaire. J'ai tendu le fusil à Tala Yuna.

— Bon, j'en ai ras le bol. Je n'arrive plus à rien.

— Vous n'aimez pas qu'on vous parle de vos livres ?

— Non, pas après le chef-d'œuvre d'Albert Cohen. Ni après tous ceux que je vous ai fait lire, d'ailleurs. Ça vous étonne ?

Elle a inspecté le magasin et la chambre du fusil pour voir s'il ne restait pas une balle à l'intérieur.

— Vous voulez que je vous dise ? Vous manquez de confiance en vous.

— Vous allez encore me proposer un élixir, c'est ça ? Ou plutôt un nouveau rituel ?

Elle a serré les lèvres avant d'émettre un petit rire. Le temps que je m'interroge sur la signification de tout ça, elle était déjà repartie vers le lodge.

Puis le jour d'aller à la chasse est arrivé. Il faisait très froid. Nous sommes partis très tôt. Nous n'avions pas fait cent mètres que je l'interpellais déjà.

— Excusez-moi, mais je trouve ça déstabilisant.

Elle a ralenti son pas.

— Qu'est-ce que vous trouvez déstabilisant ?

— Le fait qu'une femme comme vous puisse tuer un animal aussi noble et extraordinaire qu'un cerf. Plus j'y pense, plus ça me tracasse.

Elle a repositionné son fusil sur son épaule.

— Pourquoi ? Pour vous, les palourdes et les bigorneaux ne sont pas des animaux tout aussi nobles et extraordinaires ?

— OK, je vois où vous voulez en venir. C'est une vision très stoïcienne. « La crinière du lion, l'écume qui coule de la gueule du sanglier... »

— Je ne vois pas de quoi vous parlez.

— Je vous ferai lire les *Pensées pour moi-même* de Marc Aurèle. Vous comprendrez. En gros, il dit que toutes les choses, même celles qui paraissent les moins nobles, du moment qu'elles sont engendrées par la nature participent à la beauté et à l'ordre du monde.

— Ça me semble évident. Comment vous avez dit qu'il s'appelait cet auteur ?

— Marc Aurèle, un empereur romain. Il vivait au IIe siècle après Jésus-Christ.

— Eh bien, c'était un homme sage.

— Certainement, mais du coup, je vous aurais imaginé plus facilement végétarienne.

— Pourquoi ? Il était végétarien, lui ?

— Je n'en ai aucune idée, mais bon...

— Vous devriez savoir que les plantes et les fruits sont tout aussi vivants que les cerfs et les palourdes. Le monde végétal participe aussi à l'ordre du monde. On est obligé de tuer pour se nourrir, mais on doit le faire en respectant la nature. Quand je tue un animal, je le traite avec tous les égards qu'il mérite et je le remercie pour cette vie qu'il m'offre. Je lui explique que je ne peux pas faire autrement, qu'un jour ce sera mon tour de mourir et que mon corps nourrira lui aussi le vivant. Je fais exactement pareil quand je cueille une baie ou quand je coupe un arbre. Je suis certaine que votre Marc Aurèle faisait la même chose. Alors Jonas, ça y est, vous vous sentez rassuré ? On peut reprendre notre route ?

Elle n'a pas attendu ma réponse et a retrouvé *illico* son allure de marche. Elle se penchait de temps en temps pour observer le sol tapissé de mousse avec une expression sérieuse et appliquée. Chaque fois, elle semblait recueillir des informations de la première importance. Je la suivais en silence. C'était une des consignes qu'elle m'avait données : « Pas de bruit et vous restez derrière moi ».

Nous avons marché le long d'un pierrier jusqu'à nous retrouver sur un promontoire rocheux qui offrait une vue panoramique sur l'autre versant de la montagne. Elle regardait le paysage en plissant les yeux. Une armée d'arbres chamarrés d'or luisaient sous le soleil levant. Des volutes de brume blanche s'accrochaient aux sommets lointains et rendaient le bleu du ciel encore plus bleu. Je n'ai pas pu m'empêcher de parler.

— C'est beau.

Elle s'est tournée vers moi, un doigt sur les lèvres. Puis m'a désigné un vallon en contrebas, entrecoupé de clairières. Au milieu de l'une d'elles, un cerf broutait. Elle m'a passé le fusil. Je me suis accroupi lentement, accompagnant le geste du plat de la main qu'elle faisait. J'ai épaulé. Le cerf était dans ma ligne de mire. Il a levé la tête. Il paraissait chercher quelque chose dans l'air. Peut-être avait-il senti notre odeur. Ou bien était-ce une des manifestations de l'instinct. Une prescience de la mort comme en ont parfois les animaux. Son poitrail était blanc, très lumineux. Je savais que c'était là qu'il fallait viser. Ma position de tir était stable. Un genou à terre, crosse du fusil bien calée dans le creux de l'épaule. Mon corps était relâché, mon doigt sur la détente, assuré. Je ne tremblais pas, comme la dernière fois avec l'ours. J'étais apte à donner la mort et tout d'un coup, ça m'a semblé inconcevable.

Le coup de feu a claqué et résonné sur les crêtes et les vallons. Le cerf a regardé le sol à l'endroit où j'avais visé. Puis il a tourné la tête dans ma direction. Nos regards se sont croisés. Il a pivoté sur ses pattes arrière avant de disparaître sous le couvert des arbres. Sans se presser plus que ça.

— OK, j'ai compris. On va chercher des racines de pomme de terre sauvage et des palourdes, s'est contenté de dire Tala Yuna en me reprenant le fusil des mains.

Je n'ai rien répondu. Je lui ai simplement adressé un sourire qui devait se rapprocher davantage d'une grimace. Comme beaucoup, j'étais attiré par la vie sauvage, mais je n'étais pas mécontent non plus d'appartenir encore à la civilisation.

Sur le chemin du retour, on est tombé sur des baies.

— Ce sont les toutes dernières de l'année, s'est exclamée Tala Yuna.

On a posé le fusil et on s'est mis à les cueillir. On en mangeait une sur deux, mais on a quand même fini par remplir une sacoche. J'avais conscience que ces baies sauvages étaient le dernier salut que nous faisait l'automne, avant l'hiver. Avec lui, viendrait la neige, la pénombre bleue, le froid plus saisissant encore. Surtout, nous serions coincés sur cette île jusqu'au printemps prochain. Et je ne savais plus si c'était toujours ce que je désirais.

Tout me manquait de ma vie d'avant. La voix de mon éditeur au téléphone. Le confort de mon appartement. Les salons littéraires. Les confrères écrivains qui me tenaient la jambe jusqu'au petit matin. Les lectrices et leur enthousiasme. Les journalistes qui ne lisaient pas les livres. Les tournées de promotion me manquaient. Le silence et le bruit me manquaient. Même Élisabeth me manquait.

— Jonas, vous n'avez pas l'air d'aller, s'est inquiétée Tala Yuna. J'espère que ce n'est pas à cause de cette histoire de cerf. Ça n'a pas d'importance, vous savez.

Je n'ai pas répondu. Je suis allé m'enfermer dans ma chambre. Là-bas, le monde était vaste mais accessible, familier. Ici, j'étais sur une île minuscule perdue au milieu de l'océan et tout me dépassait. Tout m'était étranger. Même l'homme qui était mon père était un étranger. Tala Yuna ? Je ne comprenais pas son fonctionnement. Une femme sauvage évoluant au sein d'une nature sauvage. Ici, on tuait des animaux, des gens mouraient. Là-bas, on avait fait disparaître jusqu'à l'idée même de la mort.

Je suis resté dans ma chambre jusqu'au lendemain matin. Je croyais avoir pris une décision quand en sortant du lodge, je l'ai aperçue accoudée à la rambarde de la galerie. Devant elle, la mer était déjà formée. Le vent arrachait des *tourbillons d'écume à la crête des lames*. Des traînées de mousse dessinaient un écheveau de lignes blanches sur la surface noire de l'eau comme un gribouillage à la craie sur une ardoise d'écolier. Elle s'est retournée et quand elle m'a souri, je ne savais déjà plus ce que je pensais vraiment.

— Ça va mieux? a-t-elle demandé.

Ça non plus, je n'en savais rien. J'ai quand même hoché la tête. *Belle du Seigneur* était posé sur une chaise à côté d'elle.

— Je ne suis pas certaine d'aller jusqu'au bout, a-t-elle dit.

— Vous n'aimez plus?

— Ce n'est pas ça. C'est toujours aussi beau, toujours aussi bien écrit. Mais je n'apprécie pas la façon dont Solal soumet Ariane. La dévotion absurde qu'elle lui porte. Je crois que ces deux-là ne s'aiment pas pour de bonnes raisons.

Je me suis accoudé à côté d'elle.

— Je crains qu'on ne s'aime jamais pour de bonnes raisons. D'ailleurs, je pense qu'il faut tout sauf des bonnes raisons pour s'aimer.

Des mouettes et des goélands planaient au-delà de la falaise. On les voyait passer à hauteur d'œil dans le ciel de plomb. Parfois un macareux se joignait à leur danse.

— Vous voulez que je vous trouve un autre livre?

— Non, je vais continuer malgré tout. Il y a un charme étrange qui opère quand on lit ce roman. Il y a plein de phrases qu'on peut lire à haute voix, qui sont comme de la poésie.

Elle a attrapé le livre, l'a ouvert à une page qu'elle avait marquée d'une feuille d'aulne.

— « Elle lui tendit les mains. Il les prit, et il plia le genou devant elle. Inspirée, elle plia le genou devant lui, et si noblement qu'elle renversa la théière, les tasses, le pot à lait et toutes les rondelles de citron. Agenouillés, ils se souriaient, dents éclatantes, dents de jeunesse. Agenouillés, ils étaient ridicules, ils étaient fiers et beaux, et vivre était sublime. »

Je l'ai écoutée et je n'avais plus du tout envie de rentrer sur le continent. Il y avait le vent, la mer déchaînée, les mouettes et les goélands. Il y avait le froid piquant et vivifiant. Il y avait surtout Tala Yuna, ses cheveux qui volaient et ces mots qu'elle avait choisis dans *Belle du Seigneur*. Je me sentais ridicule, mais étrangement vivant. Elle était fière et je la trouvais belle. Si seulement Albert Cohen avait raison. S'il suffisait de le décréter pour que vivre puisse être enfin sublime.

# CHAPITRE 26

Tom est parti chasser avant que je me lève. Quand il est revenu, la matinée touchait à sa fin. Il transportait sur son dos les deux cuissots d'un cerf.

— On aura à manger pour un moment. J'ai prélevé aussi le foie et les filets.

Il a déposé tout cela sur le plancher de la galerie. Je lui en voulais d'étaler toute cette viande d'une façon si obscène. Je regardais le sang qui coulait encore. J'espérais que ce n'était pas le même cerf que celui que j'avais épargné.

— Il y a un gros congélateur dans le cellier, a dit Tala Yuna. On va pouvoir le brancher et y conserver la viande.

Tom a levé ses mains ensanglantées dans un geste de contrariété.

— J'ai oublié de te dire que la cuve qui alimente le groupe électrogène est presque vide. On ne passera pas l'hiver avec. On va devoir retourner au port pour se ravitailler en gazole. On remplira des jerricans et, au passage, on fera le plein du bateau.

Le front de Tala Yuna s'est plissé.

— Le port de l'île Verte, tu veux dire?

— C'est le plus près.

— OK, mais il va falloir attendre que la météo se calme. La mer est formée en ce moment. Ce serait prendre un trop grand risque.

Tom s'était accroupi et admirait les pièces de viande.

— En même temps, il n'y aura aucun autre bateau sur l'eau. Je pense que nous devons tenter le coup. On peut amarrer le *Laïos* au ponton d'une villa et aller jusqu'au port à pied pour vérifier que le voilier de Sam n'est pas à quai. S'il n'est pas là, on retournera chercher notre bateau et on fera le plein. On pourra même faire quelques courses. Je crois qu'on a besoin d'un tas de choses. On n'est pas obligé non plus d'y aller tous les trois. Je peux me débrouiller seul, je l'ai fait toute ma vie. Je partirai demain matin.

— Je viendrai avec toi. Avec cette mer, on ne sera pas trop de deux, a répondu Tala Yuna.

Je me suis approché d'eux.

— Hors de question que je reste seul ici. Je viens avec vous.

Ils m'ont regardé tous les deux d'un air amusé.

— En plus, ça me fera du bien, ai-je ajouté. J'ai envie de m'aérer, voir d'autres têtes. Je commence à en avoir ras le bol de cette île.

Près de trois semaines s'étaient écoulées depuis que j'étais arrivé dans la région des mille et une îles. J'avais le sentiment que ça faisait des années.

Pendant que Tom remplissait le congélateur, je suis allé retrouver Tala Yuna sous la galerie. J'avais envie de prolonger la discussion que nous avions à peine esquissée, quelques heures auparavant. Elle venait de terminer de laver à grandes eaux les taches de sang sur le plancher de la galerie.

— Vous êtes quand même une drôle de femme, lui ai-je dit, alors qu'elle rangeait seau et serpillière.

Elle s'est mordillé les lèvres.

— Vous venez vous balader avec moi ?

Nous sommes partis en direction de la falaise. On entendait le sifflement aigu des oiseaux de mer qui se mélangeait à la rumeur du ressac, et le cliquetis des galets s'entrechoquant dans les vagues.

— Pourquoi, une drôle de femme ? a-t-elle fini par me demander.

— Farouche, solitaire, inattendue.

J'avais envie que ce soit elle qui parle. J'ai laissé s'installer un silence.

— C'est peut-être parce que je n'attends rien. Je me contente de déposer mon souffle dans celui du vent. J'imagine que vous n'avez pas l'habitude.

Je l'ai observée. Son profil hâlé se découpait sur le camaïeu de gris du ciel et de la mer emmêlés.

— Vous êtes sûre que vous n'attendez rien ?

Elle s'est baissée, a ramassé une pierre.

— Vous voyez cette pierre ? Quand les glaces auront fondu et que les océans recouvriront les forêts, lorsque le soleil aura brûlé la terre et que les hommes ne seront plus que poussière, les pierres seront toujours là. À veiller sur le silence et sur ce qui restera du monde. Il n'y a que deux choses qui existent : l'instant et l'éternité. Et nous ne sommes pas des pierres. Notre vie se joue dans l'instant. Vous comprenez, Jonas ? Il n'y a rien à attendre. Il faut simplement vivre.

— C'est un peu désespéré, non ?

— Pourquoi désespéré ? Au contraire, ça donne envie de regarder pour voir vraiment, de plonger son corps dans la mer, ses mains dans la terre, d'écouter la respiration du monde. Ça attise l'appétit de vivre.

J'ai cru voir naître sur ses lèvres un sourire.

— Vous savez ce que signifie mon prénom en amérindien ?

— Vous m'avez dit l'autre jour que la traduction de « Tala » était « louve ».

Elle a salué ma mémoire en inclinant lentement la tête. J'ai poursuivi :

— Mais vous ne m'avez pas expliqué ce que signifiait « Yuna ».

— Tala Yuna est le prénom qui figure sur mes papiers d'identité. Mais mon véritable prénom, celui que m'ont donné mon père et ma mère à ma naissance, est Tala Tiva Huyana. « Tiva » veut dire « danse » et « Huyana », « sous la pluie qui tombe ». Je suis donc littéralement « la louve qui danse sous la pluie qui tombe ».

Il y avait une flaque d'eau devant nous. Elle a sauté dedans à pieds joints comme une enfant mutine et c'était comme si elle sautait dans le ciel inversé. Elle a commencé à danser en chantant doucement. D'abord, un enchaînement de syllabes qui venait du ventre, puis sa voix s'est posée deux tons plus haut. Elle a effectué plusieurs pas balancés et la flaque chantait et dansait elle aussi. J'avais l'impression que dans cet environnement gris de fer Tala Yuna créait de la lumière. J'ai regardé de plus près. Je faisais fausse route. Ce n'était pas de la lumière qu'elle créait, c'était de la vie.

— Vous devriez danser vous aussi. La danse est une prière, la plus haute forme d'expression spirituelle que je connaisse.

J'ai hésité et je me suis lancé. J'ai commencé par balancer mes épaules, elle a ri en cascade.

— Un ours ! Jonas, vous ressemblez à un ours.

Quand on a repris notre balade, quelque chose avait changé entre nous. Je n'arrivais pas à savoir ce que c'était. Ce n'est qu'au bout d'une centaine de mètres que j'ai compris. Nous avions gagné en proximité. Nous marchions en nous frôlant presque. Parfois, j'arrivais même à sentir, à travers l'épaisseur de sa parka, la chaleur de son corps.

— On ne vivrait donc que dans l'instant. Et cette histoire de passage que vous m'avez raconté au sujet de Ringo ? Ça signifie bien que pour vous il existe autre chose. Un temps plus long, un ailleurs...

Je n'avais plus envie de jouer avec le silence. Je pense que j'avais surtout envie que notre conversation ne se termine jamais.

— Oui, un ailleurs. C'est le bon mot. Les âmes ne meurent pas, mais elles ne sont déjà plus nous. Vous aurez remarqué que nous sommes plus qu'une âme. Nous sommes aussi des corps. Quand je vous parlais de l'instant, je parlais de ce que nous sommes actuellement. Ce qui est ici et maintenant. Et ce n'est que dans l'instant présent qu'on a accès à la grande Vie.

J'ai mis un coup de pied dans un caillou.

— Eh bien, c'est compliqué, votre affaire. Je crois que je ne comprendrai jamais.

Elle a ri de nouveau.

— C'est normal, c'est peut-être trop abstrait pour un ours.

On a continué à marcher jusqu'à l'endroit où la falaise s'affaissait vers la mer. Puis, on est revenu sur nos pas, en direction du lodge. J'avais soudain envie d'en savoir un peu plus sur elle. Ringo m'avait donné certaines informations, mais je voulais les entendre de sa voix.

— Comment êtes-vous arrivée jusqu'ici? La région des mille et une îles. C'est vraiment le bout du monde.

— À l'époque, nous habitions à Biloxi dans le Mississippi. Mes parents venaient du Nord. Ils avaient tous les deux des origines lakotas. Mon père était dans la marine marchande. Il embarquait sur des cargos et partait des mois sillonner toutes les mers du globe. Ma mère faisait des ménages pour une chaîne de motels. C'est elle qui m'a appris certaines des choses que je connais. Elle concoctait des tisanes pour soigner les gens du quartier, elle organisait des rituels pour les grands passages. C'était une personne extraordinaire, qui a reçu toute une tradition sacrée de son père qui était un Haokah.

— Un quoi?

— Un Haokah. Un clown chaman. Dans sa communauté, il était un être vénéré qui faisait le lien entre les hommes et les esprits de la nature. En cela, il était maître des rituels et homme-médecine. Mais il était aussi ce qu'on appelle «un contraire». Il faisait les choses à l'envers de tous les autres. Il riait quand il était triste et s'il était heureux, il pleurait. Quand les gens se battaient, il dansait et il hurlait à la mort s'ils se mettaient à chanter.

Je me suis raclé la gorge.

— Votre grand-père était un peu...

— Non pas du tout cinglé. Il faisait tout cela en pleine conscience, exactement comme doit agir un Haokah. En faisant de la sorte, il force les autres à se poser des questions sur ce qu'ils font et sur le sens profond de ce qu'ils sont. Il les oblige à regarder les choses d'une manière différente. C'est une façon de guérir les autres douleurs, celles qui ne sont pas seulement physiques.

— Il guérissait les corps avec des plantes et soignait les âmes avec des farces?

— On peut le dire comme ça.

— Vous savez, Tala Yuna, le clown a toujours eu une fonction secrète, celle de nous mettre face à notre humanité et à nos contradictions. Ça ne m'étonne donc pas que votre peuple ait voulu associer ces deux fonctions. Clown et chaman. Vous avez dû avoir une enfance merveilleuse.

Elle s'est rembrunie.

— Pas vraiment. Ce grand-père, je ne l'ai jamais connu. Et le jour où ma mère s'est fait renverser par une voiture sur la route d'Ocean Springs, il n'y a pas eu d'Haokah au cimetière pour contrebalancer la tristesse que mon père et moi ressentions. Nous nous sommes retrouvés, tous les deux, désemparés et seuls au monde. J'étais encore une enfant, mon père a décidé de chercher un travail plus stable. Il ne pouvait plus partir sur les bateaux, comme avant. Un des officiers avec lesquels il avait navigué pendant des années venait de racheter un chantier naval. C'était loin de chez nous, mais on est parti quand même. J'ai abandonné l'école où j'étais une très bonne élève. J'ai quitté mes amis et on a changé complètement de vie. Il a cru que ce serait une bonne idée.

— Et ça n'en était pas une?

— Il a trouvé la mort en travaillant sur ce chantier et moi, j'ai rencontré le diable.

On en revenait toujours à Sam. Par moments, j'arrivais presque à oublier son existence, sa présence menaçante de l'autre côté de l'horizon. Je regardais la mer, les îles lointaines ourlées d'un ruban d'écume quand les premières gouttes de pluie se sont mises à tomber. Je me suis arrêté au milieu d'une flaque d'eau. C'était peut-être la même que celle dans laquelle nous avions dansé à l'aller. J'ai regardé mes pieds. J'ai laissé passer quelques secondes, puis j'ai lentement écarté les bras et j'ai commencé à tourner sur moi-même. Tala Yuna m'examinait en fronçant les sourcils. Ses yeux mal alignés essayaient de débusquer quelque chose. Puis, ils ont dérapé et elle a souri.

— Qu'est-ce qui vous arrive? Vous vous prenez pour un Haokah?

Je lui ai tiré la langue et je me suis mis à tourner encore plus vite. Elle s'est décalée à quelques mètres et s'est mise à virevolter à son tour. L'averse s'était renforcée. Elle brouillait la mer, estompait toujours plus la lumière. Nous tournions et tournions sur nous-mêmes en riant, le visage levé vers le ciel, nous saoulant d'eau de pluie, comme des enfants perdus.

Quand je me suis arrêté, j'ai eu des difficultés à retrouver mon équilibre. Elle était à côté de moi, solidement campée sur ses deux pieds, silencieuse, indéchiffrable. Elle a sorti son bonnet de sa poche, l'a enfoncé sur son crâne et elle a fait un mouvement de la tête en direction du lodge.

La pluie était devenue mousseuse et blanche. Nous avions parcouru la moitié du chemin du retour. Je croyais que nous en avions terminé avec les mots, quand j'ai remarqué que son corps se tendait. Elle a ralenti son pas et elle m'a demandé :

— C'est qui Élisabeth ?

— Qui vous a parlé d'elle ?

— Vous avez crié son prénom, la nuit dernière, pendant votre sommeil.

J'ai redressé le col de ma parka encore plus haut. Je n'avais pas envie qu'elle puisse voir mon visage.

— C'est ma femme.

Elle a baissé les yeux, songeuse, puis elle s'est remise à marcher. Je me suis mis en mouvement à mon tour. Je ne voulais pas perdre son pas.

— Vous avez des enfants ? a-t-elle fini par demander.

— Non.

— C'est en projet, alors ?

— Non plus... Elle vient de me quitter.

J'ai senti qu'elle ralentissait de nouveau. Oh, ce n'était presque rien. Un de ses pieds qui était resté une demi-seconde de plus suspendu en l'air, comme s'il hésitait sur la direction à prendre.

— Je suis désolée.

— Ne le soyez pas. Elle est neurochirurgienne.

Elle m'a envoyé un regard brillant.

— Je ne vois pas le rapport.

— Elle est spécialiste du cerveau. Une des meilleures de la planète. Disons que j'aurais préféré qu'elle soit spécialiste du cœur.

Derrière le col de sa parka, j'ai cru deviner un sourire. La pluie s'intensifiait. Elle a réajusté son bonnet.

— On court?

Je n'ai pas eu le temps de répondre. Elle avait déjà bondi en avant. Je la regardais sauter dans les flaques, traverser le voile gris-argent que formait la pluie. Je trouvais qu'elle le portait drôlement bien, son prénom indien. Tala Tiva Huyana, *la louve qui danse sous la pluie qui tombe.*

# CHAPITRE 27

La pluie avait cessé, mais le temps était resté couvert. C'était au tour de Tom de faire la vaisselle. Tala Yuna s'était postée devant une fenêtre. Elle regardait la mer de nuages qui enveloppait notre île. Soudain, j'ai eu l'impression qu'elle venait d'avoir une idée. Je l'ai vue commencer à s'agiter. Elle a pris sa parka et son sac à dos et elle est sortie. Par la fenêtre, je la suivais des yeux. Elle s'est dirigée vers l'appentis, a fait pivoter la porte. Tom est arrivé derrière moi avec un chiffon dans les mains, il essuyait un verre.

— Qu'est-ce qu'elle fabrique encore?

Je lui ai répondu que je ne savais pas. On la voyait se démener à l'intérieur du réduit. Elle faisait de grands mouvements avec les bras comme si elle cherchait quelque chose. Au bout d'un moment, elle a fini par extirper de longs rouleaux qui ressemblaient à des tapis. Elle les a tirés jusqu'au milieu de la cour.

— Putain, c'est quoi? ai-je laissé échapper.

— Des peaux de cerfs. Je les ai vus l'autre fois quand je suis allé remettre en marche le groupe électrogène. Ça doit faire un sacré bail qu'elles ont été remisées là. Elles sont à moitié bouffées par la vermine. Je ne vois pas ce qu'elle veut faire avec.

Elle les a dépliées, inspectées, puis elle les a roulées plus serrées, avant de les mettre sous son bras et de prendre le chemin qui menait à la forêt.

— Elle est bizarre, cette fille, non?

Tom a jeté le chiffon sur son épaule, levé le verre dans la lumière pour en vérifier la transparence.

— Bah, c'est Tala Yuna. Elle est comme ça. Faut pas toujours chercher à comprendre.

Je me rappelais les mots que j'avais employés, le matin même, pour la caractériser. Farouche, solitaire et inattendue. On ne peut pas dire que je m'étais beaucoup trompé.

Tom est reparti à la cuisine. Tala Yuna arrivait à l'orée de la forêt avec son encombrant fardeau. Je suis resté immobile devant la fenêtre, à la regarder s'enfoncer sous le rideau des arbres.

Elle est revenue trois heures plus tard. Sans les peaux et sans son sac à dos. Tom était parti vers la falaise. Il s'était mis en tête de trouver des œufs de mouette pour le repas du soir. Elle a ouvert la porte du lodge et s'est plantée devant moi.

— Enfilez votre parka. Je vous ai préparé quelque chose.

J'étais en train de chercher dans la bibliothèque une alternative à *Belle du Seigneur*. Je ne voulais pas qu'elle se lasse. J'hésitais entre *L'Amour au temps du choléra* de Gabriel García Márquez et *Demande à la poussière* de John Fante.

— Jonas, laissez tomber vos bouquins et venez, je vous dis.

J'ai cru un instant qu'elle allait croiser ses bras sur sa poitrine et taper du pied sur le plancher pour me signifier son agacement.

— Vous m'avez préparé quoi au juste?

— Vous verrez. Si je vous le dis à l'avance, vous risquez de trouver une excuse pour ne pas venir.

J'ai reposé les livres dans la bibliothèque.

— Ouaw, ça promet!

Je devais être à moitié cinglé parce que j'ai enfilé ma parka et je suis sorti derrière elle.

— Je vous préviens, on a un peu de marche.

Avec elle, ça commençait souvent par un peu de marche. Le vent était bleu et glacé. Je n'ai pas posé plus de questions que ça. En entrant dans la forêt, on a pris vers l'est, ce n'était pas la direction qu'on prenait habituellement quand on allait cueillir des baies ou ramasser des champignons. Une nouvelle fois, je n'ai rien demandé. Je ressentais un plaisir étrange à me laisser guider par cette fille. Un lâcher-prise comme si j'étais sous le coup d'une séance d'hypnose ou d'un sniff de kétamine.

Au bout d'une demi-heure de marche et de silence, nous sommes arrivés devant une rivière tumultueuse et bouillonnante. Elle dégringolait depuis une gorge escarpée dans un vacarme d'écume. J'ai mis ma main dans l'eau. Elle était gelée et transparente comme du cristal. En aval, on devinait des rapides qui laissaient échapper des nuages de vapeur.

— On va à la pêche, c'est ça?

Elle n'a pas répondu, s'est contentée de désigner un amas de rochers un peu à l'écart. J'ai aperçu les peaux de cerfs qui dépassaient juste derrière. Elle avait construit une espèce de hutte qui avait la forme d'un igloo. Elle était appuyée contre les rochers, à l'abri d'un bosquet de grands cèdres. Elle a parlé enfin.

— Je vous propose une cérémonie de la fumée, ou une fumigation, si vous préférez. Ça va vous permettre de vous purifier et de finir d'éliminer les énergies négatives qui sont en vous.

— Bon sang Tala Yuna, je n'ai plus d'énergies négatives.

— Ça, c'est ce que vous croyez.

Elle a soulevé une des peaux pour découvrir l'entrée de sa hutte et fait un mouvement de tête pour m'inviter à entrer. À l'intérieur, c'était exigu. Je ne pouvais même pas tenir debout, j'avançais plié en deux. Elle avait fabriqué la structure avec des bois flottés. Au centre, il y avait un cercle de pierres qui contenait un petit bûcher de branchages et de bois mort. Sous mes pieds, son tapis de selle en laine tissée beige. Un peu plus loin, j'ai reconnu son sac à dos en toile kaki. Elle s'est assise à une extrémité du tapis.

— On va d'abord faire brûler du cèdre. Il apporte harmonie, pureté et sérénité. Il est le symbole de l'équilibre. Il éloigne aussi les mauvais rêves.

— Les mauvais rêves? C'est parce que vous m'avez entendu crier le prénom de ma femme?

— Jonas, la nuit, on vous entend dans tout le lodge, et vous ne criez pas que le prénom de votre femme.

J'ai senti que je rougissais, mais elle ne m'a pas laissé le temps de m'épouvanter plus longtemps.

— Ensuite, on utilisera de la sauge. Sa fumée libérera les énergies négatives. Elle est capable de purifier même les fibres les plus intimes de l'aura.

Pendant qu'elle parlait, elle avait ouvert son sac. Elle en a extrait un sachet d'herbes sèches, des morceaux de bois bruns et une coquille d'ormeau.

Elle a allumé le feu. La fumée s'échappait par une ouverture au sommet de la hutte. Elle m'a lancé un sourire satisfait comme si elle voulait me dire que le plus gros du travail était accompli. Puis elle a pris un des morceaux de bois bruns, a allumé une de ses extrémités, attendu qu'une braise rouge se forme avant d'en éteindre la flamme. Le bois continuait de se consumer et j'ai senti aussitôt le parfum boisé du cèdre imprégner l'espace et se substituer à l'odeur moisie du cuir. Elle répandait la fumée autour de moi en faisant des mouvements avec ses mains. Ses lèvres bougeaient. Je me laissais guider par le murmure de sa voix, rapidement, je me suis arrêté de penser. J'étais là sans être là. Une sensation de plénitude m'a envahi. Mais ça, je ne m'en suis rendu compte que plus tard, quand je suis sorti du silence intérieur dans lequel j'étais plongé. Je ne sais pas combien de temps ça avait duré. C'était comme si je me réveillais d'un rêve. Le morceau de cèdre était presque entièrement consumé, elle l'a troqué contre la coquille d'ormeau qu'elle a aussitôt rempli de feuilles de sauge. Certaines feuilles n'étaient pas complètement sèches. Elle les a enflammées et ça a fait comme un feu d'artifice miniature. L'odeur était différente de celle du cèdre, plus musquée, moins résineuse. Dans la hutte, il faisait doux, presque chaud.

J'ai su que la cérémonie était terminée quand j'ai entendu sa voix retentir plus distinctement.

— Comment vous sentez-vous, Jonas ?

J'ai ouvert les yeux.

— Très bien. Je vous remercie. Il me semble que j'ai les idées plus claires, le corps plus léger.

Elle a levé la main et jeté une poignée de feuilles de sauge au milieu du feu.

— Je vais vous laisser. Vous pouvez rester encore un peu, si vous voulez. Vous trouverez dehors une réserve de bois mort.

Quand la peau de cerf s'est rabattue derrière elle, j'ai regretté sur-le-champ de l'avoir laissée partir. La fumée dégagée par la sauge a commencé à envahir doucement l'espace, faisant monter la chaleur de quelques degrés supplémentaires. Soudain, j'ai eu envie de me déshabiller. Je voulais sentir la fumée sur mon corps, qu'elle imprègne chaque pore de ma peau. J'ai passé la tête par l'ouverture. Tala Yuna avait dû rentrer au lodge. Je me suis dit que j'avais encore le temps avant que la nuit ne tombe. J'ai récupéré la brassée de bois qu'elle avait laissée à l'extérieur et j'ai alimenté le feu. Quand la chaleur est devenue presque intenable, je me suis mis entièrement nu et je me suis allongé sur le tapis. Dehors, le vent était tombé. J'entendais le chant de la rivière. Je me suis assoupi presque immédiatement.

Quand j'ai ouvert les yeux, elle était couchée à côté de moi, nue elle aussi. Je n'ai pas compris tout de suite ce qui se passait. J'ai voulu dire quelque chose, mais elle a posé son index sur mes lèvres. Elle avait détaché ses cheveux. Ils étaient longs et soyeux. Son corps avait la couleur de l'ambre. Le creux de ses reins proposait des reflets plus dorés encore. Je n'arrivais pas à détourner le regard. Elle s'est avancée plus près et j'ai touché sa peau. Elle était brûlante. Sa transpiration sentait le cèdre et la sauge brûlée, mais aussi le pain d'épices et le parfum minéral des pierres qui tapissent le lit des rivières. Elle a approché sa bouche de la mienne. Son souffle s'est posé sur mes lèvres. Nos dents se sont heurtées. J'ai basculé sur le dos. Elle s'est avancée au-dessus de moi. Le rideau de ses cheveux masquait le plafond de la hutte. Mais je le savais déjà, je le percevais, dehors, l'obscurité avait étendu son voile sur le monde. Je caressais ses seins, ses hanches. Son corps était devenu mon ciel, et les minuscules gouttes de sueur qui brillaient sur sa peau, un brasillement d'étoiles.

# 9 Beaufort

*Grosses lames déferlant en rouleaux.*
*Tourbillons d'embruns arrachés aux lames.*

# CHAPITRE 28

*Des tourbillons d'embruns étaient arrachés aux grosses lames qui déferlaient en rouleaux.* Le *Laïos* était ballotté, secoué, bousculé, mais il gardait son cap. Nous avions pris la mer à la première heure du jour. Tom avait prophétisé que plus la journée avancerait, plus le temps se gâterait. Une houle de travers venait de se lever.

On était tous les trois dans la timonerie. Tom agrippé à sa barre, Tala Yuna et moi assis de chaque côté d'une banquette, nous inquiétant de la violence toujours plus grande des paquets de mer qui s'écrasaient sur les vitres et les hublots.

Depuis la nuit que nous avions passée ensemble, rien n'avait changé entre nous et en même temps, plus rien n'était pareil. Nous étions rentrés au lodge à l'aube, en silence. Ce n'était pas la gêne qui scellait nos lèvres. Je dirais plutôt que nous profitions du moment. Nous essayions de capter le plus infime détail, de graver en nous le souvenir de chaque sensation, chaque frisson, chaque caresse échangée. Nous n'avions pas dormi cette nuit-là. À peine avions-nous regagné nos chambres respectives que Tom se levait déjà. Je ne sais pas s'il nous guettait, s'il nous avait entendus rentrer ou si c'était simplement l'heure qu'il avait choisie pour le départ. Il a préparé le café avant de nous appeler d'une voix ferme. Il m'aurait sûrement laissé cinq minutes pour prendre une douche, si je lui avais demandé, mais je ne l'ai pas fait. Je me suis contenté de changer de vêtements. Je préférais garder sur ma peau le parfum de cèdre et de sauge. Le goût salé des baisers de Tala Yuna.

Le bateau tapait de plus en plus fort. On entendait le martèlement des vagues sur la coque, le feulement du vent qui se prenait dans la structure métallique du taud, là-haut sur le pont supérieur. Je me suis levé pour avoir une meilleure idée de la situation. Quand le bateau basculait au-dessus d'une crête, on apercevait, avant qu'il ne plonge dans l'écume blanche, une colonne de nuages lourds et cotonneux qui s'entassaient devant nous et barraient l'horizon. Il me semblait qu'ils étaient en train de changer de couleur.

— Ils vont bientôt virer au bleu pétrole, puis au violet et enfin au noir, a dit Tom.

J'avais l'impression parfois qu'il lisait dans mes pensées.

— Vous êtes sûr qu'on va pouvoir passer ?

— Ça risque d'être plus compliqué que prévu. Mais on devrait y arriver. Le *Laïos* est un bateau plus solide qu'il n'y paraît.

Je voyais son profil. Son front bombé sillonné de rides. Les pattes-d'oie qui entouraient ses yeux. Je me demandais pourquoi je m'escrimais encore à lui parler. Depuis que je l'avais retrouvé, il m'avait envoyé balader un nombre incalculable de fois. Et inlassablement, j'y revenais, à croire que j'y prenais un malin plaisir.

— Pourquoi ce nom ? *Laïos*. Ça vient de la mythologie grecque, non ?

— C'est un nom qui n'arrêtait pas de me trotter dans la tête. Je l'avais lu dans un livre, mais je ne savais plus dans lequel. Quand j'ai acheté ce bateau, ça s'est imposé à moi. Je ne pouvais pas l'appeler autrement. Le *Laïos*. Ça sonnait bien. Parfois, c'est l'inconscient qui parle.

Il m'a lancé un clin d'œil. Je ne comprenais pas de quoi il voulait parler. Je m'efforçais de resituer ce nom, *Laïos*, mais je n'y arrivais pas. C'était peut-être dans l'*Iliade* ou dans l'*Odyssée*. Son regard sur moi s'est fait plus pesant.

— Alors, tu ne trouves pas ? Ça ne m'étonne pas. J'imagine que la culture classique, ça ne doit pas t'évoquer grand-chose.

Je n'ai pas relevé. Je commençais à avoir l'habitude. Je me suis contenté de secouer la tête.

— Laïos était le père d'Œdipe. Tu ne trouves pas ça marrant ? J'espère que ce n'est pas un signe. Tu te rappelles l'histoire ? L'oracle de Delphes prédit à Œdipe que sa destinée est de tuer son père. Œdipe fuit de Corinthe pour éviter que la prophétie se réalise. Il rencontre sans le savoir son père sur une route, les deux hommes se disputent, le fils tue le père. J'espère que tu n'es pas venu jusqu'ici pour m'assassiner.

J'ai failli lui répondre qu'il aurait mieux fait d'appeler son bateau *Cronos*, du nom de ce Titan qui dévorait ses enfants au fur et à mesure qu'ils naissaient. Mais je ne lui ai rien dit. J'ai préféré regarder le ciel étirer ses noirs, ses gris.

Quand je suis revenu vers la banquette, j'étais déjà passé à autre chose. En fait, tout ça n'avait plus la moindre importance. Quelque chose avait changé, j'avais réussi enfin à me débarrasser du poids du passé. La quête dans laquelle je m'étais lancé n'avait plus de sens. Je pouvais à présent regarder l'avenir en face, sans trembler. Certes, il y avait encore tout un tas de questions qui se bousculaient dans ma tête, mais elles n'étaient plus du même ordre. J'avais éloigné de mes nuits les rêves les plus mauvais. Je me suis assis, mais cette fois-ci juste à côté de Tala Yuna. J'ai attendu un roulis opportun du bateau et j'ai posé ma main sur la sienne.

Nous sommes arrivés en vue des côtes de l'île Verte en fin de matinée. Comme l'avait prévu Tom, nous n'avions croisé aucun autre navire et le *Laïos* avait parfaitement tenu le choc.

— On fait comme on a dit. On trouve un ponton libre, on accoste et on va jusqu'au port à pied. Une fois arrivés là-bas, on s'assure que Sam n'est pas dans les parages et on revient chercher le bateau pour faire le plein de gazole.

Tom commençait à trépigner. De mon côté, il m'apparaissait que son plan présentait une faille et je m'étonnais qu'aucun de nous ne l'ait relevée jusqu'alors.

— Je crois me rappeler que vous avez envoyé son voilier par le fond. S'il a repris la mer et s'il est dans ce port, il est forcément arrivé sur une autre embarcation. Je ne vois pas comment on va faire pour l'identifier.

Tom a haussé les épaules.

— *A priori*, ce n'est pas le genre de type à avoir les deux pieds dans le même soulier. Tu peux être certain que ça fait longtemps qu'il a remis son bateau à flot. Je me suis contenté d'ouvrir des vannes et de casser deux-trois bricoles. En plus, c'était un endroit où il n'y avait pas de fond. Il est certainement arrivé peu de temps après nous. Je suis prêt à parier que son voilier a eu, à peine, le temps de gîter de quelques degrés. Il lui aura suffi d'actionner sa pompe de cale pendant une heure ou deux pour le redresser. L'idée, c'était juste de le ralentir. Non, je te le confirme, c'est bien le *Tala Yuna* que nous allons devoir repérer.

La plupart des maisons étaient déjà fermées pour l'hiver. Nous avions l'embarras du choix pour accoster. Tom a choisi une des dernières propriétés avant le port. Il a solidement amarré le *Laïos* et nous avons sauté sur le ponton. Les planches de bois luisaient sous la pluie. J'étais content de retrouver la terre ferme. En même temps, je ressentais un malaise me gagner. Peut-être était-ce lié au fait de retourner à la civilisation ? Revoir des gens, me rendre compte qu'en dehors de notre île la vie avait poursuivi son cours, comme si rien ne s'était jamais passé.

Nous avons grimpé jusqu'à la maison pour nous assurer qu'elle était bien fermée. Puis nous avons décidé de partir vers le port sans plus attendre.

Tom avait proposé d'y aller seul, mais Tala Yuna, comme moi, avions insisté pour l'accompagner.

— On y va tous les trois, ce n'est pas négociable, avait-elle dit, en recouvrant ses cheveux de son bonnet de laine.

Je la regardais et j'avais l'impression qu'elle se préparait à aller à la guerre.

Nous avons avancé, courbés en deux sous les rafales de vent et de pluie. Il y avait des feuilles mortes qui volaient dans tous les sens et régulièrement, nous devions enjamber des branches qui avaient été arrachées aux arbres et projetées sur le bitume. Il n'y avait personne. C'était le matin, mais il faisait sombre comme si nous étions au milieu de la nuit. On aurait dit le jour juste après la fin du monde.

Au bout d'un kilomètre, nous sommes arrivés au sommet d'une côte depuis laquelle on pouvait voir la ville. Les éclairages lui donnaient un côté rassurant, mais dans le port régnait la pénombre. On devinait, plus qu'on ne les voyait, les bateaux qui se balançaient au bout de leurs cordes.

— Je propose qu'on aille directement à la capitainerie, a soufflé Tom. De là, on aura une bonne visibilité sur les emplacements visiteurs.

La pluie s'est mise à redoubler. J'étais frigorifié, la peau à vif. Tala Yuna marchait devant moi, tête enfoncée dans les épaules. J'observais sa silhouette et je me demandais quand nous nous retrouverions à nouveau tous les deux sous la hutte de sudation. Juste avant de partir, j'avais remarqué qu'elle ne l'avait pas démontée. J'avais voulu y voir un signe.

Quand nous sommes arrivés devant la capitainerie, nous avons grimpé une volée de marches qui conduisaient jusqu'à un balcon qui surplombait le port. En passant devant la capitainerie, Tom a salué de la main les fonctionnaires. L'un d'eux s'est levé aussitôt de son bureau. Tom en a profité pour lui demander si la station de carburant était ouverte. Le type a dit qu'il suffisait d'amarrer le bateau devant les pompes et de donner un coup de corne pour avertir l'employé. Avant de rentrer dans son bureau, il s'est penché une dernière fois dans notre direction. Il a mis ses mains en porte-voix et il a crié qu'on choisissait un bien drôle de moment pour faire le plein de notre bateau. Il nous a conseillé de ne surtout pas sortir en mer, la tempête qui s'annonçait promettait d'être une des plus terribles de la saison.

De là où nous étions, le vacarme était encore plus fort qu'au sommet de la côte. Le bruit des mâts et des coques rendait fou. Il y avait en plus le sifflement strident du vent dans les haubans.

— Il n'est pas là, a dit Tom.

Le quai des visiteurs était désert. J'ai senti quelque chose se relâcher à l'intérieur de ma poitrine.

— On va pouvoir se ravitailler en carburant et en profiter pour faire des courses. Je ne sais pas vous, mais j'ai bien besoin d'une bonne bouteille de whisky.

Le rire de Tom s'est perdu dans le vent.

Pendant qu'on redescendait les marches de la capitainerie, j'ai remarqué que Tala Yuna s'attardait sur le balcon. Penchée au-dessus de la rambarde, elle embrassait du regard les autres emplacements du port. Corps tendu, mine ombreuse. Je savais qu'elle cherchait encore et toujours le bateau de Sam.

# CHAPITRE 29

L'employé de la station de carburant a rappliqué au premier coup de corne. C'était un vieux gars avec un ciré jaune, pressé d'en finir. Tom lui a demandé si des plaisanciers n'étaient pas arrivés dernièrement. Le vieil homme lui a répondu qu'il fallait être fou pour naviguer un jour comme celui-ci. Tala Yuna écoutait, le visage fermé.

Tom avait négocié avec le vieil homme l'autorisation de laisser le *Laïos* à l'amarre sur l'embarcadère qui prolongeait le bout de quai desservant la station.

— C'est pour une heure, le temps de faire quelques courses, avait-il dit en tendant une liasse de billets pour le plein de gazole.

Le vieux avait compté l'argent avant de le faire disparaître dans la poche de son ciré.

— Je ne sais pas où vous comptez aller avec votre rafiot. Probable que c'est pas mes oignons. Mais ne tardez pas trop. On n'en est qu'au début, le plus gros de cette saloperie est prévu pour ce soir. Ils ont annoncé à la radio des pointes de vent à plus de quatre-vingts nœuds.

Tom l'a remercié. Et j'ai vu, une nouvelle fois, les sourcils de Tala Yuna se rapprocher sous son bonnet. De mon côté, je me sentais paradoxalement rassuré. Au diable la tempête, je n'avais plus qu'une idée en tête. Elle était futile et mièvre, certainement hors contexte, mais elle ne quittait pas mon esprit depuis un moment déjà: j'avais envie de trouver un cadeau pour Tala Yuna.

— Avec la tempête, les commerces ne vont pas tarder à se barricader, ai-je dit, je propose qu'on se sépare pour gagner du temps.

Tom a approuvé en claquant dans ses mains.

— C'est une bonne idée. Je vais à la quincaillerie. J'ai besoin de matos pour le bateau et pour les travaux du lodge. Il faut aussi que j'achète des balles pour le fusil et du fil de cuivre pour faire des collets.

— Je peux m'occuper des provisions, a dit Tala Yuna.

— Et moi, des courses non alimentaires, ai-je conclu en essayant de contenir ma satisfaction.

J'avais une idée de cadeau. Je n'étais pas certain qu'elle soit très bonne, mais il n'y avait que ça qui m'était venu à l'esprit. Je m'étais souvenu d'une librairie que j'avais repérée l'autre fois, quand j'avais montré la photo de mon père à la moitié de la ville. Je les ai regardés tous les deux s'éloigner sur l'embarcadère. Ils se sont séparés une fois arrivés sur le quai et ont disparu chacun dans une des rues qui montaient vers le haut du port. J'ai pris la direction de l'artère principale. Le ciel était toujours aussi sombre, les trottoirs brillaient comme des miroirs.

La librairie était au rez-de-chaussée d'un immeuble blanc de deux étages. Elle portait un nom qui m'avait immédiatement plu, Le Répit. Une cloche a tinté quand j'ai poussé la porte. La libraire était au fond, elle préparait ses cartons de retours. Sur une table, j'ai trouvé mon dernier livre. La biographie d'un entrepreneur devenu milliardaire sur laquelle j'avais travaillé pendant plusieurs mois. C'était peut-être un de mes meilleurs textes. J'étais particulièrement fier de la partie consacrée à son enfance. Je m'étais laissé porter par le courant et j'avais lâché la bride à mon inspiration poétique. Par moments, j'avais eu l'impression de tenir enfin quelque chose. J'ai feuilleté le livre pour retrouver le passage. Ma mémoire m'avait trompé. Rien de vraiment abouti, à peine quelques fulgurances. Infliger ça à Tala Yuna me paraissait impensable. Pas après Whitman et

Cohen, pas après Emily Dickinson et Fernando Pessoa. J'ai reposé le livre et je me suis dirigé dépité vers le rayon « Beaux livres » « Arts créatifs ».

Le coffret était en noyer. Il contenait une palette en porcelaine, deux pinceaux en poils de martre rouge, deux autres en poils d'écureuil, un crayon à papier et une trentaine de godets d'aquarelle extra-fine. J'étais persuadé que ça pourrait lui plaire. Elle aimait bien les couleurs et j'avais toujours trouvé que la peinture avait un côté sensuel, comme la danse ou le modelage de l'argile. J'ai ajouté un gros bloc de papier et j'ai demandé à la libraire de me faire un paquet-cadeau.

Quand je suis sorti, j'ai regardé ma montre. Il fallait encore que j'achète les marchandises que j'avais notées sur ma liste. Nous nous étions donné une heure, j'avais un peu temps devant moi. Je me suis rappelé que sur la route de l'épicerie il y avait le Pequod et Angela, sa bienveillante patronne. J'ai décidé d'aller lui dire bonjour.

En remontant la rue principale, je suis passé devant un bar. De la musique s'en échappait. J'ai reconnu les accords de *Everybody's Talkin'*, la voix de Fred Neil. À l'intérieur, la lumière était rouge et de la buée bordait les carreaux des vitres. Soudain, la porte s'est ouverte et un homme est sorti. Il a failli me rentrer dedans. J'ai regardé son visage et j'ai eu l'impression que je le connaissais. C'était manifestement un gars du coin. Un pêcheur ou un employé d'un des chantiers navals de l'île. Peut-être quelqu'un à qui j'avais montré la photo de mon père. Lui aussi a semblé me reconnaître. Avant de disparaître sous le rideau de pluie, il s'est retourné une dernière fois, comme pour s'assurer que c'était bien moi. Je crois que si je m'étais croisé ce jour-là, avec mon paquet-cadeau sous le bras et mon air ahuri, j'aurais fait exactement pareil : me retourner sur moi-même pour m'assurer que c'était bien moi.

Je connaissais peu Angela, mais il y avait tout de suite eu de bonnes ondes entre nous. Quand j'ai ouvert la porte, elle n'a pas levé la tête. Elle était affairée derrière son comptoir. Elle m'a lancé qu'elle était désolée, que le restaurant était fermé à cause de la tempête. Je me suis ébroué et je me suis raclé la gorge. Quand elle m'a reconnu, un large sourire a illuminé son visage.

— Jonas, c'est vous ? Quel plaisir de vous revoir. Mais entrez donc.

— Je passais dans le secteur. J'ai vu de la lumière.

— Je vous fais un café ?

Elle avait toujours son foulard attaché dans ses cheveux.

— Que vous est-il arrivé ? m'a-t-elle demandé en regardant mes bleus et la croûte sur mon arcade sourcilière.

— Oh, ce n'est rien. Un incident sans importance.

Elle a positionné deux tasses sous le percolateur et enfoncé le bouton.

— Alors, vous avez retrouvé votre père ?

— Oui, sur l'île Klein, comme vous m'aviez dit. Mais je ne sais pas si c'était une bonne idée.

— Ça ne s'est pas bien passé ?

Elle a fait glisser le sucrier vers moi. Je l'ai repoussé du plat de la main.

— Je crois que je me suis trompé, depuis le début. Je me disais qu'il allait se passer quelque chose entre nous. Faut vraiment être débile pour penser des trucs pareils. Il s'est barré avant même que je naisse. J'attendais quoi ? Qu'il s'excuse en me serrant dans ses bras ? Qu'il me propose de rattraper le temps perdu ?

— Vous avez été au bout de votre idée. Maintenant, vous allez pouvoir tourner la page.

— C'est ce que j'espère.

— Vous savez, Jonas, chaque fois qu'on défait un nœud de son histoire, on empoche un gain. Peut-être que pour l'instant vous ne voyez pas encore ce que c'est. Mais je suis certaine qu'un jour vous comprendrez.

Bien sûr, j'ai songé aussitôt à Tala Yuna. J'aurais voulu dire à Angela à quel point cette fille était incroyable, sa façon d'être reliée à la forêt, à la mer, aux animaux et aux plantes. J'avais envie de parler d'elle au monde entier. Mais j'ai renoncé. Je me suis rappelé qu'elle se voulait clandestine. À la place, j'ai préféré évoquer le rapport à la nature que j'avais développé sur l'île Indigo.

— Ce que j'ai sans doute gagné, c'est cette sensation, que je ne connaissais pas et que j'ai découverte dans ces îles : écouter et respecter la terre, participer à la beauté du monde. Je ne sais pas si je me fais bien comprendre.

— Oh si, parfaitement même. C'est une des caractéristiques de la région. Elle permet souvent aux hommes de révéler leur nature profonde. Celle qu'ils cachent derrière le masque social, qu'ils enferment à double tour dans les prisons invisibles de leur âme.

J'ai terminé mon café.

— Finalement, peut-être que ce voyage aura été une bonne chose. Angela, je vous remercie pour le café, mais je dois y aller. On aura certainement l'occasion de se revoir. Je garde un souvenir ému de votre soupe de palourdes.

Elle a ri, m'a raccompagné jusqu'à la porte. J'ai enfilé ma parka, glissé le paquet en dessous. Elle avait une lumière dans le regard et un curieux sourire sur les lèvres. Je sentais qu'elle avait deviné certaines choses. Les femmes et leur intuition.

Avant que je me jette dans l'obscurité, elle a posé sa main sur mon épaule.

— Au fait, une personne est passée et m'a demandé si je vous avais vu dernièrement.

J'ai refermé la porte.

— Qu'est-ce que vous dites ?

— Un homme avec des cheveux longs, blonds. Des yeux très bleus. Un visage émacié et buriné. Il ressemblait à un marin perdu. Je n'en suis pas certaine, mais je me demande si ce n'était pas une des deux personnes avec qui vous étiez venu déjeuner l'autre jour.

— Et qu'est-ce que vous lui avez répondu ?

— Que voulez-vous que je lui réponde ? Je lui ai parlé de l'île Klein et de votre père, mais il paraissait être déjà au courant. Il a insisté pour savoir si vous n'étiez pas repassé depuis. Il avait l'air de vouloir vous retrouver à tout prix.

Angela avait gardé sa main sur mon épaule. J'ai senti qu'elle exerçait une pression plus forte.

— Rassurez-moi Jonas, vous n'avez pas de problème ?

— Non, ne vous inquiétez pas. Rien de grave. Mais s'il repasse, ne lui dites pas que je suis venu. C'est quelqu'un que je préférerais éviter pour le moment.

Elle a retiré sa main de mon épaule.

— Vous êtes sûr que tout va bien ? Il avait vraiment un aspect inquiétant et déterminé.

J'ai rouvert la porte et alors que je m'apprêtais à partir pour de bon, je lui ai posé une dernière question.

— Au fait, il est passé quand ?

— Il y a une heure, à peine.

Je ne m'attendais pas à cette réponse. Je vacillais sur mes pieds, comme si j'étais toujours sur le *Laïos* au milieu de la mer et de ses vagues immenses. J'ai regardé les bourrasques de pluie et de vent mêlés qui essayaient de m'arracher la porte des mains. Et j'ai pris conscience qu'il était là tout près. Tapi dans les ténèbres. Déjà en chasse.

# CHAPITRE 30

Au moment où je partais, Angela m'a glissé que le visiteur qui me cherchait n'était pas seul. Elle l'avait vu rejoindre un autre homme. Un bûcheron ou un pêcheur, c'étaient les mots qu'elle avait employés. Je me suis rappelé aussitôt le type qui, sortant du bar, m'avait bousculé et dévisagé. J'ai compris pourquoi j'avais eu l'impression de l'avoir déjà vu quelque part. C'était un des deux types qui buvaient au comptoir le soir où j'avais rencontré Sam pour la première fois. Si je me souvenais bien, l'un s'appelait Chris et l'autre Ben. Moi aussi, je les avais pris pour des bûcherons ou des pêcheurs. Sam était donc reparti à notre recherche et il n'était pas seul. Brusquement, j'ai pensé à Tom et à Tala Yuna et j'ai senti mon cœur s'affoler.

Je suis parti en courant en direction de la supérette. C'est là que j'avais le plus de chance de trouver Tala Yuna. Le vent s'était renforcé. On entendait les vagues se fracasser sur les brise-lames, la pluie s'abattre sur le sol. Le vent poussait une plainte incessante qui montait, descendait, grondait, s'enroulait sur elle-même, évoquant la lutte à mort d'animaux sauvages. Je courais dans les rues en maintenant le cadeau plaqué sur mon ventre. Chaque ombre que je croisais était une menace, je n'avais plus qu'une idée en tête, prendre Tala Yuna dans mes bras et l'emmener loin d'ici.

La supérette était encore ouverte. J'ai lancé mon corps comme une balle dans la lumière crue des tubes au néon. J'ai compris tout de suite qu'elle n'était pas là. J'ai regardé autour de moi. Impression d'être au milieu d'un tableau d'Edward Hopper. C'était sans doute à cause de la tension silencieuse et de la sensation de vide qui me tordait le cœur. Derrière une caisse, immobile, un employé mal rasé, mal coiffé, avec un profil d'oiseau.

— Dépêchez-vous monsieur, je vais fermer.

— Rien à foutre que tu fermes. T'as pas vu une femme ?

Je devais ressembler à un fou. J'ai ressenti sa peur. Je l'ai attrapé par un bras.

— Une femme avec des cheveux noirs.

Il a fait mine de se concentrer, mais il est resté interdit. J'ai serré son bras plus fort. Il a fini par se rappeler.

— Ah oui, une Indienne ! Elle était là, il n'y a même pas cinq minutes. Je crois qu'elle est descendue vers le port.

Je suis reparti dans l'obscurité en direction du *Laïos*. Je courais, je glissais, je traversais les flaques de pluie. Aussi loin que je regardais, je ne voyais plus âme qui vive. La ville était recroquevillée sur elle-même, pétrifiée. Tout le monde attendait l'arrivée d'une tempête. C'est une tragédie humaine qui était en train de se jouer.

Quand je suis arrivé sur l'embarcadère, j'ai aperçu la lumière à l'intérieur de la timonerie du *Laïos*. J'ai accéléré encore. J'ai bondi sur le pont, je me suis précipité sur la porte. Tala Yuna était en train de ranger les sacs de provisions dans un coffre. Elle s'est tournée vers moi.

— Je t'ai acheté du savon et des rasoirs, je me suis dit que tu allais oublier.

J'étais trempé, à bout de souffle, j'avais envie de la serrer dans mes bras. Je me suis avancé vers elle, mais au dernier moment, je suis resté à distance. Il y avait le coffret d'aquarelles sous ma parka. Il y avait surtout ces mots que je devais prononcer. Je ne savais pas par où commencer. Je n'ai pas eu à décider, c'est elle qui a parlé la première.

— C'est Sam, c'est ça ? Il est en ville ?

Elle était debout, une main appuyée sur le montant d'une fenêtre. Bien évidemment, on ne pouvait jamais rien lui cacher.

— Oui, il est là, avec un autre type et il sait qu'on est ici. Il faut qu'on parte.

Sa voix est devenue plus dure.

— Je vais lancer le moteur. Va sur le pont et largue les amarres.

— Et Tom, on ne va quand même pas l'abandonner.

Elle s'est positionnée devant le poste de pilotage.

— Bien sûr que non. Mais la première chose que va faire Sam, c'est chercher notre bateau. On va donc quitter le port et aller s'amarrer au ponton d'une villa, comme on l'a fait tout à l'heure. Ensuite, on reviendra en ville par la route et on trouvera Tom. Il faut faire vite. Il ne va pas tarder.

Je n'ai pas pris le temps de souffler. J'ai glissé le cadeau sous la banquette et je suis ressorti sous la pluie. Il était impossible de distinguer la frontière entre le ciel et la mer. Le port entier était noyé dans un univers gris. L'embarcadère était désert. Le moteur s'est ébroué alors que je détachais les amarres. Le bruit était presque rassurant. Devant moi, les vitres du trawler tremblaient, des petits nuages encore plus gris que le gris ambiant s'enfuyaient des sorties d'échappement.

Curieusement, alors que je détachais les nœuds, je me suis mis à penser à Ringo. C'est lui qui m'avait appris que les cordes pouvaient être, selon leurs fonctions, des amarres, des bouts, des drisses ou des écoutes. J'étais en train de me remémorer ces souvenirs, quand j'ai senti que les planches de l'embarcadère vibraient sous mes pieds. J'ai levé la tête au moment même où sa silhouette déchirait le voile brumeux. Je n'ai pas cherché à comprendre. J'ai sauté sur le pont et j'ai cogné contre une fenêtre, hurlant de toutes mes forces à Tala Yuna de démarrer.

Elle ne s'est pas retournée. Elle l'avait vu aussi. Elle a enfoncé la manette des gaz et le moteur a rugi. Le *Laïos* s'est arraché au ponton. J'ai senti mon corps basculer vers l'arrière. Quand j'ai pu relever la tête, nous étions déjà arrivés au fond du port, elle a orienté la barre à gauche toute pour mettre le bateau dans la direction du large et c'est là que j'ai aperçu le *Tala Yuna* à l'amarre à un emplacement permanent. Les autorités maritimes lui avaient probablement octroyé une place plus à l'abri, le temps que la tempête s'éloigne.

Nous sommes repassés devant le ponton à pleine vitesse. Sam était debout près du bord. Quand nous sommes arrivés à sa hauteur, il a souri. Un sourire terrifiant qui voulait nous faire comprendre qu'il était inutile de fuir. Quoi qu'on fasse, où qu'on aille, il serait toujours là, dressé sur notre route.

Le ciel s'était enfin ouvert. L'éclaircie avant la tempête. Après avoir accosté au même ponton qu'à l'aller, on s'est jeté sur la route qui longeait la côte. L'air sentait la terre humide et le bois mort.

— On ne va jamais le retrouver.

— Les bars, il faut faire le tour des bars, a répondu Tala Yuna. Je le connais par cœur. Après avoir fait ses achats, il a dû aller boire un coup.

C'était une île de marins, il y avait une demi-douzaine de bars disséminés un peu partout dans la ville. Tala Yuna a proposé qu'on se partage la tâche, mais j'ai refusé. J'étais persuadé que nous étions plus forts ensemble.

Le premier bar était fermé. Le deuxième aussi.

Tala Yuna s'est rappelé que Tom voulait passer à la quincaillerie, à l'opposé de la ville. On a décidé de filer directement là-bas.

La pluie avait cessé, mais on sentait bien que ce n'était pas terminé pour autant. Le ciel était comme dans la *Vue de Tolède* du Greco, de gros nuages bleu et mauve déchirés de lumière.

C'est dans une rue piétonne qu'on a trouvé le sac. Il gisait sur le sol détrempé, à quelques centimètres d'un trottoir. Il y avait le nom de la quincaillerie écrit dessus. Un tas d'objets s'en étaient échappés. Des vis, des charnières en inox, des rouleaux de fil de cuivre...

— Il a dû rencontrer Sam ou son complice, a dit Tala Yuna.

— Il est certainement parti en direction du bateau.

Je montrais le sud avec mon bras. Elle a relevé la tête.

— Il y a les traces de pas de deux hommes seulement.

J'ai inspecté le sol. Je ne voyais que de la boue vaguement piétinée.

— Ils se sont battus et ils sont partis l'un derrière l'autre en courant. Dans cette direction.

On a remonté la rue vers le nord jusqu'à une flaque devant laquelle elle s'est agenouillée. Elle a touillé la boue avec la main. Quand elle l'a relevée, ses doigts avaient la couleur de la rouille.

— Quelqu'un a été blessé. Il y a du sang mêlé à la terre, beaucoup de sang.

Elle a désigné une ruelle qui s'enfonçait entre deux bâtiments de pierre grise. C'était une impasse bordée de portes qui devaient donner sur des cuisines de restaurant. Des conteneurs poubelles étaient alignés contre les murs avec des odeurs de bouffe chinoise.

On a trouvé le corps sous le porche d'une entrée de service. Je l'ai reconnu tout de suite. C'était l'homme qui m'avait bousculé en sortant du bar, le pêcheur ou le bûcheron, Chris ou Ben, le complice de Sam. J'ai retourné son corps. Sa tête a basculé. Ses yeux étaient fixes et vides. De son ventre sortait le manche du couteau de Tom.

Tala Yuna l'a retiré d'un geste sec. Elle a essuyé la lame sur le pantalon du type.

— Je le connais. Il s'appelle Ben. Il traîne souvent avec Sam. Tom ne doit pas être loin.

Elle regardait à présent vers le fond de l'impasse en écarquillant les yeux, comme si elle cherchait quelque chose.

— Les traces vont par là.

J'ai regardé le sol. Le sang n'avait pas eu le temps de se mélanger à la boue. Je me suis précipité sur les pas de Tala Yuna. La ruelle était barrée par un mur en pierre. Tom était assis derrière une poubelle. Il se tenait le ventre à deux mains. Quand il nous a vus, il nous a salués d'un mouvement de la tête. Un simple mouvement de tête et un léger sourire.

# 10 Beaufort

*Très grosses lames déferlantes.*
*Écume en larges bancs formant des*
*traînées blanches.*

# CHAPITRE 31

— Tu peux marcher ? a demandé Tala Yuna.

Son front luisait de sueur. Il a hoché la tête.

— Je suis content de vous voir, ce salaud m'a planté, mais ça va aller. Je ne pense pas que ce soit très profond. Si vous m'aidez, je devrais pouvoir avancer. Le chemin descend jusqu'au port. J'ai juste à me laisser glisser.

Il a essayé de sourire de nouveau. Cette fois, c'était plus difficile.

— Tom, Sam nous a repérés. On a dû changer le *Laïos* de place. Il est amarré au ponton de la villa, de l'autre côté de la colline.

Il a serré les dents, et regardé vers le ciel.

— Le ponton de la villa, vous dites ?... Ça me semble être le bout du monde. Je crois que vous allez devoir me laisser ici.

— Hors de question, a répondu Tala Yuna en passant son bras autour de sa taille.

Il m'a jeté un regard interrogatif. En guise de réponse, j'ai passé mon bras à mon tour sous son aisselle et je l'ai soulevé.

Il pesait son poids, mais il était courageux. Il faisait vraiment le maximum pour nous faciliter la tâche. Nous avons traversé la ville à toute petite allure.

Au pied de la colline, on a fait une halte. On a déposé Tom sur un talus et Tala Yuna lui a demandé de retirer sa main, elle a ouvert sa parka et relevé son pull.

— Ça ne saigne presque plus. Continue de bien maintenir le point de compression, ça devrait aller.

Le visage de Tom était plissé. Il a jeté un coup d'œil vers la ville.

— Quand on va commencer à grimper, on ne verra que nous sur cette route. C'est comme si on se plantait au sommet d'un phare avec une cible dessinée dans le dos.

J'y avais pensé aussi, mais j'avais préféré ne rien dire. De toute façon, on n'avait pas le choix. On ne pouvait pas passer par la forêt. Le sol était bourbeux et couvert de branches cassées. Même la route était à peine praticable.

— Le mieux, a dit Tala Yuna, c'est de ne pas tarder et d'essayer de s'avaler cette côte le plus vite possible.

Nos vêtements étaient lourds de pluie, on n'arrêtait pas de glisser. On devait faire des écarts pour ne pas tomber, mais on avançait.

On avançait quand même.

On ne s'est retourné qu'une fois arrivés en haut de la côte. Tous les trois dans le même mouvement. Et on l'a vu. On ne pouvait pas le louper. Il n'y avait que lui. Il était debout dans le bas de la ville, au milieu de la rue principale. Il a enlevé sa casquette et ses cheveux blonds ont pris le vent et la lumière. J'avais l'impression qu'il nous adressait un salut. On ne pouvait pas voir de là où on était, mais j'étais à peu près certain qu'il avait le même sourire que tout à l'heure sur l'embarcadère.

La pluie s'est remise à tomber quand nous sommes arrivés en vue du ponton. Ce n'était pas une pluie qui mousse et rafraîchit, pas une de ces pluies transparentes nimbées de lumière. Non, ce n'était pas une pluie qui purifie, une pluie qui libère. C'était tout autre chose. Elle était mordante, oppressante, elle était violence. Je ne pouvais pas m'empêcher de penser, alors que nous montions à bord du *Laïos*, que cette pluie nous disait quelque chose de ce qui nous attendait.

Dès qu'on s'est éloignés de la côte, on a trouvé de *très grosses lames déferlantes et une écume, en larges bancs, qui formait des traînées blanches*. Il n'y avait pas d'oiseaux de mer dans le ciel, aucun animal marin ne se prélassait dans les courants. Nous étions seuls comme à l'aller. Enfin presque seuls. Derrière nous, un petit point clair, reconnaissable entre mille, s'était formé juste à la lisière du brouillard.

— Il peut nous rattraper? ai-je demandé à Tala Yuna.

Elle a regardé par-dessus son épaule, a fait un calcul rapide.

— Je ne pense pas. Nous allons plus vite. Et on ne va pas tarder à entrer dans le méandre des îles. On va pouvoir le semer sans encombre.

— Et rejoindre aussi notre île sans encombre?

Elle n'a pas pris la peine de répondre. On entendait une cloche se rapprocher droit devant nous. Elle a corrigé légèrement le cap en donnant un quart de tour à la barre. L'eau était menaçante comme le ciel. Nous naviguions à pleine allure et j'avais perdu tous mes repères. Nous longions des îles à l'aspect fantomatique, entièrement noyées de brumes, que j'avais l'impression de voir pour la première fois.

Quand nous nous retrouvions à l'abri du vent et que la mer entre deux rafales se calmait, nous entendions le bruit de notre moteur se répercuter sur les falaises en granit. Nous nous enfoncions toujours plus loin dans les limbes. Quand je regardais derrière nous, le point clair devenait de plus en plus petit. Et puis, alors que nous venions de contourner une passe, je me suis aperçu qu'il avait disparu, comme avalé par la couleur de mélasse de la mer et du ciel mélangés.

— Il n'est plus là!

Tala Yuna était cramponnée à la barre. Elle s'est retournée vers moi l'espace d'une demi-seconde.

— C'est une bonne chose. Par contre, comment va Tom? Tu peux aller le voir? Il n'a pas l'air bien.

Nous l'avions allongé sur une des banquettes. Il était pâle comme un mort.

— Comment ça va?

— Comme un type qui a un trou dans le bide, m'a-t-il répondu en s'efforçant de sourire.

J'ai compati en faisant une grimace.

— Avec tout ça, je n'ai pas eu le temps de m'acheter du whisky.

Il a essayé de rire, s'est mis à tousser. J'ai mis ma main sur sa poitrine pour tenter de le calmer. En faisant ce geste, je me suis dit qu'il pourrait prendre ça pour de la tendresse. Et peut-être que c'en était vraiment. Jusqu'alors, nous avions fait en sorte de nous tenir éloignés l'un de l'autre, gardant nos distances comme deux boxeurs qui se jaugent. Il m'a regardé. Je me demandais si une nouvelle fois il pensait aux mêmes choses que moi.

— Tu peux me raconter ce qu'il s'est passé ?

— Il m'a agressé alors que je sortais de la quincaillerie. Ce type, je ne le connaissais même pas. Il ne m'a pas laissé le temps de souffler, il m'a coincé dans la rue. Il a sorti son couteau et me l'a collé sur la gorge. J'ai compris que c'était lié à Sam quand il a commencé à me demander des nouvelles de toi et de…

Il a laissé sa phrase en suspens, a balancé un coup de menton vers Tala Yuna.

— … et de ta fiancée.

Je n'ai pas contesté. Je ne me suis même pas offusqué. Je voyais bien qu'il n'y avait aucune animosité dans les mots qu'il employait.

— Vous vous êtes battus ?

— Tu ne crois pas que j'allais me laisser faire ? Je l'ai repoussé et j'ai essayé de fuir, mais impossible de le semer. J'ai fait face et j'ai sorti moi aussi mon couteau. Il m'a planté le premier. Je me fais vieux, je n'ai pas vu le coup venir. Je me suis défendu comme j'ai pu et j'ai fini par avoir le dessus. Je crois bien que j'ai laissé mon couteau là-bas avec tout un tas d'empreintes bien fraîches.

— Tala Yuna l'a récupéré.

Il a secoué la tête en serrant les lèvres, il a attrapé mon poignet.

— C'est une chic fille. Ne fais pas n'importe quoi avec elle !

J'ai retiré ma main. Dehors, la mer était en furie. Entre deux gerbes d'écume qui venaient s'écraser sur les vitres, on apercevait le ciel illuminé d'éclairs.

— C'est vrai qu'elle est une chic fille et moi, si vous voulez savoir, je suis un chic type, ai-je glissé à son oreille avant de me lever pour aller lui chercher une couverture.

Quand je suis revenu auprès de lui, il souriait.

— Finalement, si ça se trouve, elle n'est pas si absurde que ça, cette vie.

— Pardon ?

— Je disais que la vie avait peut-être un sens qui m'aurait échappé. Il est possible que les hommes méritent d'être sauvés. Enfin, pas tous non plus. Faut quand même pas déconner. Disons, certains d'entre eux.

— Tu dois avoir de la fièvre.

J'ai passé ma main sur son front. Ses yeux étaient brillants.

— Tiens, tu me tutoies enfin.

J'ai fait comme si je n'avais pas entendu et j'ai appelé Tala Yuna.

— Il est brûlant.

Elle n'a pas pris la peine de se retourner pour jauger la situation.

— Jonas, viens me remplacer. Il faut que je m'occupe de sa blessure.

Barrer le *Laïos* dans de telles conditions, je ne m'en sentais pas capable. Elle a tout de suite perçu ma peur. Elle a penché sa tête vers moi. Son regard était lourd de signification. Elle n'avait visiblement pas envie de s'épuiser dans d'interminables discussions. J'ai rapidement compris que je n'avais pas le choix.

— Ce n'est pas compliqué. Tu tiens fermement la barre et tu gardes le cap au nord. De temps en temps, tu vérifies le radar. Les taches vertes, ce sont des obstacles. Des îles, des rochers. Mais là, *a priori*, tu es tranquille pour un moment. Il n'y a plus rien devant nous. Tu m'appelles si tu as un problème.

J'ai attrapé la barre et je l'ai serrée de toutes mes forces. J'avais l'impression de tenir la pièce principale du bateau, celle qui l'empêchait de se disloquer sous les assauts des vagues. J'avais surtout l'impression que je ne contrôlais pas grand-chose. Je sentais la coque glisser et déraper dans les creux de houle. J'essayais d'aller le plus droit possible et j'ai fini par prendre le coup. C'était comme la vie, il fallait accepter de ne pas tout maîtriser. Il suffisait de faire confiance, suspendre son souffle, garder les mains fermes, tenir le bateau à la limite du décrochage et respirer quand l'étrave retrouvait sa place dans l'onde. Bientôt, entre deux secousses, je me suis permis de jeter des coups d'œil du côté de Tom et de Tala Yuna. Elle avait sorti sa trousse en cuir et faisait sentir au vieil homme des flacons de je ne sais quelle essence florale. Il avait déjà retrouvé des couleurs. Ça faisait longtemps que je ne m'étonnais plus de rien.

Quand elle est venue me rejoindre, Tom s'était endormi. Je lui ai repassé la barre et je suis resté à côté d'elle. Elle avait le regard fixé sur cet horizon qu'on ne voyait pas, mais qui devait bien exister quelque part derrière les montagnes d'eau salée qui nous faisaient face. J'ai posé mon index sur l'écran du radar.

— J'ai bien compris que les taches vertes représentaient la terre, mais que signifie ce point rouge ? Je n'arrête pas de le voir depuis tout à l'heure.

Elle a penché légèrement la tête sur un côté comme si elle s'excusait à l'avance de ce qu'elle allait me dire.

— Le vert, c'est pour les échos fixes, le rouge pour les échos mobiles.

— Tu veux dire que...

Mes mots se sont perdus quelque part entre ma bouche et l'écran de contrôle. Tala Yuna a terminé ma phrase pour moi.

— Je veux dire que le rouge, c'est Sam.

# CHAPITRE 32

— Comment on va faire pour le semer ?

— Je te l'ai déjà dit, on est plus rapide. Avec cette météo, la portée de son radar est limitée à trois ou quatre milles nautiques, pas plus. On va monter vers le nord, et quand on ne verra plus son écho, on aura une bonne indication de la distance entre nos deux bateaux. Mais pour mettre toutes les chances de notre côté, il va falloir faire quelque chose de risqué.

Elle a eu un petit sourire contrarié, puis une expression de gaieté forcée s'est dessinée sur ses traits.

— Jonas, il va falloir grimper sur le mât, décrocher le réflecteur et le balancer à la mer. Sans le réflecteur, le radar de Sam aura du mal à nous détecter. On sera pratiquement invisible.

J'ai tapé dans mes mains. C'était plus pour me donner du courage qu'autre chose.

— Je m'en occupe. Dans notre malheur, on a de la chance. Le mât du *Laïos* n'a rien à voir avec celui du *Tala Yuna*.

— Oui, il est beaucoup moins grand. C'est un mât de charge. Tu vas reprendre la barre pendant que je monte là-haut. N'oublie pas que mon prénom signifie « louve qui danse sous la pluie qui tombe ». Je serai plus à l'aise que toi au milieu de ce déluge.

J'ai attrapé son bras et récupéré dans le même mouvement la pince coupante qu'elle venait de glisser dans la poche de son jeans. Pour une fois, mes gestes étaient déterminés, mon regard acéré comme une lame.

— Hors de question. Le bateau va beaucoup plus droit quand c'est toi qui le barres. Avec les embardées que je ferai, tu n'arriverais même pas à grimper sur le toit de la timonerie. C'est à moi d'y aller.

Elle a hésité quelques secondes, pesant le pour, le contre, et a simplement cligné des yeux pour marquer son approbation. Il m'a semblé que ses lèvres tremblaient. J'ai hésité à la prendre dans mes bras, mais je n'ai rien fait. Il y avait Tom sur la banquette juste derrière nous, et tout autour l'univers entier en train de se liquéfier.

Le vent était violent et glacé. Il faisait fumer les eaux. À intervalles réguliers, des paquets de mer venaient nettoyer le pont. J'ai grimpé sur le roof. La proue du bateau se soulevait et s'abaissait au rythme des vagues énormes. La mer tout entière avait pris une couleur gris marbré.

Le réflecteur ressemblait à un tube en plastique rempli de lamelles d'aluminium. Je n'ai pas tardé à le repérer. Il était accroché en tête de mât. J'ai attendu que le bateau descende dans une vague pour me lancer. Il n'y avait pas de barres de flèche pour m'aider, mais j'étais porté par une énergie inhabituelle. Quand j'ai coupé les dernières fixations et que j'ai lancé le réflecteur par-dessus bord, j'ai ressenti une émotion singulière, comme si j'envoyais valdinguer toutes mes attaches et que j'accomplissais le dernier acte pour m'effacer définitivement du monde des hommes. J'étais surpris que ce soit si facile. Le réflecteur a été pris par une rafale de vent. Au lieu de tomber à l'eau, il est monté vers le ciel. Au même moment, une vague s'est dérobée sous la coque et le bateau, après quelques secondes en apesanteur, a chuté de plusieurs mètres. Plus que le réflecteur, c'était nous qui disparaissions, nous qui sombrions dans les ténèbres les plus profondes.

De retour dans la timonerie, j'avais si froid et j'étais si engourdi que j'avais du mal à bouger les lèvres. Entre deux tremblements, j'ai fini par dire à Tala Yuna que j'avais réussi.

— Le baromètre descend toujours, s'est-elle contentée de répondre.

Elle ne s'est pas retournée, obligée de peser de tout son poids sur la barre pour maintenir le cap. Je sentais la vibration du vent. Elle était portée par une onde interminable.

— On ne va pas pouvoir rejoindre l'île Indigo, c'est ça?

— Il va bien falloir pourtant. On n'a pas le choix. On va mettre beaucoup plus de temps qu'à l'aller. On risque d'arriver dans la nuit. Mais on va réussir.

Au bout de quelques milles marins, l'écho du bateau de Sam a disparu comme par enchantement de l'écran.

— On l'a enfin décroché.

Tala Yuna a mordillé sa lèvre inférieure.

— Ou il a eu la même idée que nous et il s'est rendu invisible à son tour.

Les vagues étaient de plus en plus hautes, de plus en plus noires. Quand elles déferlaient, le vent faisait voler l'écume sur leurs crêtes. Je commençais à avoir peur. Quand on basculait au sommet d'un rouleau, on entendait l'hélice qui s'emballait et tournait dans le vide. Le bateau devenait alors complètement ingouvernable pendant plusieurs secondes. Tala Yuna serrait les dents et attendait le moment propice pour reprendre la main. Sam n'était plus notre problème principal. Nous étions engagés dans une lutte sans merci contre les éléments.

Tom s'était réveillé. Il regardait par les vitres de la timonerie. Lui aussi était inquiet.

— Jonas, va vérifier les dalots! Si quelque chose venait à les boucher, l'eau ne pourrait plus s'évacuer et on risquerait de chavirer.

Je suis allé jusqu'aux vitres arrière, c'était comme regarder à travers le hublot d'une machine à laver.

— Ça a l'air d'aller. Mais ça bouillonne sec.

Et puis, les éclairs se sont multipliés. Ils zébraient le ciel et illuminaient la mer. J'ai pris la mesure de la taille des vagues et de la fragilité de notre coque de noix. C'est quand on regardait vers le nord que le spectacle était le plus saisissant.

Une masse mauve gonflée d'électricité. Les éclairs se succédaient tellement vite qu'on avait l'impression de naviguer en direction d'une vaste scène de théâtre noyée sous le feu des projecteurs.

Arrivés à proximité de l'île Indigo, Tala Yuna est devenue plus nerveuse. Je me suis rapproché d'elle.

— Qu'est-ce qu'il se passe ? On ne va pas réussir à entrer dans l'abri ?

— Ce n'est pas ça. Mais si on accoste là-bas, on ne pourra pas transporter Tom jusqu'au lodge. Il faudrait traverser l'île en pleine nuit, dans une forêt ravagée par la tempête. Dans son état, il ne réussirait même pas à faire un kilomètre.

— On peut accoster, bien s'amarrer et attendre jusqu'à demain matin. Peut-être que le temps se sera calmé.

— C'est une solution.

Elle a regardé vers le ciel.

— Mais c'est parti pour durer et il a besoin de soins que je ne peux lui prodiguer qu'au lodge.

— Tu proposes quoi alors ?

— On pourrait essayer de le débarquer en bas de la falaise et de le remonter par le sentier.

— Mais il n'y a aucun abri là-bas. On sera en pleine mer. Comment veux-tu qu'on rejoigne la terre ferme ? On a laissé l'annexe dans notre petit port.

— On peut aller la récupérer et la prendre en remorque.

Son plan me semblait risqué, mais une nouvelle fois, elle ne me laissait pas le choix. Je lui ai signifié mon accord d'un mouvement du menton.

Il a fallu s'y reprendre à plusieurs fois avant de viser le renfoncement de la côte qui marquait l'entrée de notre abri. Tala Yuna a fini par trouver le chenal et a piloté le bateau jusqu'au promontoire qui nous servait de digue et de quai. Elle est restée à la barre pendant que j'attachais l'annexe derrière le *Laïos*. J'ai vérifié le nœud, jugé que ça tiendrait bon jusqu'à la falaise. Et on est reparti aussitôt vers le large. Le plus difficile était encore devant nous.

L'atmosphère devenait surréelle. Nous étions trempés, hagards. Tala Yuna a crié qu'on était arrivés. Je ne reconnaissais rien. Quelques rochers sournois, une maigre langue de sable ramassée contre la paroi de pierre.

— Ça va être plus compliqué que prévu, a-t-elle dit. Il va falloir que tu te débrouilles seul pour installer Tom dans l'annexe. Je ne vais pas pouvoir lâcher la barre.

J'ai posé ma main sur l'épaule de Tom. Il s'est retourné en frissonnant.

— On débarque ?

— On va passer les gilets de sauvetage et il va falloir que tu m'aides. On a prévu de rejoindre la côte avec l'annexe. Tala Yuna va essayer d'approcher le bateau.

Son front bombé s'est plissé.

— Elle ne vient pas avec nous ?

Je me suis rendu compte que je ne m'étais même pas posé la question. Jusque-là, je n'avais fait qu'obéir à ses directives. Comment allait-elle nous rejoindre ? Qu'allait devenir le *Laïos* ?

J'ai interrogé Tala Yuna. Elle n'a pas hésité une seconde. Elle avait ourdi son plan depuis longtemps déjà.

— Une fois que vous serez sur la plage, je retournerai amarrer le *Laïos* dans notre abri et je vous rejoindrai par la terre ferme.

— Tu m'as dit, il n'y a pas cinq minutes, que ce serait une folie de traverser l'île dans ces conditions.

Elle jouait avec la manette des gaz pour avaler les vagues.

— Toute seule, ce n'est pas pareil. Je saurai me débrouiller.

Tom s'était redressé sur un coude.

— En pleine nuit et en pleine tempête ! Tu es complètement dingue. Il faut faire plus simple, plus efficace. C'est mon bateau. Je suis capable mieux que quiconque de le maintenir à flot. Vous deux, vous allez partir avec l'annexe. Et c'est moi qui ramènerai le *Laïos*. Vous viendrez me chercher quand ce merdier se sera calmé.

Il s'est levé, s'est dirigé vers le poste de pilotage en titubant. C'est à ce moment précis que je l'ai vue arriver. Une vague effrayante, noire comme l'enfer, avec une chevelure d'écume jaune. Elle s'est abattue sur le bateau, en brisant toutes les vitres à tribord. Mon corps a été projeté contre une paroi. Je ne savais plus où j'étais. L'eau glacée s'engouffrait à gros bouillons dans la timonerie. Je me suis senti emporté par les flots. La seconde d'après, des ombres entrecoupées d'éclats de lumière passaient devant mes yeux. J'essayais de remonter à la surface, mais je n'y arrivais pas. Au moment où mes poumons étaient sur le point d'exploser, une force m'a tiré par un bras. Un filet d'air a glissé sur mon visage. Tala Yuna était à côté de moi. Elle hurlait quelque chose. Mais je ne comprenais rien. Elle m'a attrapé par le menton pour que je relève la tête. Nous étions dans une poche d'air. Elle m'a montré une direction avec la main et elle a plongé sous l'eau. J'ai rempli mes poumons et je l'ai suivie.

On a fait surface à une encablure de la coque du *Laïos*.

— Nageons jusqu'à la côte, a crié Tala Yuna.

— Et Tom ?

— Je ne le vois pas. Pour le moment, on doit penser à nous. On ne peut rien faire de plus. Il faut espérer qu'il s'en soit sorti lui aussi.

Le rivage était distant d'environ deux cents mètres. Après quelques brasses, je me suis retourné pour voir si j'apercevais Tom. Il n'y avait que les vagues. La coque du *Laïos* avait disparu et, avec elle, toute trace de notre naufrage. Même le ciel semblait avoir été avalé par la mer.

On s'est jeté sur le sable et on a rampé jusqu'à une barre de rochers avant de se laisser rouler sur le dos. J'avais bu la tasse à plusieurs reprises et j'ai commencé à être pris par de puissants haut-le-cœur. Je basculais sur le côté quand j'ai entendu sa voix.

— Content de vous voir tous les deux. J'ai bien cru que vous vous étiez noyés.

Tom était allongé sur le ventre à quelques mètres de nous. Son visage était couvert de sable noir.

Tala Yuna lui a demandé comment il allait. Il a répondu qu'il s'accrochait. Moi, j'avais mal partout. Mes bras étaient lacérés de coupures et je vomissais de l'eau salée, mais je ressentais une joie. Nous avions réussi à sortir de l'enfer tous les trois. Je peinais à reprendre mon souffle quand je les ai vus se redresser lentement.

De quel bois étaient-ils faits tous les deux?

— Le jour va bientôt se lever, a dit Tala Yuna. Mais on ne peut pas attendre. On risque de mourir de froid si on reste ici. Il faut y aller maintenant.

Je me suis assis, j'ai pris mon pied gauche dans mes mains.

— J'ai perdu ma chaussure.

Tala Yuna a posé sa main sur mon épaule.

— Il va falloir faire avec, ou plutôt sans. Plus vite on sera au chaud, mieux ce sera.

J'avançais comme un zombie. Je fermais la marche. D'une main, j'essayais de soutenir Tom. De l'autre, je m'appuyais contre la paroi. On a mis près de deux heures pour arriver au sommet. Quand on revenait de la pêche, on mettait moins d'une demi-heure, même chargés de sacs de coquillages.

Quand je suis arrivé en haut, je me suis retourné. Le soleil qui se levait jetait une lumière timide et morne sur l'étendue grise de la mer. Les vagues étaient toujours aussi violentes. L'épave du *Laïos* s'était échouée sur la grève. Tout autour, un fatras de débris. L'annexe, des bouées, des planches en acajou, des flotteurs en liège et en plastique, des caisses défoncées. Je n'ai pas pu m'empêcher d'imaginer nos trois corps allongés sur ce même sable noir. Je n'ai pas pu m'empêcher de penser que j'avais failli perdre la vie au moment où je venais à peine de la trouver.

# CHAPITRE 33

Dans le lodge, j'ai lancé sans attendre un feu dans la cheminée. Tala Yuna s'occupait de Tom. Elle avait entrepris de recoudre sa plaie.

— C'est moins grave que ça en a l'air. La blessure n'est pas très profonde, aucun organe n'est touché.

— Heureusement que j'ai un peu de gras, a dit Tom.

J'avais mis aussi de l'eau à chauffer. Je voulais sentir plus de chaleur. Je voulais surtout que la vie au lodge reprenne son cours normal.

— Bonne idée, a dit Tom. On va se faire un café.

— Mais d'abord, il faut qu'on se déshabille et qu'on se sèche, a recommandé Tala Yuna.

Si j'avais été seul, je crois que je ne me serais même pas changé. J'étais en état de choc. Mes vêtements glacés me collaient à la peau. Je les ai étalés sur le plancher, j'étais nu devant la cheminée. Tala Yuna est arrivée derrière moi. Elle m'a attiré vers elle et m'a enveloppé dans un vieux plaid à carreaux.

— Monsieur, vous voulez vous faire arrêter pour attentat à la pudeur ?

Elle a passé le plaid au-dessus de nos têtes pour m'embrasser. Sa langue était agile et mutine, curieuse et résolue. Aujourd'hui encore, je m'en souviens parfaitement, c'est ce baiser qui m'a fait reprendre contact avec la réalité.

Des naufragés. À présent, nous étions vraiment des naufragés. Le *Laïos* avait coulé et nous n'avions plus aucun moyen de quitter notre île. Peu à peu, je prenais pleinement conscience de la situation.

— C'est quoi la suite de l'histoire ? ai-je demandé.

Tala Yuna soufflait sur les braises de la cheminée.

— Je suppose qu'on va commencer par attendre que cette fichue tempête soit passée.

Tom a jeté une branche dans les flammes.

— Oui et dès qu'on pourra, ce serait bien de descendre jusqu'à la plage pour essayer de récupérer des affaires dans le *Laïos*. Il y a les courses et les jerricans de gazole. On risque d'en avoir besoin.

Il avait repris des couleurs. Tala Yuna avait fait des miracles. Elle avait étalé une pâte verte sur la plaie et fait les mêmes gestes de la main qu'avec moi. Tom semblait apaisé. Il ne réagissait même pas à la perte de son bateau. On aurait dit qu'il avait lâché quelque chose, qu'il n'était plus exactement le même homme que celui que j'avais connu jusque-là. J'ai essayé d'établir un contact.

— Je n'ai toujours pas compris ce qui est arrivé au *Laïos*.

Il a reniflé doucement et passé une main sur son front.

— Une vague de travers. Ça ne pardonne pas.

Je l'ai regardé plus intensément. Je me demandais si, au fond, ça ne l'arrangeait pas d'être définitivement coincé sur cette île. Le *Laïos* était peut-être le dernier lien qui le rattachait à la communauté des hommes. Sans doute n'attendait-il que ça depuis longtemps déjà ! Il a jeté un dernier bout de bois dans la cheminée.

— Bon, je vais aller me coucher. Je crois que j'ai emmagasiné assez de chaleur comme ça. Ce dont j'ai besoin maintenant, c'est de dormir.

Il nous a salués en souriant, ce qui n'était pas non plus dans ses habitudes. Quand il a disparu à l'angle du couloir, Tala Yuna s'est approchée de moi.

— Dis-moi, toi, tu grelottes toujours ?

Elle a pris une serviette et m'a frictionné vigoureusement le corps. Je me suis laissé faire. J'essayais d'accrocher son regard.

Elle faisait exprès de le porter ailleurs. Je crois qu'elle jouait plus ou moins avec moi. À un moment, elle a décidé que le jeu avait assez duré, elle a lâché la serviette et j'ai senti ses mains glisser sur mes épaules, puis sur mon torse et mon ventre. Je me suis mis à frissonner une fois de plus. Mais ce n'était plus à cause du froid. Ce n'était plus à cause de la peur.

Quand nous nous sommes levés, au début de l'après-midi, la tempête s'était calmée. Tom m'a prévenu tout de suite.

— On est dans l'œil. Ça va bientôt recommencer et ça risque d'être encore plus violent.

— Il faudrait occulter les fenêtres.

— C'est une bonne idée. Mais avant, je propose qu'on descende au *Laïos* récupérer ce qui peut être sauvé.

Tala Yuna avait pris une douche. Elle est arrivée en se frottant les cheveux avec une serviette.

— L'eau est glacée. Il faudra aussi vérifier le générateur.

Pendant qu'ils se préparaient, je suis allé chercher dans les placards si je ne trouvais pas une paire de chaussures. Il y avait un fatras de vieilles choses abandonnées ou oubliées par les précédents occupants. La plupart étaient bonnes pour la benne, mais j'ai fini par dégoter une paire de bottes qui était à peu près à ma pointure. J'ai récupéré aussi une veste en coton huilé.

L'air transportait des odeurs de fumée et d'herbe mouillée. En bas sur la grève, la mer s'était retirée et le *Laïos* était complètement hors de l'eau. Tom avançait d'un bon pas. À le voir crapahuter sur les rochers, on n'aurait jamais pu se douter qu'à peine quelques heures auparavant il avait reçu un coup de couteau dans le ventre et failli se noyer après avoir fait naufrage. Soit ce type était doté de ressources insoupçonnables, soit Tala Yuna était une vraie sorcière. Je crois que la vérité se situait à mi-chemin.

Elle marchait vite, elle aussi. Une vraie chèvre de montagne. J'ai failli trébucher sur un caillou, me suis rattrapé *in extremis*. Finalement, j'étais le seul sur lequel les évènements imprimaient leur marque. Sur eux, tout glissait, comme sur ces pierres, venues du fond des âges, dont m'avait parlé Tala Yuna.

Le *Laïos* était couché sur son bâbord, à moitié enfoui dans la vase. Sa coque était grise et verte. Grise comme la tristesse et verte comme les paquets de laminaires qu'il avait arrachées à la mer en s'échouant.

Il fallait grimper le long du plat-bord pour accéder à la timonerie. J'ai sauté sur place pour éprouver la solidité des lieux. Le *Laïos* ne bougeait pas d'un millimètre. Il était fiché dans sa gangue de boue comme un mammouth dans les glaces de Sibérie. À l'intérieur, tout avait été dévasté, ouvert à tous les vents, ou plutôt à toutes les eaux. On ne reconnaissait rien. Les banquettes arrachées, les placards défoncés. Toutes les vitres étaient brisées. La paroi tribord qui faisait maintenant office de plancher était couverte d'un tapis d'algues.

Je m'étais arrêté à l'endroit où il y avait autrefois la porte pour mieux me rendre compte des dégâts. Tom m'est passé devant. Il a traversé la timonerie et est allé chercher directement quelque chose dans un coffre resté miraculeusement intact. Il en a sorti son fusil qui était brillant comme au premier jour.

— C'est donc ça que tu voulais récupérer à tout prix, ai-je balancé en éparpillant de la pointe de ma botte un fatras d'objets cassés.

Il a haussé les épaules.

— On risque d'en avoir besoin. Je m'occupe des jerricans, va donc aider Tala Yuna pour les courses.

J'ai secoué la tête en plissant les lèvres. Elle était descendue dans le carré. Je l'entendais remuer des choses. En avançant, j'ai reconnu le papier cadeau au milieu d'un tas de planches. Il était déchiré, mais la boîte semblait en bon état. Je l'ai ouverte. Les godets d'aquarelle étaient restés à leurs places. Les pinceaux aussi. La palette en porcelaine n'était même pas cassée. J'ai mis la boîte sous mon bras et je suis allé la rejoindre.

Depuis le carré montait un souffle humide et glacé. Quand je suis arrivé en bas, j'ai été surpris de constater que les dégâts y avaient été moindres, comme si la force centrifuge avait été moins forte que dans la timonerie. Tala Yuna avait récupéré les sacs de courses et les avait entassés dans un coin.

— Pour la farine et le sucre, c'est mort. Mais pour le reste, ça devrait aller.

Elle a étiré son dos. J'ai brandi le coffret en noyer.

— C'est un cadeau que je voulais te faire. C'est incroyable, mais il a survécu au naufrage. Ce doit être un signe.

Je me suis amusé de voir la surprise figer son visage, suspendre ses mouvements.

— Je peux l'ouvrir maintenant? s'est-elle écriée.

— On ne peut rêver meilleur endroit, ai-je répondu en écartant les bras sur l'ambiance de fin du monde qui régnait autour de nous.

En ouvrant la boîte son regard s'est illuminé, avant de s'éteindre peu à peu.

— Elle est magnifique, mais je ne sais pas dessiner.

— Je t'apprendrai. Regarde.

J'ai ouvert le tiroir de la table à cartes et j'en ai cherché une pas trop trempée. Sur le dos de la carte, j'ai commencé mon esquisse. J'avais toujours aimé le dessin. C'était ma première passion, bien avant l'écriture. Elle s'est approchée.

— Je ne sais pas si je réussirai aussi bien. C'est qui?

Je dessinais souvent des têtes d'hommes ou de femmes. Des inconnus, des humains parmi tant d'autres.

— Personne en particulier. Tiens, tu vois, pour représenter quelqu'un, il suffit de peindre les ombres de son visage.

Elle m'a fixé en louchant un peu.

— Moi, je crois que je préférerais peindre la lumière qu'il y a en eux.

Dehors, le temps avait déjà changé, l'air, imprégné de sel, avait pris une densité différente. Je le sentais au niveau de mes tempes qui battaient comme la membrane d'un haut-parleur.

— Ça ne va pas tarder à repartir, a dit Tom qui était apparu derrière nous.

Il regardait vers l'ouest. Le ciel était bas comme chargé de plomb. À peine avait-il terminé sa phrase que la pluie se remettait à tomber. Au début, quelques gouttes timides qui martelaient le sable, puis ça s'est accéléré. La mer s'est mise à mousser.

Elle est devenue plus grise encore. Un gris jaunâtre, malsain, qui instillait un étrange sentiment d'urgence.

Avant de remonter sur le sentier, j'ai posé les jerricans de gazole que Tom m'avait confiés et je me suis retourné une dernière fois vers le *Laïos*. Le paysage s'était estompé. On voyait la vie comme à travers un rideau plus ou moins transparent, plus ou moins embué. Ça avait un côté inquiétant, mais c'était porteur aussi d'une curieuse beauté. Celle des lisières, des frontières, ces étendues à l'identité trouble qui marquent les fins et les commencements.

# 11 Beaufort

*La mer est complètement recouverte de bancs d'écume blanche élongés dans la direction du vent.*
*Le bord de la crête des lames est soufflé et donne de la mousse.*

# CHAPITRE 34

J'ai vidé les jerricans dans la cuve du groupe électrogène.
— On en a pour une semaine à tout casser, a dit Tom.
— Et après, ai-je demandé.
— Après ?
Il a fait claquer ses mains sur ses cuisses.

On a récupéré les outils et on s'est barricadé dans le lodge. Ça nous a pris tout le reste de la journée. On avait récupéré les planches de bois arrachées à notre arrivée et on en a ajouté d'autres, trouvées dans l'appentis. On en clouait certaines depuis l'extérieur et d'autres depuis l'intérieur. On ne laissait pas le moindre interstice. On a juste épargné la porte d'entrée pour nous permettre de sortir en cas d'urgence. À nous voir turbiner comme ça, je me demandais si c'était bien la tempête que nous nous préparions à combattre, ou si c'était l'idée de Sam qui nous hantait et nous faisait redoubler d'efforts.

Je me suis occupé de la dernière fenêtre. Celle qui était dans la salle à manger et qui donnait sur l'arrière du lodge. La pluie s'était arrêtée et il avait dû y avoir une trouée entre les nuages, car au moment de positionner la dernière planche, j'ai vu le clair de lune s'infiltrer dans la pièce. Il était blanc, bleuâtre. Il a illuminé le plancher, les livres dans la bibliothèque. Quand j'ai enfoncé les clous dans le bois, tout s'est assombri.

J'ai eu l'impression de refermer sur moi le couvercle d'un cercueil.

Une fois le travail terminé, je me suis posté devant la cheminée et j'ai balancé des bûches dans l'âtre. Elles se sont enflammées en faisant un bruit de papier froissé. La chaleur a commencé à se propager au sein du lodge. Tom était en train de préparer le repas. Il avait insisté pour qu'on mange les homards qu'il avait pêchés quelques jours auparavant.

— Il faut les manger avant qu'ils ne meurent, avait-il précisé. On ne peut pas les conserver éternellement dans leur caisse. Il y en a trois, on aura chacun le nôtre.

Je trouvais qu'il avait un drôle de comportement. On aurait dit qu'il ne prenait pas vraiment le poids de la situation ou qu'il avait quelque chose à fêter. Décidément, je ne le comprendrais jamais. C'était peut-être le propre des relations entre un père et son fils. Qu'ils se soient connus ou pas, fréquentés ou pas, aimés ou pas, à la fin, ils restaient des étrangers l'un pour l'autre.

La nuit était tombée depuis longtemps quand Tala Yuna m'a rejoint. Elle traînait légèrement les pieds. Elle ressemblait à une petite fille. Je n'ai pas vu tout de suite le paquet-cadeau qu'elle tenait serré entre ses mains. J'étais focalisé sur ses yeux, la légère coquetterie dans son regard qui me bouleversait.

— Tiens, c'est pour toi. J'ai trouvé ça en faisant les courses.

Elle m'a tendu le paquet.

— C'est quoi ?

— Qu'est-ce que tu crois ? Il n'y a pas que toi qui as des idées de cadeau.

J'ai arraché le papier qui était trempé, découvrant un carnet à spirale, aux feuilles gondolées, accompagné d'un joli stylo-bille recouvert d'une couche d'aluminium bleu. Je lui ai lancé un regard chargé d'interrogations.

— Il est un peu mouillé, mais une fois sec, tu pourras écrire un roman que tu seras fier et heureux de me faire lire.

— Compris, tu aurais préféré que je t'offre un de mes livres plutôt que des aquarelles ?

Elle a penché sa tête sur le côté.

— Disons que j'aimerais pouvoir te lire un jour. Quand je t'ai vu avec un cadeau pour moi, j'ai imaginé que ça pouvait être ça.

J'ai hésité à lui répondre que ça faisait longtemps que plus personne n'écrivait avec des stylos. Et que personnellement, je me voyais mal me lancer dans un nouveau projet d'écriture sans mon ordinateur, mais j'ai préféré ne rien dire. C'était un drôle de moment. J'entendais le vent qui s'engouffrait dans le conduit de la cheminée, Tom qui faisait couler de l'eau dans la cuisine. Je suis resté comme ça pendant de longues secondes, silencieux, jouant nerveusement avec le stylo. Pour une fois, c'est elle qui a parlé la première. Elle qui aimait tant le silence.

— Ça ne va pas marcher entre nous, c'est ça?

J'ai commencé par protester.

— Pourquoi tu dis ça? C'est juste que j'ai besoin de temps. Il faut que je m'habitue.

— En amour, il ne faut justement jamais s'habituer.

Elle a fait une boule avec le papier cadeau, et l'a jetée dans le feu. Une flamme jaune et vert a envahi le foyer, grimpant d'un seul coup jusqu'au linteau. Mais ça n'a pas duré. Elle s'est aplatie aussitôt, avant de s'éteindre doucement.

— C'est-à-dire que je ne suis pas certain de pouvoir vivre ici, comme un naufragé. Et je ne te vois pas venir habiter chez moi, en ville, au milieu des tours de verre et des automobiles.

— Il y a peut-être des alternatives entre nos deux modes de vie, non?

J'ai réfléchi un instant. Les alternatives, je ne les voyais pas. Le monde avait perdu toutes ses nuances depuis longtemps déjà. C'était la richesse ou la pauvreté, la dictature ou le désordre, la vie ou la mort. J'ai attrapé sa main et je l'ai attirée vers moi.

— Tu as sans doute raison. En tout cas, pour le moment, je ne veux pas penser à toutes ces choses.

— Tu crois que nous sommes trop différents?

J'ai forcé mon rire qui a résonné d'une façon artificielle.

— Ah ça, pour le coup, on ne peut pas le nier. Mais je les aime bien nos différences.

— Tu préférerais que je sois autrement? Plus... Enfin, moins...

Il y avait de la tristesse dans son regard. Elle tremblait. Ses épaules étaient légèrement voûtées.

— S'il te plaît, Tala Yuna, ne te mets pas ce genre d'idée en tête. Ce n'est pas ce que je veux dire. C'est juste que...

Je cherchais mes mots moi aussi. Non pas parce que, comme elle, j'hésitais entre plusieurs. Me concernant, c'était clairement autre chose. Je cherchais mes mots parce qu'il n'y en avait plus en moi. Le comble pour un écrivain. Il fallait bien regarder la vérité en face, je m'étais perdu. J'avais abandonné mes rêves. J'étais un être flou vivant dans un monde trop assuré. À présent, Tala Yuna me proposait de devenir exactement l'inverse : un homme authentique évoluant dans un monde incertain.

Nous n'avons pas été plus loin, ce soir-là. Tom nous a appelés pour nous dire que le repas était prêt. Il avait fait griller les homards avec des filets de lard de cerf, c'était un festin. Nous l'avons fait durer comme si c'était notre dernier repas sur la terre.

La tempête a redoublé de violence au cours de la nuit. On entendait, entre deux rafales de vent, les vagues qui s'écrasaient sur la plage comme des avalanches. J'étais allongé dans ma chambre. Tala Yuna ne m'avait pas rejoint. Je m'y attendais un peu. Je commençais à bien la connaître.

Elle avait ce fichu caractère sauvage et indomptable. C'était quelque chose qui, à la fois, me plaisait et me faisait peur, me fascinait et m'agaçait. J'étais allongé sur le dos avec un bras passé derrière la tête et je faisais le point sur la situation. Je pensais à Tala Yuna. Je ne pensais qu'à elle. Je m'apercevais que notre relation avait beaucoup évolué durant ces dernières heures. Mais je n'étais pas certain que nous allions pour autant dans la bonne direction. C'était ma faute. Je faisais tout à l'envers, déconstruisant tout ce qu'elle mettait instinctivement en place. En réalité, je n'étais qu'un nul. Un nul mort de trouille, bouffé de contradictions. Walt Whitman, que je lui avais fait lire, avait dit un jour, pour justifier ses propres contradictions, qu'il se sentait vaste et qu'il contenait des multitudes. Je comprenais ce qu'il voulait dire. Il fallait que je trouve un chemin dans cette immensité qui résonnait en moi, que je choisisse une fois pour toutes qui j'étais et surtout qui je voulais être. Et le choix m'apparaissait tout à coup d'une simplicité biblique. J'étais amoureux comme je ne l'avais jamais été auparavant. Et rien ne pourrait m'empêcher de vivre cet amour. Même pas moi.

Je me suis levé au point du jour. J'étais surexcité. Je n'avais pratiquement pas fermé l'œil de la nuit. J'attendais que Tala Yuna se réveille. Avec le recul, je ne sais toujours pas pourquoi je n'ai pas eu l'idée d'aller la rejoindre dans sa chambre pour lui parler. Au lieu de ça, j'ai décidé de sortir prendre l'air. La tempête n'avait pas baissé d'intensité, mais je voulais sentir la pluie sur mon visage, entrer en communion avec la nature. Lui déclarer que je les avais choisies toutes les deux.

Tala Yuna et elle. Elle et Tala Yuna.

J'ai ouvert la porte et j'ai collé mon dos contre un gros rondin de bois. Au sud, la pluie avait lavé le ciel. Les nuages semblaient moins noirs, plus propres, marqués d'une très légère pointe de pourpre et de rose. *La mer, elle, était complètement recouverte de bancs d'écume blanche élongés dans la direction du vent. Le bord de la crête des lames était soufflé et donnait de la mousse.*

C'est alors que je l'ai vu. C'était impossible de ne pas le voir. Comme un triste retour à la réalité, une menace qui se précise. Il disparaissait par moments derrière la masse liquide, mais c'était pour mieux ressurgir sur la crête d'une vague. Un point blanc au milieu de la mer blanche qui grandissait sur le rebord du monde et fonçait droit sur nous.

# CHAPITRE 35

On se serait cru de nouveau sur le *Laïos*. La charpente grinçait, on entendait des torrents d'eau dévaler le long des murs. Je m'étais recroquevillé sur le canapé avec un mug rempli de café. Tala Yuna était dans sa chambre. Tom nettoyait son fusil pour la dixième fois de la journée. Je n'arrivais toujours pas à comprendre.

— Putain, comment il a fait pour nous retrouver ?

— La fumée de notre cheminée.

— Malgré les nuages et la pluie ?

— Quand on sait où regarder, on finit toujours par trouver.

Je me suis approché de la fenêtre. Dehors, la pluie s'était intensifiée. Le sol crépitait comme de l'huile dans une poêle.

— Si tu restes ici, a-t-il dit soudain en faisant glisser son chiffon le long du canon, il va falloir que tu apprennes à aimer la pluie.

J'ai passé une main sur mes joues. Ma barbe commençait à me manger le visage.

— C'est une énigme ? Laisse-moi deviner. Il faut s'habituer à tout et surtout au pire, c'est ça que tu veux me dire ? De toute façon, il n'y a pas d'espoir et tout le monde crève à la fin, c'est bien ta philosophie, non ?

— Je ne parlais pas de ça. Mais tu as raison, il faut s'habituer au pire et il n'y a pas d'espoir.

Il a continué à astiquer le canon de son fusil, mais avec des mouvements plus rapides, agacés. J'ai avalé une gorgée de café.

— Tu parlais de quoi alors si ce n'était pas de ça?

Il a hésité. Les traits de son visage racontaient que la discussion dans laquelle il voulait se lancer était difficile et qu'il comprenait que je n'allais rien faire pour l'aider. Mais il a poursuivi en choisissant soigneusement ses mots.

— Je te parlais de la pluie. Ici, il pleut souvent. C'est un pays exigeant qui impose d'être en phase avec les cycles naturels. Tu verras que la pluie ce n'est pas que de la pluie, et le vent, ce n'est pas que du vent.

Je me suis réinstallé sur le canapé. Je me suis dit qu'à ce rythme c'était parti pour durer longtemps.

— Ouais et là, on n'est pas que deux types assis sur leurs culs à attendre qu'un malade mental vienne essayer de les tuer?

Il a regardé à l'intérieur du canon.

— Jonas, tu ne comprends rien ou plutôt tu ne veux pas comprendre. Mais je ne te blâme pas. J'étais comme toi quand j'étais plus jeune et par certains aspects, je le suis toujours. Moi aussi, j'ai ce problème avec les mots. Ils ne sortent jamais comme je voudrais qu'ils sortent.

— Je te rappelle que tu parles à un écrivain. Les mots, c'est un peu mon métier.

Il a ricané.

— Justement. Tu as un problème avec les mots. Que tu les dises ou que tu les écrives, c'est pareil...

Il m'a regardé avec plus d'intensité.

— ... Ils ne sortent pas comme ils devraient sortir.

— Rassure-moi, tu ne vas quand même pas te lancer dans une nouvelle étude critique de mes bouquins?

Il a enfoncé le chiffon dans le canon en s'aidant d'une longue tige métallique.

— Je m'en tape de tes bouquins. Je voulais simplement te parler de la pluie.

J'ai liquidé la dernière goutte de café. J'ai laissé passer un silence.

— Alors qu'est-ce qu'elle a, à la fin, cette putain de pluie?

— Elle ne se donne qu'à celui qui veut bien s'abandonner. Celui qui n'a pas peur d'être vrai, qui ne craint pas le côté éphémère des choses.

— Tu es en train de me dire qu'il faut que je me foute à poil et que je sorte danser sous la pluie ?

Je ne sais pas pourquoi je réagissais comme ça. J'avais attendu tellement de temps ce moment où je pourrais avoir une discussion avec celui qui était mon père. Et là, alors qu'il semblait vouloir enfin se livrer, je ne pouvais pas m'empêcher de jouer au plus malin avec lui. J'essayais de le faire sortir de ses gonds, comme si j'étais en pleine crise d'adolescence. En fait, c'était comme si on vivait la vie que nous n'avions pas vécue, en accéléré.

— Il y a de ça, a-t-il simplement répondu en secouant la tête. Oui, il y a de ça. Je t'invite à enlever tes oripeaux et à rejoindre ta nudité originelle. À faire ce que je n'ai jamais réussi à faire. Écouter ce que la pluie essaie de nous dire.

Je me suis levé pour aller remplir mon mug à la cafetière. Lui s'acharnait à faire aller et venir la tige dans le canon de son fusil. Après ça, on ne s'est plus jamais reparlé. Enfin aussi profondément, je veux dire. Je crois que ça a été la seule et unique fois où j'ai vraiment parlé avec mon père. C'est le sentiment que j'ai gardé de ce moment. Un échange, bref, inattendu, un peu lunaire. Il voulait me parler de quelque chose qui lui tenait à cœur. Bien sûr, j'avais deviné depuis le début qu'il ne s'agissait ni de la pluie ni du beau temps.

Quand Tala Yuna est sortie de sa chambre, la journée était déjà bien entamée. On n'avait même pas pensé à manger. Tout était comme suspendu. Nous étions dans l'attente de ce qui allait se passer. Je l'ai regardée s'approcher de moi, et tout à coup, je voulais briser cette bulle de silence dans laquelle nous nous étions réfugiés.

— Et si on commençait les cours de dessin demain ?

Elle s'est arrêtée, surprise. Elle m'a fixé longuement. Je lui ai souri. Ce n'était certainement pas le moment idéal, mais elle en avait besoin et j'en avais besoin aussi. Elle a attrapé mes mains et elle les a serrées de toutes ses forces. On aurait pu rester longtemps comme ça. Qui sait? Peut-être des heures si Tom n'avait pas rappliqué. Il n'a pas saisi ce qui se passait entre nous. Comment lui en vouloir? Pour lui, ce n'était que des gestes, des regards. Presque rien. Pour Tala Yuna et moi, c'était infiniment plus: la promesse d'un lendemain.

— Toi qui le connais, tu penses qu'il va mettre combien de temps pour arriver jusqu'ici? a-t-il demandé à Tala Yuna.

Elle a lâché mes mains et a balayé l'air d'un geste las.

— Il ne devrait plus tarder. Il a certainement trouvé l'abri où on s'amarrait. À terre, il a dû tomber sur un enchevêtrement d'arbres déracinés, de la boue de partout. Mais rien ne l'arrêtera. C'est sûr. Il sera bientôt parmi nous, debout au milieu de cette pièce.

Tom s'est approché encore plus près. Il avait toujours son fusil dans la main. Il l'a levé au-dessus de sa tête.

— Ou plutôt couché sur le plancher, a-t-il précisé. Ne crois pas qu'on va le laisser faire. On a de quoi se défendre. Il n'est pas en titane, ton mec. Une balle chemisée dans le coffre, ça devrait le calmer un peu.

— Ce n'est plus mon mec, a répondu Tala Yuna.

Le front bombé de Tom s'est empourpré.

— Désolé. Ce n'est pas ce que je voulais dire.

Il a regardé Tala Yuna, m'a regardé à mon tour. J'ai eu l'impression que c'était à nous deux qu'il adressait des excuses.

Alors on est retombés dans un nouveau silence. Plus long, plus profond encore. Tala Yuna s'est postée devant la cheminée. Tom s'est assis à la table du salon. J'ai regagné mon coin sur le canapé éventré. Chacun de son côté avec ses pensées, s'efforçant de lutter contre les hurlements du vent.

J'ai fermé les yeux.

Au début, j'ai cru que c'était des branches qui tombaient sur le toit. Mais, le bruit était trop régulier. Alors, j'ai pensé au pas d'une grosse martre. Seulement avec la tempête, je savais bien que c'était impossible. J'ai vu Tom se lever et saisir son fusil. Tala Yuna s'est reculée lentement de la cheminée en regardant le plafond. Les bruits de pas se sont arrêtés. Je me suis demandé si nous n'avions pas rêvé.

— C'était peut-être une branche qui battait.

Tom a mis son index en travers de ses lèvres pour m'intimer l'ordre de me taire. Et on a entendu, les pas résonner de nouveau. Plus précipités, plus nets aussi. Cette fois-ci, il ne pouvait pas y avoir de doute.

— Il est là-haut, a dit Tala Yuna.

— Qu'est-ce qu'il fait ? ai-je demandé.

Comme pour me répondre, une fumée grise est sortie du foyer de la cheminée et a commencé à envahir le salon. Tom a posé son fusil et s'est précipité vers le feu.

— Il a bouché le conduit. Il veut nous enfumer, le salaud.

Il a commencé par disperser les bûches avec le tisonnier, puis il a aplati les flammes jusqu'à ce qu'elles s'éteignent. La fumée était âcre et sale. Elle a fini par se concentrer au plafond et l'air est devenu plus respirable. J'ai attrapé Tala Yuna par un bras.

— Il est con. Il a cru qu'on allait se laisser enfumer comme des taupes.

Elle a esquissé un geste, puis soudain, ses mains se sont figées en l'air. Juste au moment où quelque chose venait de changer. Je n'ai pas saisi tout de suite ce que c'était. J'ai eu la même sensation qu'on a quand on s'apprête à plonger et qu'on rééquilibre la pression sur ses tympans en soufflant par le nez. Une sorte de vide qui se crée à la fois à l'intérieur et à l'extérieur de son crâne. C'est alors que la lumière s'est éteinte.

— Il vient de stopper le compresseur. Il ne cherche pas seulement à nous enfumer, il veut nous rendre aveugle, a dit Tom.

— Ce n'est même pas ça. Il veut juste nous faire comprendre qu'il est bien là, a dit Tala Yuna. Il fait monter la pression. Il a décidé de prendre son temps. Il veut nous terrifier, nous harceler, s'amuser avec nous avant d'en finir.

J'ai deviné au son de sa voix qu'elle savait de quoi elle parlait. J'ai entrevu, l'espace d'une fraction de seconde, les horreurs qu'elle avait dû endurer. J'avais toujours soigneusement évité de lui poser des questions. J'avais même fait en sorte de ne pas y penser. Mais là, je mesurais la violence de Sam, sa cruauté, et je réalisais que j'allais, à nouveau, devoir m'y confronter. J'ai foncé jusqu'à la cuisine et j'ai allumé la lampe-tempête. J'ai choisi le couteau à la lame la plus longue et la plus aiguisée.

— Qu'est-ce qu'on fait, on attend qu'il entre ou on va le trouver dehors ?

Tom a tendu ses mains vers moi pour me calmer.

— On va jouer à domicile. Il veut prendre son temps. Pas de problème. On va lui faire comprendre qu'on n'est pas pressés nous non plus.

Il est allé jusqu'au buffet, il a choisi un disque, a remonté la manivelle du phonographe et poussé le volume à fond. J'ai reconnu, dès les premières notes, le deuxième mouvement allegretto de la 7e symphonie de Beethoven. Avec les bruits de la tempête au-dehors, j'ai pensé que la fin du monde approchait. Ce devait être les cordes graves, le rythme lent, obsédant, répétitif, presque obstiné, le long crescendo crépusculaire qui semblait ne jamais avoir de fin.

— Il faut qu'on s'organise, a dit Tom. La lampe-tempête ne va pas durer des heures. Et il va profiter de la pénombre pour attaquer.

On avait trouvé une torche dans une des chambres du fond et un paquet de piles dans un placard de la cuisine. Je suis allé les récupérer. J'espérais que ce serait suffisant pour que la lumière puisse chasser les ténèbres.

Après, on s'est préparés comme on a pu. Tom a fait basculer la grande table pour la mettre face à la porte d'entrée. Tala Yuna et moi, on s'est positionnés sur le canapé. Le plateau de la table était dressé devant nous comme une barricade. Tom a récupéré son fusil et est venu nous rejoindre.

— Il y a un proverbe qui dit que l'attente est plus dure à supporter que le feu.

On n'a rien répondu. Il n'a rien ajouté. Quand le phonographe s'arrêtait, il se levait et remettait un disque.

La nuit s'est installée. Nous étions prostrés, tapis comme des bêtes. Un orage avait éclaté juste au-dessus du lodge. L'air était lourd de l'odeur de la tempête. Le froid commençait à nous pénétrer. Nous avions enfilé nos vestes et nos parkas. Tala Yuna avait mis son bonnet. Quand nous respirions, de minuscules nuages de vapeur s'échappaient de nos bouches.

J'ai fermé les yeux.

*La Nuit transfigurée* d'Arnold Schönberg. C'est ce que jouait, à présent, le phonographe. Un jour, Tala Yuna m'avait dit que j'étais un homme limité dans sa perception des choses. Je n'avais pas voulu le reconnaître, mais j'avais su, dès qu'elle avait prononcé ces paroles, qu'elle avait raison. Elle avait raison, mais depuis que je l'avais rencontrée, j'avais évolué. Je n'étais plus le même homme. Transfiguré. Comme le titre de l'œuvre de Schönberg. C'est ainsi que je me voyais à présent. J'utilisais mes sens différemment. Je voyais, je sentais, je touchais, j'entendais plus large. Les couleurs, les odeurs, les bruits et les textures étaient différents. Je croyais à l'invisible et je comprenais mieux le visible. Avant, quand on me demandait si j'aimais la nature, je m'empressais de répondre oui. En réalité, je n'aimais pas la nature. J'aimais l'idée de la nature. Et c'était pareil avec l'amour. Je n'aimais pas l'amour. J'aimais l'idée de l'amour. J'étais un de ces types pleins de certitude, un écologiste des villes qui n'avait jamais vraiment vu un arbre, un amoureux triste qui n'avait jamais dansé dans l'eau.

Le bruit a déchiré la nuit. J'ai cru que mon cœur s'arrêtait. Ça venait des chambres. Un craquement énorme, sourd, accompagné d'un fracas de verre brisé. Tom a pris la lampe torche, a sauté sur ses pieds. Tala Yuna m'a jeté un bref coup d'œil, avant de bondir à son tour. J'ai rallumé la lampe-tempête, saisi mon couteau et j'ai suivi le mouvement.

La première chose que j'ai vue quand j'ai franchi la porte qui menait aux chambres, c'est la nuit. La première chose que j'ai ressentie, c'est la piqûre de la pluie sur mes joues puis le souffle du vent qui transperçait ma veste. On aurait dit qu'une météorite s'était écrasée en plein milieu du lodge.

— C'est la cuve qui s'est effondrée et a traversé la toiture, a crié Tom.

Les bourrasques s'engouffraient, effrénées, à travers le trou béant. J'ai mis mes mains en porte-voix.

— C'est Sam qui a fait ça?

— Je ne sais pas. Quand je travaillais sur le toit, je me suis aperçu qu'elle ne tenait plus que par des vieilles fixations rouillées. J'avais prévu de la faire descendre avant qu'elle ne s'écroule. La tempête n'a pas dû arranger les choses.

Il s'est avancé au milieu des gravats avec la lampe à la main. La cuve reposait, complètement défoncée, à l'emplacement du couloir dans un empilement de tôles. Il s'est penché vers une des fixations.

— Nom de dieu, elle a été sciée.

Il a levé son fusil vers le toit.

— Il doit être là quelque part.

Il y a eu un flash de lumière venu d'en haut. Il était différent de celui des éclairs. Plus orange, moins mauve. Tom s'est écroulé comme un sac vide, j'ai cru qu'il avait trébuché. Il y avait le vent, les rumeurs de la mer et le tonnerre qui grondait. Il y avait la peur aussi. Le coup de feu, je ne l'ai même pas entendu.

# CHAPITRE 36

J'ai lâché mon couteau et je l'ai attrapé par-dessous les aisselles. Je n'ai pas cherché à comprendre, j'ai traîné son corps dans le couloir. Tala Yuna avait récupéré le fusil et la lampe qui avait dû s'éteindre. Enfin, c'est ce que j'ai cru percevoir du coin de l'œil. Tout s'était passé tellement vite. Je ne voyais les choses que par intermittence, quand un éclair traversait le ciel, et que la lumière illuminait pour un quart de seconde les lieux. Je n'ai aperçu personne sur le toit. Pas même une ombre. Il faut dire que je ne me suis pas attardé. J'étais dans l'urgence. Par contre, ce que je n'arrivais pas à quitter des yeux, c'est la traînée de sang que le corps de Tom laissait sur le plancher. Elle resterait gravée en moi jusqu'à la fin de mes jours. Je ne l'ai lâché qu'une fois arrivé au milieu du salon. Tala Yuna a refermé la porte derrière elle.

— Il faut la barricader ? ai-je crié.

Elle a poussé un fauteuil contre le panneau.

— Ça ne suffira pas.

J'ai attrapé le canapé et je l'ai fait glisser jusqu'à la porte. Le phonographe jouait toujours *La Nuit transfigurée* d'Arnold Schönberg. Ça donnait un côté déplacé à la scène, limite burlesque comme dans un film d'Harold Lloyd. Tom gisait au milieu du tapis. Du sang sortait de sa bouche. Tala Yuna était agenouillée à ses côtés. Elle venait de rallumer la lampe-tempête. Je faisais ce que je pouvais pour garder mon sang-froid.

— Comment il va?

Elle n'a rien dit. C'est Tom qui m'a répondu.

— T'inquiète pas, je suis entre de bonnes mains. On ne peut pas en trouver de meilleures.

Des bulles roses sortaient de sa bouche.

— Tu vas pouvoir le soigner? ai-je demandé à Tala Yuna.

Elle ne parlait toujours pas. Le bruit autour de nous était assourdissant. Il y avait cette menace qui planait et le sifflement insupportable de la lampe. J'ai poussé le canapé plus près contre la porte. J'ai saisi le fusil, je l'ai pointé droit devant moi, comme si c'était un pieu sur lequel des chevaux chargeants viendraient bientôt s'empaler. J'avais envie de hurler.

— Il faut que tu m'aides à comprimer la plaie, m'a demandé Tala Yuna.

Je me suis jeté à genoux devant Tom, abandonnant le fusil à ses côtés. La balle l'avait touchée pas très loin de l'endroit où il avait reçu le coup de couteau. La plaie avait la taille d'une petite pièce de monnaie. Elle saignait beaucoup. J'ai appuyé mes mains sur son ventre. Le même geste que celui que j'avais fait pour Ringo. Presque au même endroit. Sous mes doigts, je sentais son cœur qui battait fort.

Et puis il y a eu l'avalanche de coups sur la porte. Une hache ou une masse, plus sûrement la rage d'un homme. J'ai tourné la tête au moment où le panneau cédait. J'ai vu l'ombre surgir, sauter au-dessus du canapé, brandir un fusil, le pointer dans notre direction. Tout est allé si vite. Je n'ai même pas eu le temps d'esquisser le moindre geste. La détonation a déchiré l'espace. Mes oreilles se sont bouchées comme si je tombais en chute libre. Tout était confus, flou, chaotique. L'ombre, après être restée un long moment immobile, s'est mise à glisser sur le plancher. Alors que dans le même temps le fusil dans les mains de Tom s'abaissait lentement et retombait le long de son corps. Il a poussé un gémissement et s'est mis à tousser.

— Heureusement, il me reste encore quelques réflexes.

Je me suis penché vers lui.

— Le père qui sauve le fils, ce n'est pas exactement l'histoire d'Œdipe.

Il a souri.

J'ai cherché dans le regard de Tala Yuna de l'énergie, de la force, au moins la trace d'un espoir. Mais dans son regard, il n'y avait rien de tout ça. Dans son regard, il n'y avait qu'une tristesse infinie.

On l'a recouvert d'un plaid. Et on est resté à ses côtés. Il nous a observés à tour de rôle en soupirant avant de fermer les yeux. Un peu plus tard, quand le phonographe s'est arrêté sur une dernière fausse note, j'ai été saisi d'un long frisson. Je l'ai secoué doucement.

— Hé! qu'est-ce qu'il te prend? a-t-il dit en rouvrant les yeux.

— Rien, je crois qu'il vaudrait mieux que tu ne dormes pas.

Ses lèvres étaient craquelées, presque noires.

— Tu t'inquiètes pour ton vieux père?

Je n'ai rien répondu, mais j'ai éprouvé le besoin de lui caresser le bras. Il s'est laissé faire un moment, puis il a balancé la tête vers le cadavre qui était recroquevillé au pied du canapé.

— Alors, c'était qui?

Sur le coup, je n'avais même pas cherché à comprendre. Je n'avais vu qu'une ombre, mais dans mon esprit, ça ne pouvait être que celle de Sam. Le fait que Tom me pose la question m'a fait revenir, d'un seul coup, à la réalité. J'ai lâché son bras et je me suis levé. J'ai avancé jusqu'au canapé. Mon cœur battait dans mes tempes. J'ai retourné son corps. Son front et toute la partie arrière de son crâne avaient été arrachés. Mais son visage était intact, bien que vidé de toute couleur. J'ai reconnu le second des deux types qui étaient au bar de l'hôtel. Chris ou Ben, Ben ou Chris, de toute façon, je n'avais jamais su faire la différence.

— Il s'appelle Chris, a dit Tala Yuna qui m'avait suivi. Je m'en doutais. Après Ben sur le port, c'était logique de tomber sur lui. Ces deux-là étaient comme les deux doigts de la main.

J'ai brusquement compris que rien n'était fini. Sam devait être quelque part dehors, en train de préparer son attaque.

Il avait dû assister à la mort de son complice. À présent, il fourbissait ses armes, s'apprêtant à nous tomber dessus à tout instant pour mettre la touche finale au travail qui venait tout juste de commencer.

# 12 Beaufort

*Lames déferlantes énormes.*
*La mer est entièrement blanche du fait des bancs d'écume dérivants.*
*L'air est plein d'embruns. La visibilité est très réduite.*

# CHAPITRE 37

Sam n'était pas dehors. Je pense qu'il est entré dans la pièce en même temps que Chris. Il s'est caché derrière le canapé et a attendu patiemment son heure en nous observant. Il a certainement regardé Tala Yuna faire un pansement compressif à Tom avec un bout de tissu. Il nous a écoutés parler, nous inquiéter de l'état du vieil homme. Il a profité du moment, des minutes qui passaient, laissant refroidir sa vengeance comme une pièce de viande qu'on laisse reposer avant de la manger. Il ne voulait rien gâcher. Il voulait profiter de tout. Comme l'avait dit Tala Yuna, il prenait un plaisir sadique à laisser monter la pression. Sam était un tortionnaire dans l'âme et ce qu'il aimait plus que tout, c'était jouer avec les nerfs de ses victimes, les observer vivre avant de les réduire à néant.

Il a attendu un coup de tonnerre plus puissant que les autres pour se dresser au-dessus de nous. La vision que j'ai eue du tableau était terrifiante. Il était debout sur le canapé avec son fusil pointé sur nous. La lumière de la lampe-tempête l'éclairait par en dessous, faisant danser des ombres tranchées sur son visage. Ses joues étaient creuses, ses cheveux, autour de sa tête, ressemblaient à des flammes vacillantes.

— Bonjour les amoureux, a-t-il dit.

Il avait préparé son entrée, choisi ses mots, parfaitement réussi son coup. Tala Yuna a poussé un cri d'effroi, s'est recroquevillée contre moi. J'ai tendu mes mains droit devant.

— Déconne pas, Sam. Il y a eu assez de dégâts et de morts comme ça.

Son regard a glissé rapidement sur le cadavre de Chris avant de se poser à nouveau sur nous.

— Je crains que ce ne soit que le début. Il a clamsé le vieux?

Il désignait du bout de son fusil Tom qui n'avait toujours pas bougé.

— Non, mais il est mal en point, a répondu Tala Yuna.

Elle s'était ressaisie. Je la sentais à côté de moi prête à jaillir.

Sam est descendu d'un bond du canapé.

— Pousse-toi, je vais le finir.

Je me suis levé et je me suis mis dans sa ligne de mire. J'essayais de trouver quelque chose dans ses yeux. Quelque chose d'humain, de familier. Quelque chose auquel j'aurais pu me raccrocher.

— Sam, il faut arrêter. Tout ça nous a conduits beaucoup trop loin.

Il a ricané.

— Ne t'inquiète pas, ça va être bientôt ton tour. Mais avant, il faut que je m'occupe de ton père, comme tu t'es occupé de mon frère.

Il a dégagé le canon de son fusil d'un geste vif et m'a frappé à la tempe avec. Je n'ai même pas eu le temps de parer le coup. J'ai mis un genou à terre, porté la main à mon front. Le sang coulait entre mes doigts. Derrière moi, Tala Yuna s'est redressée.

— Non, Sam, tu es venu pour moi. Laisse-les tranquilles. Ils n'ont rien à voir avec nous.

— Je crois qu'on est tous liés à présent, a répondu Sam.

C'est à ce moment-là que la voix de Tom s'est fait entendre. Ce n'était plus qu'un mince filet. On voyait bien qu'il devait faire des efforts insensés pour articuler.

— Et, on est encore plus liés que tu le crois.

Je me suis relevé en appuyant une main sur mon genou. Sam m'a poussé du bout de son fusil vers Tala Yuna.

— Qu'est-ce que tu veux dire, le vieux?

Tom a regardé vers le plafond en essayant de rire, mais il n'a pu exhaler qu'un soupir encore plus faible que les autres. Puis il s'est repris, a respiré plusieurs fois. Sa voix s'est modulée d'une façon étrange, artificielle.

— Sam, sois poli avec ton père.

Il a dressé son index dans ma direction.

— Et arrête, s'il te plaît, de menacer ton frère.

J'ai senti mes jambes céder. Je ne sais pas si c'était le coup que m'avait porté Sam ou les mots sans queue ni tête qu'avait employés Tom. Tala Yuna m'a aidé à m'asseoir et s'est accroupie à côté de moi. Tom s'était dessiné une espèce de sourire sur les lèvres. Il a respiré une nouvelle fois, comme s'il prenait son élan avant de franchir un obstacle.

— J'ai rencontré ta mère quand je suis arrivé dans la région... C'est marrant, mais c'est à peu près la même histoire qu'avec la mère de Jonas... Que voulez-vous, quand j'étais jeune, c'était plus fort que moi... Je ne savais pas résister à une belle femme...

Il s'est arrêté le temps de reprendre son souffle.

— J'ai vécu avec elle pendant quelques mois et elle est tombée enceinte. À elle non plus, je n'avais fait aucune promesse. Moi, ce qui m'attirait depuis toujours, c'était de m'approcher au plus près du cœur sauvage de la vie... Être seul, au sein de la nature, le plus loin possible des hommes... et sans doute aussi des femmes...

Sam s'est mis à hurler, sa voix déraillant dans les aigus.

— Mais qu'est-ce que tu racontes, vieux fou ?

Tom a souri de nouveau. Mais ce n'était plus pareil. J'ai cru y déceler comme une pointe d'ironie.

— Quand tu es né, j'étais déjà parti vivre dans ces îles... J'ai eu des nouvelles de toi bien plus tard, quand j'ai rencontré Tala Yuna.

Il a tendu son bras vers elle. Elle a glissé sur ses genoux et lui a attrapé la main.

— Tu veux dire que tu es le père de Sam ? lui a-t-elle demandé, l'air incrédule.

— Quand je t'ai sauvée, je n'ai pas fait le lien tout de suite. Le nom de famille était différent. Il y avait eu entre-temps un mariage, la naissance d'un autre fils... Mais plus tard, quand tu m'as raconté, quand tu m'as donné certains détails...

j'ai compris que tu étais l'épouse de ce fils que j'avais eu dans le temps. Ce fils qui, *a priori*, avait grandi n'importe comment... Je ne t'ai rien dit, car je ne voulais pas que tu me juges. Je crois aussi que quelque part, au fond de moi, je me sentais responsable... responsable de cette violence qui s'était retournée contre toi.

Il y a eu un long moment de silence. Tom a repris la parole en regardant Sam droit dans les yeux. On aurait dit qu'il venait de récupérer un regain d'énergie, quelque chose comme un dernier sursaut.

— Quand Tala Yuna m'a dit un jour à quel point tu étais amoureux des livres, j'ai instantanément pensé à ton demi-frère, Jonas, le célèbre écrivain... Vous aviez développé tous les deux, sans vous connaître et en vivant à des milliers de kilomètres l'un de l'autre, le même goût pour la littérature. Était-ce un gène ? Une trace du sang irlandais qui coule dans nos veines et incline à la poésie ? Ou une influence des livres que j'avais abandonnés en partant de chez vos mères respectives ? Je me suis souvent posé la question.

— Ces vieux livres de Jack London, de Mark Twain et de Wallace Stegner, c'était à vous ? a soufflé Sam en baissant légèrement le canon de son fusil.

Tom s'est raidi. Son visage était strié de sueur.

— Oui et ceux de Dickens et de Nietzsche aussi.

Il y a eu une sorte de pause. Tout le monde semblait perdu dans ses pensées. Puis Tom s'est mis à tousser. Ça a créé comme une parenthèse dans la parenthèse. Sam en a profité pour reprendre le dessus. Il a relevé le canon de son fusil.

— Une réunion de famille ? C'est donc ce que vous me proposez ? J'avoue que je ne m'attendais pas à une chose pareille.

Sam s'est tourné vers Tala Yuna.

— Il en a pour combien de temps ?

Il y avait quelque chose de forcé dans sa voix.

— Rassure-toi, a soufflé Tom, ton complice était une fine gâchette. Il ne m'a pas loupé.

Sam a rapidement levé son fusil comme s'il s'apprêtait à tirer. Mais son geste aussi semblait forcé.

— Hé, le vieux ! Ce n'est pas Chris, c'est moi qui vous ai tiré dessus.

Tom a émis un rire amer avant de redresser légèrement la tête pour me regarder.

— Alors, je vais bien finir comme Laïos, assassiné par mon propre fils. Je pensais que ce serait toi, Jonas. Tu vois, je ne me serai trompé que sur un point. Dire que j'ai essayé d'échapper à la paternité toute ma vie et à la fin, je me retrouve avec deux fils sur les bras. Quelle ironie !

Sam a piétiné comme s'il s'impatientait.

— Et alors, ça valait le coup ?

Tom l'a regardé avec un air interrogatif.

— Tout quitter pour vivre comme un sauvage, ça valait le coup ?

Tom a fermé les yeux.

— Tu ne crois pas si bien dire, j'ai vécu des moments extraordinaires dans la nature... Cette sensation d'être en prise directe avec le vivant... Vous ne pourrez jamais comprendre... Tala Yuna seule sait de quoi je parle...

— Et pour Sam aussi, tu es parti deux jours avant sa naissance ?

Je me suis entendu poser la question comme si c'était quelqu'un d'autre qui parlait. J'étais comme pris dans un état d'urgence. Je le sentais glisser vers sa fin et il fallait que je sache à tout prix.

Il a fait l'effort de rouvrir les yeux et de m'adresser un sourire.

— Toi, il n'y a que ça qui t'intéresse. Tu creuses en toi depuis des années à coups de livres uniquement pour reconstituer ces deux jours. Je ne sais pas si c'était deux jours ou trois ou une semaine. Mais je suis parti avant que sa mère accouche, si c'est ce que tu veux savoir.

J'ai entraperçu Sam qui raidissait ses épaules en soufflant.

— Dix jours. Vous êtes parti dix jours avant ma naissance. Je tiens ça de ma mère. Elle n'a jamais voulu m'en dire plus sur le salaud qui l'avait engrossée.

Il y a eu un nouveau silence, au bout duquel la voix de Tom a résonné une fois encore.

— C'est drôle, mais en vous regardant, je me demande ce qui se serait passé si j'étais resté ces quelques jours de plus...

Tala Yuna a caressé sa main.

— Tu serais devenu un père.

Je ne sais pas s'il a entendu. Il a poussé une longue expiration, ses yeux se sont écarquillés et quelque chose dans ses pupilles s'est évanoui.

Tala Yuna a refermé ses paupières et s'est mise à prier. Son chuchotement était comme une petite musique au milieu du vacarme de la tempête. Sam n'avait pas bougé, nos regards se sont croisés. Le sien était chargé de beaucoup de choses. De la haine, de la curiosité, de la tristesse peut-être. Je me souviens que je me suis demandé si ce pouvait être le regard d'un frère.

# CHAPITRE 38

La pluie s'est faite encore plus lourde. On l'entendait pilonner le toit.

— Force 12, a dit Sam en levant son index vers le ciel. *Lames déferlantes énormes. La mer est entièrement blanche du fait des bancs d'écume dérivants. L'air est plein d'embruns, la visibilité est très réduite.* Voilà ce que dit l'échelle de Beaufort. Voilà ce qu'on trouverait si jamais nous devions sortir. L'enfer.

— L'enfer est partout en nous, a répondu Tala Yuna.

Je suis resté debout devant le corps de Tom pendant un moment. Puis, Tala Yuna est venue essuyer le sang qui continuait de couler sur mon visage.

— Comment tu te sens? m'a-t-elle demandé.

J'imagine que j'avais le regard vide.

— Sonné, perdu. En fait, je ne sais plus...

Sam s'est approché de nous, il nous tenait toujours en joue avec son fusil.

— Alors comme ça, on est des frangins. Je comprends à présent pourquoi j'avais cette curieuse impression de te connaître. La première fois que je t'ai vu, j'avais besoin de te parler, je t'ai fait confiance. Je me suis même surpris à t'apprécier et je te promets que ce n'est pas dans mes habitudes.

Je n'ai rien répondu. Moi aussi, j'avais ressenti la même chose. Nous étions très différents, mais, par moments, j'avais été étonné de certaines ressemblances.

— Il y avait toujours une bible qui traînait chez ma mère, a-t-il ajouté. Je me demande si ce n'est pas lui qui l'avait laissée là.

Il a fait un geste vers le cadavre de Tom.

— Si ça se trouve, tu avais la même quand tu étais enfant.

La note claire de son rire a résonné d'une manière étrange au milieu de la tempête. Je ne voyais pas où il voulait en venir. Je ne répondais toujours pas. Il s'est agacé, m'a poussé avec le bout de son canon, comme pour me faire réagir.

— Tu te souviens d'Abel et de Caïn. Ils étaient des frères comme nous, le premier meurtre de l'histoire de l'humanité...

J'ai réagi enfin.

— Justement, pourquoi continuer de faire couler le sang ? Tu n'es pas fatigué de tout ça ?

— Des frères qui s'entretuent parce que Dieu préférait l'un à l'autre. Dans d'autres textes, il est dit qu'Abel et Caïn se disputaient l'amour d'une femme. Je ne sais pas quelle version je préfère. Si ça se trouve, elles sont vraies toutes les deux.

Tala Yuna s'est avancée vers lui.

— Sam, il faut arrêter maintenant.

Comme lorsqu'elle s'était interposée entre l'ours et moi, elle avait la même voix calme, le même incroyable sang-froid. Le visage de Sam s'est décomposé.

— Et toi, pourquoi tu m'as fait ça ? On n'était pas bien ensemble ?

— Je ne supportais plus cette violence. Non, nous n'étions pas bien ensemble.

Le regard de Sam s'est perdu dans le vide pendant un dixième de seconde.

— Pourtant, tu m'aimais ? Je sais que tu m'aimais.

— Oui, je t'ai aimé comme je n'avais jamais aimé personne auparavant. Mais, de ton côté, ce n'était pas l'amour que tu cherchais, c'était quelqu'un à posséder. Et pour moi, ce n'était pas possible.

Il avait l'air de s'impatienter. Il a balancé un coup de pied nerveux dans une chaise.

— Des rapports de force, de domination, il y en a dans tous les couples. Tu le sais bien. C'est même la base des relations entre les hommes et les femmes. Ça a toujours fonctionné de la sorte. Ne me raconte pas que tu n'es pas comme toutes les autres et que tu n'aimes pas ça. Ne me dis pas que tu préfères vivre avec une moitié d'homme.

En disant ça, il a fait un mouvement avec son fusil dans ma direction. Je me rappelais le moment où j'avais attrapé son canon, la bagarre qui s'était ensuivie, la balle qui avait touché Ringo. J'ai hésité, mais je n'ai pas bougé. J'étais fatigué et résigné.

— Alors qu'est-ce que tu vas faire de nous? ai-je demandé.

Sam avait le regard d'un fou.

— Ces îles...

Il a fait un nouveau mouvement avec son fusil. Circulaire, comme s'il voulait englober l'espace autour de lui et nous avec.

— ... elles sont si étranges, vous ne trouvez pas? J'ai toujours eu l'impression qu'elles étaient hors du monde.

Il s'est tourné vers Tala Yuna.

— On parlait de l'enfer tout à l'heure. On ne croyait pas si bien dire. Ici, nous sommes dans l'antichambre de l'enfer. Ceux qui ne trouvent leur place nulle part finissent par se retrouver ici. Peut-être est-ce un endroit où on se rend pour mourir. Je crois que les éléphants ont des lieux comme ça. Nous sommes une famille après tout. C'est normal que les familles soient réunies pour l'éternité. Vous n'êtes pas d'accord?

Le rire de Sam a grincé une fois encore. Et c'est à ce moment précis que Tala Yuna s'est ruée sur lui. Une action franche et nette. Il a reculé d'un pas pour se dégager. J'en ai profité pour le percuter d'un coup d'épaule. Il est tombé en arrière, plus abasourdi que groggy. Il était couché sur le dos, les yeux écarquillés. Je ne savais pas si je devais lui foncer dessus pour profiter de mon avantage ou essayer de récupérer le fusil qui lui avait échappé des mains. Tala Yuna a décidé pour moi. J'ai senti sa main ferme me saisir par le bras et m'entraîner vers la porte.

Elle a fait basculer la table que nous avions dressée, a déverrouillé la serrure en un tour de main.

La pluie m'a fait l'effet d'une cascade d'eau glacée. Je tenais la main de Tala Yuna. Elle a montré une direction et nous sommes partis, arc-boutés contre le vent. Nos yeux étaient transpercés par des centaines de minuscules aiguilles, les rafales les plus violentes nous coupaient la respiration. Nous avons longé la falaise. La mer était déchaînée. Jamais je ne l'avais vue dans pareil état. Même quand nous avions fait naufrage. J'ai tourné la tête vers le lodge. Avec l'écume qui voltigeait, on aurait dit qu'il neigeait. J'ai deviné sa masse confuse, le grand trou qui se trouvait à l'endroit où se tenait d'habitude la cuve de récupération des eaux de pluie. Des morceaux de toiture étaient emportés par les bourrasques et tournoyaient dans les airs avant d'être happés par les ténèbres.

Une lumière s'est allumée sur le devant de la porte. La silhouette de Sam est apparue. J'ai tiré sur le bras de Tala Yuna pour qu'elle s'accroupisse. Elle s'est penchée vers moi.

— Je ne pense pas qu'il nous ait vus. Mais il a récupéré son fusil et la lampe torche.

J'ai répondu qu'on pourrait essayer de regagner la forêt et trouver un abri.

— Non, c'est trop dangereux. On risquerait de se faire écraser par un arbre ou par des branches. Il faut rester près de la falaise. C'est là que nous sommes le plus en sécurité.

Elle s'est tapie derrière un buisson et je me suis collé à elle. Il se dirigeait droit sur nous. Tous les deux ou trois pas, il s'arrêtait et faisait un tour complet sur lui-même, essayant de percer l'obscurité avec le faisceau de sa lampe.

— S'il poursuit comme ça, il va nous tomber dessus, a susurré Tala Yuna. Il faut continuer d'avancer le long de la falaise, sous le couvert des broussailles. Il est encore loin. Il ne devrait pas nous voir.

On n'a pas fait vingt mètres avant d'entendre le premier coup de feu. La balle a sifflé à nos oreilles. On s'est jeté à plat ventre dans la boue. Tala Yuna m'a lancé un regard désespéré.

— On ne pourra pas lui échapper.

Je suis resté allongé sans bouger et je l'ai fixée. Je ne voulais plus la quitter des yeux. J'étais arrivé au point où j'étais prêt à accepter la mort. Elle, je crois qu'elle avait compris depuis longtemps déjà. Elle m'a souri.

— Merci pour les livres, toutes ces histoires si belles, ces peintures. Les poèmes aussi. Sans toi, je n'aurais jamais su que toutes ces choses existaient.

J'entendais le vent qui hurlait au-dessus de mon dos, la pluie qui éclaboussait le sol. De la boue me rentrait dans la bouche, du sang coulait de mon front. Mais je m'en foutais, je regardais Tala Yuna.

— Et moi, je te remercie pour les fleurs, les arbres et les coquillages. Je te remercie aussi de m'avoir appris à danser sous la pluie.

Elle a souri une nouvelle fois. Puis j'ai vu la lumière s'arrêter sur nos corps. J'ai senti la présence malfaisante se matérialiser au-dessus de nous. Sam a mis un coup de pied dans une de mes bottes.

Il tenait son fusil à hauteur de hanche, la lampe torche collée contre le canon, son index s'agitait sur la détente. J'ai tenté de jouer une dernière carte. Je savais que c'était inutile.

— Putain Sam, il n'y a donc plus rien de vivant en toi ? Il n'y a plus rien d'humain ?

Un éclair a illuminé son visage. Sa peau était creuse, sa bouche tordue par un effroyable rictus. Il m'a répondu sans desserrer les dents :

— Chaque homme a une part d'ombre et une part de lumière avec lesquelles il doit composer. Moi, ma part de lumière a commencé à vaciller quand Tala Yuna est partie. Elle s'est éteinte à jamais lorsque Ringo est mort.

Il a épaulé son fusil et m'a mis en joue. Au moment où il allait tirer, j'ai eu ce réflexe de fermer les yeux. Ça s'est joué dans le temps d'un mouvement de paupières. Aussi ai-je cru pendant longtemps que ce que j'avais vu n'avait pas réellement eu lieu. Qu'il s'agissait d'un rêve, ou plutôt d'un terrible cauchemar. Je n'ai entendu aucun cri. Aujourd'hui encore, je ne peux rattacher aucun son à cet évènement, si ce n'est celui du bruit du vent et de la pluie, le rugissement de la tempête. Il y avait leurs deux corps, ou pour être plus exact, les ombres de leurs corps. Une nouvelle fois emmêlés, semblant planer au-dessus du sol, avant d'être avalés par le vide. L'instant d'après, il n'y avait plus rien. J'ai brièvement espéré qu'elle ait pu se raccrocher, comme je l'avais fait, à un arbuste ou à une corniche rocheuse, mais la falaise descendait à pic dans la mer. Plus bas, je devinais plus que je ne les voyais, la mer énorme, fumeuse, fiévreuse, les vagues qui bouillonnaient avant de s'écraser sur les rochers.

# CHAPITRE 39

Le lendemain de cette terrible nuit, je me suis réveillé sur le plancher du lodge, enroulé dans une couverture. La tempête était passée. Le soleil se levait, des stries dorées mêlées de mauve illuminaient un ciel propre et neuf. La mer était encore agitée, l'air chargé d'une odeur poivrée et d'un parfum vert et frais.

J'ai enterré le corps de Chris derrière le lodge et celui de Tom plus loin, à la lisière de la forêt en creusant des trous très profonds que j'ai recouverts de pierres, pour que les ours ne les déterrent pas. J'étais content de l'emplacement que j'avais choisi pour Tom. Des arbres avaient été déracinés par la tempête, mais il en restait encore beaucoup. Et on pouvait déjà sentir que la nature relevait doucement la tête. En fin de compte, il était là où il avait voulu être toute sa vie. Je suis resté un moment debout devant sa tombe à me demander pourquoi les choses s'étaient passées ainsi. Je n'arrêtais pas de penser que ça aurait pu être différent s'il avait assisté à ma naissance, s'il était resté seulement deux jours de plus. Puis, j'ai fini par me souvenir de la théorie des mondes multiples. Anaximandre, Démocrite, Épicure. Malgré ce qu'il pensait, je connaissais mes classiques. J'imaginais cette dimension où il m'aurait pris dans ses bras. Nous aurions été à la pêche ensemble, il m'aurait appris à construire des abris à bois et des fumoirs à poisson, à fabriquer des arcs et des harpons.

Ça me faisait du bien d'imaginer que cet univers était peut-être tout aussi réel que celui dans lequel nous nous étions si bien ratés.

La neige a commencé à tomber quelques jours plus tard. La lumière est devenue argentée, le silence épais et rapidement, toutes les couleurs de la forêt se sont effacées sous un épais manteau immaculé. Quand je me levais, la première chose que je faisais, c'était de marcher dans la poudreuse.

À chaque fois, mes pas me conduisaient vers la falaise. Je me penchais alors au-dessus du vide. La mer s'était retirée et la plage avait réapparu. J'avais toujours l'espoir que Tala Yuna allait revenir. Mais elle ne revenait jamais. Je suivais le sentier qui descendait le long de la falaise. Je parcourais la plage à la recherche d'un indice. Son bonnet ou la cordelette en cuir tressé avec laquelle elle ceignait son front. N'importe quoi d'autre, quelque chose qui aurait été comme un signe qu'elle m'aurait adressé par-delà la mort. Mais la mer ne rendait rien. La mer ne rend jamais rien.

Les jours ont passé et bientôt les semaines. La température baissait chaque nuit un peu plus. J'avais réussi à relancer le groupe électrogène, mais je suis tombé rapidement en panne de gazole. J'avais bien eu l'idée de retourner à l'épave du *Laïos* pour remplir mes jerricans, mais la mer avait volé aussi ce qui restait de l'épave. Heureusement, je ne manquais pas de bois mort. Je faisais des grands feux dans la cheminée. Quand les flammes crépitaient, je me souvenais de la seconde fois où on avait fait l'amour. C'était juste après notre naufrage, alors qu'une lumière orangée léchait les murs jusqu'au plafond. Je voulais parler, elle préférait que je me taise. Je crois qu'elle préférait toujours que je me taise pour que je puisse être à l'écoute de la nature sauvage qui poussait ses griffes à l'intérieur de moi. À présent, je ne parlais plus du tout. Je me disais que si elle était là elle se pelotonnerait dans mes silences.

Mais je ne pouvais pas m'empêcher de penser aussi que si j'avais été plus attentif à mes instincts tout aurait été différent.

Ce n'est pas elle, mais moi qui aurais bondi sur Sam. Malheureusement, Tala Yuna connaissait mes limites. Elle m'avait vu tirer dans la terre à côté du cerf. Alors, c'est elle qui avait sacrifié sa vie.

Quand je pensais à ces choses, je me frappais la tête et le torse avec les poings. Je hurlais mais aucun son ne sortait de ma bouche.

Le silence, je l'ai dit.

Le silence, je peux le dire encore. Le vide aussi.

Dehors, l'univers blanc, feutré, infini qui avait gommé jusqu'au relief du paysage. Dedans, le vide, tout aussi infini. Je jouais avec les rayons du soleil qui descendaient des ouvertures que la tempête avait faites dans le toit. Souvent à la même heure, un rayon de soleil – était-ce toujours le même ? – venait éclabousser le plancher à l'endroit où j'avais établi ma couche. Je me roulais dedans comme un vieux chat fatigué. Je tentais de récupérer un peu de lumière.

Le silence, le vide et tout le reste.

Je sortais parfois la nuit, juste pour le plaisir de voir les reflets bleutés que prenait la neige sous la clarté irréelle de la lune. Le ciel était immense, le souffle des étoiles, ample et silencieux. J'éprouvais une sorte de vertige qui m'empêchait de penser. Parfois, j'oubliais même qui j'étais, comment j'étais arrivé là. Et puis, ça revenait d'un seul coup.

Le matin, j'allais chercher des coquillages. Des palourdes, des ormeaux, des huîtres sauvages et des bigorneaux. Je n'arrivais pas, par contre, à trouver le coin à homards de Tom. J'explorais tous les trous, à marée basse, avec son bâton, mais il n'y avait rien à faire. Il fallait s'y résoudre. Les homards avaient disparu de la surface de la terre en même temps que Tom. Ça me rendait dingue. Je faisais une fixation. Je n'avais pas particulièrement envie d'en manger. Je voulais juste mettre la main dessus. Peut-être pour me sentir plus proche de lui. Mais, je n'en dégotais aucun. Je me disais en souriant que je ne pourrais jamais y échapper. Il était dit que ce type étrange me laisserait toute ma vie dans un cruel état de manque.

Et puis, les jours encore. Toujours plus flous, toujours plus blancs. S'enchaînant les uns derrière les autres. Était-ce le début ou la fin de l'hiver ? Je n'étais sûr de rien. Si ce n'est qu'un matin, en me promenant autour du lodge, j'ai trouvé des empreintes de cerf enfoncées dans la neige. Elles ressemblaient à des cœurs dessinés par un enfant. Je ne sais pas pourquoi je les ai suivies. Je suis parti dans la forêt, enjambant des troncs couchés par la tempête, traversant des buissons broussailleux qui accrochaient le tissu déjà bien déchiré de ma parka. Ce jour-là, le ciel était d'un bleu très pur, la blancheur de la neige aveuglante. Les traces étaient faciles à suivre. On aurait dit qu'il n'y avait dans le monde plus que ce cerf et moi.

J'ai marché je ne sais pas combien de temps. Je ne sais pas dans quelle direction. Mais à un moment, la forêt a commencé à s'éclaircir. Il y avait de grandes trouées à travers les arbres et je pouvais voir au loin les montagnes couvertes de neige. Le seul fait de contempler ce paysage blanc et désert, presque pétrifié dans sa beauté cristalline, m'a apaisé aussitôt. J'ai eu conscience que c'était un premier pas vers quelque chose de nouveau. Je ne savais pas encore ce que c'était. Je me suis entêté à suivre les traces. J'ai contourné des rochers, je suis descendu dans des vallons. Puis je me suis retrouvé sur une hauteur. Devant moi, la mer. Elle était balayée de longues risées argentées qui la rendaient vivante et lumineuse. Je me suis mis à inspirer et à expirer plus fortement. Je ressentais le besoin de laver mes poumons. Quand soudain mon regard a été attiré par une petite tache blanche nichée au fond d'une baie. Ce n'aurait pu être qu'un regroupement de mouettes ou une réverbération de lumière sur un objet quelconque. Mais je l'ai reconnu sur-le-champ et je me suis souvenu de tout. J'ai pris ma respiration et j'ai crié son nom : Tala Yuna.

C'est dans cette baie protégée que je ne connaissais pas que Sam et Chris avaient abordé. Le *Tala Yuna* était resté pendant tout ce temps à l'ancre. Seul, abandonné, figé dans une immobilité glacée. Ce jour-là, je ne suis pas descendu jusqu'à la plage. J'en étais incapable. Je suis rentré au lodge. Je me suis allongé sur ma couche et j'ai écouté les branches qui brossaient doucement la neige qui s'accumulait sur le toit.

Pendant plusieurs jours, j'ai fait comme si rien ne s'était passé. J'ai gardé ma petite routine. J'ai continué d'aller aux coquillages, de récupérer du bois mort, de jouer avec les rayons de soleil.

Puis un matin, je me suis réveillé avec l'esprit neuf. J'avais envie de lumière, de bruit, de voix, envie de sentir la vie courir de nouveau dans mes veines. Dans les sacs de provisions, je suis allé chercher le savon et les rasoirs que Tala Yuna avait achetés.

J'ai commencé par me laver. Ça faisait longtemps que je ne le faisais plus. Puis j'ai récupéré dans une des salles de bains un bout de miroir cassé. Je ne me suis pas reconnu. J'avais une barbe hirsute, mes cheveux avaient poussé et surtout je n'avais plus de joues. Des os saillants jaillissaient de mon visage. J'ai trouvé que je ressemblais à Sam. Ça ne m'a pas surpris. C'était dans l'ordre des choses. Je me suis rasé. J'ai enfilé les derniers habits propres que je conservais dans mon sac à dos.

J'avais encore une dernière chose à faire.

Bien sûr, il n'y avait plus aucune fleur dans la clairière. Juste un matelas épais de neige vierge, et dans l'air ouaté des éclats de lumière pailletés. Mais je savais que c'était à cet endroit que je devais la fabriquer. J'ai coupé de fines branches d'épicéa et d'aulne et je les ai assemblées de façon à former une couronne. J'avais emporté avec moi de la ficelle. Pendant que j'attachais les branches entre elles, je me suis mis à remercier. Remercier la terre, remercier l'eau, le feu et l'air. Remercier le soleil, la lune et les étoiles. Remercier l'univers entier comme Tala Yuna me l'avait appris. J'ai ajouté à la couronne des plumes de cormoran et des coquillages que j'avais préalablement ramassés sur notre plage et percés d'un petit trou. Le résultat me plaisait beaucoup. Il lui ressemblait. Inattendu et singulier, comme façonné par le vent.

Je suis descendu sur notre plage. À l'aplomb de l'endroit où elle avait dansé dans une flaque. Ici, il y en avait d'autres, des flaques. Celles que laissait la marée. Je me disais qu'elle venait peut-être y danser la nuit sous le ciel rempli d'étoiles. J'ai choisi le rocher qui avançait le plus dans la mer et je suis allé jusqu'au bout. J'ai improvisé une prière dans ma tête. Je me suis souvenu des Esprits gardiens, des Sages Protecteurs et des ancêtres.

Quand j'ai jeté la couronne à la mer, elle est partie vers le large, comme avant elle le bateau en bois d'érable de Ringo. Il me plaît de penser qu'ils se sont rejoints quelque part derrière l'horizon, là-bas très loin, derrière les îles bleues.

Je suis parti l'après-midi même. J'avais mis ce qui restait de mes affaires dans mon sac à dos avec quelques provisions et des bouteilles d'eau. La toiture du lodge était à moitié écroulée. Durant la nuit, des bardeaux s'étaient encore décrochés des murs. Quand je suis sorti, j'ai refermé la porte derrière moi. Ça ne servait à rien. Mais j'ai voulu quand même la fermer. Je me sentais empli d'une vigueur nouvelle, comme si je venais de me réveiller après un très long sommeil. Je suis passé devant la tombe de mon père et je lui ai adressé un signe de la main. Je suis entré pour la dernière fois dans la forêt.

Le jour commençait à tomber quand je suis arrivé devant la baie. Le *Tala Yuna* était toujours là. Il n'avait pas bougé. Je suis descendu en m'accrochant aux rochers. C'était une plage de graviers à moitié recouverte de neige. Sur la grève, il y avait des petites montagnes d'algues brunes et des coquillages nacrés. Mais aussi des vieilles planches et des casiers à homards abandonnés. J'ai trouvé l'annexe qu'avaient utilisée Sam et Chris un peu plus loin, à la frontière entre la laisse de mer et une congère.

J'ai traîné la petite embarcation sur la plage puis je l'ai poussée vers le large. J'ai sauté à l'intérieur au dernier moment. Il n'y avait pas de vagues et l'eau était limpide et froide. On aurait dit que la coque était en lévitation au-dessus du fond sableux. Alors que j'approchais du *Tala Yuna* en ramant, j'ai été surpris une nouvelle fois par la beauté et l'élégance de ses formes. Lui aussi semblait suspendu dans les airs. On n'aurait jamais pu imaginer qu'il était resté là, abandonné pendant tous ces jours et toutes ces nuits. Quand je me suis hissé sur le plat-bord, il y avait une épaisse couche de neige fraîche qui recouvrait le pont. Bien sûr, je n'ai pas pu m'empêcher, l'espace d'une seconde, de chercher des traces de pas. Mais il n'y avait rien. Il ne pouvait rien y avoir. Juste de la neige qui reflétait les derniers rayons du soleil.

Je suis descendu dans la cabine. Je n'ai pas eu à chercher longtemps. Elle était rangée dans un carton au fond d'un coffre. Sam n'avait pas menti. J'ai ouvert le démanilleur de mon couteau et je m'en suis servi comme d'un tournevis. Je l'ai fixée à la poupe. Une plaque en laiton, huit lettres dorées en relief. Le *Tala Yuna* avait retrouvé son nom.

Ensuite, j'ai fait le tour du bateau pour vérifier les équipements, comme me l'avait montré Ringo. J'ai contrôlé les torons, les cadènes et les ridoirs. Puis j'ai enlevé la housse de protection de la grand-voile. Quand j'ai levé l'ancre, il faisait encore assez jour pour que je voie la silhouette des montagnes, la ligne crénelée de la forêt, les nuages qui s'accrochaient sur la côte et se confondaient avec la blancheur de la neige. La nuit promettait d'être claire. Les eaux étaient toujours aussi calmes et l'air, immobile et légèrement luminescent.

J'ai réglé mes voiles et je me suis installé à la barre. À côté de moi étaient posés le carnet à spirale et le stylo-bille en aluminium bleu que Tala Yuna m'avait offerts. J'ai ouvert le carnet sur une page blanche. Puis je me suis tourné vers le large en quête d'une lumière qui viendrait me guider dans la recherche d'un souffle nouveau. Une lumière qui serait plus qu'une lumière, plus que le simple signe de la naissance d'une brise sur la mer. Une lumière qui danserait à la surface de l'eau.

# REMERCIEMENTS

Je tiens à remercier Marie-Pierre mon épouse qui m'a inspiré certaines scènes de ce roman. J'adore ces moments que nous passons ensemble, à passer au tamis pendant des heures entières la plus petite phrase. La maison se pare alors des arômes du café fraîchement moulu, de timides notes de jasmin et les exclamations fusent de toutes parts :

— *Dis-moi, cette virgule, il ne faudrait pas que je la déplace ici ?*

— *Laisse-la tranquille cette malheureuse virgule, elle est mille fois mieux là où elle est !*

Merci aussi à Anton et Koba, mes enfants. Eux aussi ont l'œil attentif et aiguisé. Tendre aussi, un chouïa partisan peut-être.

— *Alors ça vous a plu ?*

— *Adoré, tu veux dire, on n'a jamais rien lu de meilleur !*

— *Même Hemingway, même Harrison ?*

— *Même Hemingway, même Harrison !*

Merci à mes éditeurs, aux distributeurs et à leurs équipes. Merci aux libraires, surtout à ceux qui se battront pour défendre ce livre (ce sont mes préférés car en aimant ce livre, ils intègrent automatiquement ma famille d'âmes). Merci enfin aux lecteurs qui se seront embarqués à bord du *Tala Yuna* et qui auront apprécié le voyage (même famille d'âmes eux aussi – il n'y a pas de raison, j'ambitionne de former une grande famille).

Pour finir, je voudrais parler du plaisir infini que j'ai pris en écrivant ce roman. Comme on dit, je me suis attaché à mes personnages. Ils ont vécu avec moi et j'ai vibré avec eux. J'ai essuyé les mêmes tempêtes, je me suis réchauffé aux mêmes feux. Jonas, Ringo, Tom et Tala Yuna. Même Sam avec sa part d'ombres et de lumières. Comme il est dit dans le premier chapitre, les choses sont arrivées parce qu'elles devaient arriver. Ça se passe souvent comme ça dans les romans. Dans les romans et dans la vie aussi. Mais ça, c'est une autre histoire...

CET OUVRAGE EST PUBLIÉ PAR SLATKINE & CIE
LE TEXTE EST COMPOSÉ EN CARACTÈRE SLATKINE,
DESSINÉ PAR MATTHIEU CORTAT À LYON
IL A ÉTÉ ACHEVÉ D'IMPRIMER EN AVRIL 2022
SUR PAPIER 65 GRAMMES BOUFFANT
ISSU DE LA GESTION DURABLE DES FORÊTS
SUR LES PRESSES DE L'IMPRIMERIE FLOCH
IMPRIMEUR NUMÉRO 100205
IMPRIMÉ EN FRANCE

IMPRIM'VERT®

SLATKINE & CIE BÉNÉFICIE DU SOUTIEN
DE L'OFFICE FÉDÉRAL DE LA CULTURE
POUR LA PÉRIODE 2021-2024